读客经典文库

经典就读三个圈　导读解读样样全

图书在版编目（CIP）数据

金阁寺 /(日) 三岛由纪夫著; 汪洋译. — 海口: 海南出版社, 2021.5

（读客经典文库）

ISBN 978-7-5443-9889-3

Ⅰ.①金… Ⅱ.①三… ②汪… Ⅲ.①长篇小说—日本—现代 Ⅳ.①I313.45

中国版本图书馆CIP数据核字(2021)第065659号

金 阁 寺
JIN GE SI

作　　者	[日] 三岛由纪夫
译　　者	汪　洋
责任编辑	白　多
执行编辑	徐雁晖
特邀编辑	张　琦　　车　童
封面设计	读客文化　021-33608320
印刷装订	北京中科印刷有限公司
策　　划	读客文化
版　　权	读客文化
出版发行	海南出版社
地　　址	海口市金盘开发区建设三横路2号
邮　　编	570216
编辑电话	0898-66816563
网　　址	http://www.hncbs.cn
开　　本	880毫米×1230毫米 1/32
印　　张	8.5
字　　数	166千
版　　次	2021年5月第1版
印　　次	2021年5月第1次印刷
书　　号	ISBN 978-7-5443-9889-3
定　　价	56.90元

如有印刷、装订质量问题，请致电010-87681002（免费更换，邮寄到付）
版权所有，侵权必究

目录 Contents

第一章   001
不为人理解是我唯一的骄傲。

第二章   025
能焚毁我的火也能焚毁金阁,这一想法令我心醉神迷。

第三章   045
但愿将我心中的邪恶包裹起来的黑暗,同将万千灯火包裹起来的夜的黑暗不相上下!

第四章   068
鹤川天生便具有翻译的本领——把所有的阴影翻译成光亮,把所有的黑夜翻译成白昼。

第五章   091
不可能一边用这只手去触摸永恒,一边又用那只手去触摸人生。

第六章   114

美可以委身于任何人,但又不属于任何人。

第七章   132

这个念头就是:必须烧毁金阁!

第八章   164

人的形象虽易毁灭,却从中生出一种永生的幻觉。金阁的美丽虽然不灭,却从中透出毁灭的可能。

第九章   185

我的预感成为现实,世界果真在没落,在破灭。

第十章   201

美则把各部分之间的争斗和矛盾,把所有的不协调都统合起来,然后君临其上!

三个圈独家文学手册   221

- 导读:语言是一只受束缚的小鸟
- 金阁寺导览手册
- 三岛由纪夫大事记

第一章

从我幼时起,父亲便常对我说起金阁。

我出生在舞鹤[1]东北一个伸入日本海的荒凉海角。父亲的故乡不是此地,而是舞鹤东郊的志乐。在众人的热望中,父亲加入僧籍,成为偏远海角上一座寺院的住持,并在当地娶妻,生下我这个孩子。

成生海角的寺院附近没有合适的中学。不久后,我便离开父母膝下,寄居到父亲故乡的叔父家中,徒步前往东舞鹤中学念书。

父亲的故乡阳光充沛。不过,一年当中的十一二月间,即便是万里无云的晴日,每天也会下四五场阵雨。我想,我那阴晴不定的性情,或许就是在这片土地上培养出来的。

五月的傍晚,我放学回来,会从叔父家二楼的书房眺望对面的小山。夕阳把金光洒在青翠的山腰上,田野中央仿佛立起了一面金色的屏风。一看到它,我就想起了金阁。

从照片或教科书上可以经常看到现实中的金阁,但占据我内心的,却是父亲向我描述的金阁的幻影。尽管父亲决不会说现实的金

---

[1] 位于日本京都府北部。——编者注

阁如何金碧辉煌之类的话,但在他看来,世上没有任何东西可以同金阁媲美。而我心中根据"金阁"二字及其发音描绘出的金阁,也是无与伦比的。

每当看到远方的水田在阳光下闪烁,我都以为那是看不见的金阁的投影。作为福井县和京都府这边的边界,吉坂岭正好位于志乐村的正东方,太阳就从那一带升起。尽管现实的京都处在相反的方向,我却似乎从山谷的朝晖中看见了清晨天空下高耸的金阁。

就这样,金阁在我想象中无处不在,在现实里却不见踪影。在这一点上,它恰似这边的大海。虽然舞鹤湾就在志乐村西面一里[1]半处,但因为高山阻隔,从志乐村是看不见海的。不过,这里总是飘荡着让你能预感到大海就在近旁的东西。风有时会送来海水的气息。海上一起风暴,大批海鸥就会逃过来,落到附近的水田里。

我体质孱弱,跑步也好,单杠也罢,都要输给人家,加上天生口吃,就越发胆小内向了。而且,大家都知道我是寺院里的孩子。坏孩子会模仿口吃和尚磕磕巴巴念经的样子取笑我。一读到话本中有口吃的捕快打手现身的段落,他们就会故意念出来给我听。

不用说,口吃在我和外界之间设置了一道障碍。我总是无法顺利发出头一个音。这头一个音就如同我内心世界与外部世界之间的一把锁,可这把锁从未顺利打开过。一般人都能通过自由操控语言,使内心通向外界的大门保持敞开,并且通风良好。但这是我无论如何都做不到的。我的锁锈住了。

口吃者为发不出头一个音而万分焦急时,就像是被内心世界中

---

[1] 日本的 1 里约合 3.927 公里。——译者注(如无特别说明,本书中注释均为译者注)

黏稠的胶粘住而又拼命挣扎、急欲脱身的小鸟,好不容易挣脱,却为时已晚。诚然,在我拼命挣扎的时候,外界的现实有时似乎也会停下来等我。然而,等我的那个现实已不是新鲜的现实。当我费尽精力,终于抵达外界的时候,外界却在一瞬间变色、错位了……于是,横陈在我面前的,只是不再新鲜、近乎腐臭的现实。似乎唯独这才是与我相称的。

不难想象,像我这样的少年,自然会抱有两种相反的权力意志。我爱读历史上关于暴君的记述。我想,如果我是个期期艾艾、寡言少语的暴君,家臣肯定会终日看着我的脸色战战兢兢地过活吧。我没有必要用明确流畅的语言替我的残暴辩护。我的沉默本身就足以让一切残暴无可指责。就这样,我一面沉浸在逐个处死平日藐视我的老师和同学的幻想中,一面又陶醉于成为内心世界的王者、冷静观察人世的大艺术家的梦幻中。我的外表乏善可陈,但我的内心却比谁都丰富。无法抹除自卑感的少年暗暗认为自己是上天选出的人物,这难道不是理所当然的吗?我总觉得,在这个世界的什么地方,有个我尚不知晓的使命正等着我。

我想起这么一段插曲。

东舞鹤中学坐落在群山环抱之中,拥有宽敞的运动场和新式的明亮校舍。

五月的一天,一位中学学长利用假期回母校游玩。他现在就读于舞鹤海军轮机学校。

他皮肤晒得黝黑,制服帽压到眼边,帽檐下露出挺秀的鼻梁,从头到脚俨然一位少年英雄。他在学弟面前讲述了纪律严明的军校生活。听他的口气,本应悲惨可怜的生活竟成了豪华奢侈的享受!他举手投足间充满了自豪。虽然年纪轻轻,他却深知谦逊的重要性。他的制服胸前有蛇腹纹装饰条,而他高挺着胸膛,仿佛一尊乘风破浪的船首雕像。

他坐在向下通往运动场的两三级大谷石[1]台阶上,周围簇拥着四五个听得入迷的学弟。斜坡上的花圃里,五月的鲜花一齐绽放,有郁金香、香豌豆花、银莲花和虞美人等。头顶上,厚朴树也挂着花瓣肥厚的大白花。

讲话者和听话者都如同雕塑般一动不动,而我独自坐在大约两米外的运动场长椅上。这是我表达礼貌的方式。对五月的鲜花、神气的制服、欢快的笑声,我充满了敬意。

这位年轻英雄对自己的崇拜者不甚关心,反倒是留意起我来。看来,只有我没在威风凛凛的他面前俯首帖耳,这伤到了他的自尊。他向大家打听了我的名字,然后便对初次见面的我喊道:

"喂,沟口。"

我默不作声,直勾勾地盯着他。他对我微微一笑,带着掌权者的几分故作姿态。

"干吗不回话,你是哑巴吗?"

"他是结结结……结巴!"

他的一个崇拜者代我回答。众人笑得前仰后合。嘲笑这种东西是多么刺眼啊!在我看来,同学少年们那青春期所特有的残酷嗤笑,仿佛茂密树叶上反射的阳光一般炫目。

"什么,原来是结巴呀。你想不想进海军轮机学校?口吃这种小

---

[1] 产于日本宇都宫市大谷町附近的凝灰岩,淡青绿色,耐久性、耐火性好,常用于土木建筑。

毛病，一天就能给你治好喽！"

不知为何，我竟然瞬间给出了明确的回答。那句话异常流畅，似乎根本不受意志左右，一下子便脱口而出：

"不想。我要当和尚。"

大家默然无语。那位年轻的英雄垂下头，随手掐了一根草，叼在嘴里。

"嗯，如此说来，再过几年，我也要麻烦你了呀！"

那一年，太平洋战争已经爆发。

当时我确实产生了一种感觉，那就是：只要对着黑暗的世界张开双臂静静等待，那用不了多久，五月的鲜花也好，制服也好，不怀好意的同学也好，都将落入我掌中。我觉得自己在最底层奋力拉住，或者说抓住了这个世界……然而，这样的感觉过于沉重，不值得我这样的少年引以为傲。

值得我夸耀的东西必须更轻松、更明亮，必须清晰可见、璀璨夺目。我要的是肉眼看得见的东西。我要我的夸耀之物人人可见，比如，挂在他腰间的那把短剑。

中学生无不憧憬的短剑确实是美丽的饰物。有传言说，海军学校的学生偷偷拿短剑削铅笔——故意将如此庄严的象征物用于日常琐事，可真是潇洒大方！

他脱下的海军轮机学校制服，此刻刚好同裤子和白汗衫一起搭在白漆栅栏上……这些衣物紧挨着花丛，散发出年轻人特有的汗香。蜜蜂将白晃晃的汗衫错当作花儿，落在上面休息。那顶饰有金丝缎的制帽挂在一根木栅上，就像戴在他头上那样，端端正正，压到眼边。他接受学弟们的挑战，到后边的相扑场比赛摔跤去了。

看着他脱下的这些衣帽，我仿佛置身某种"荣光坟场"。五月的繁花令这种感觉越发强烈。尤其是帽檐漆黑反光的制帽，以及挂在旁边的皮带和短剑，同他肉体分离之后，反倒散发出浪漫之美，其本身就像回忆一样完整……也就是说，看上去如同年轻英雄留下的遗物。

我四下张望，确认附近无人，只有相扑场那边不时传来一阵呐喊。我从口袋里迅速掏出一把生锈的铅笔刀，悄悄走上前去，在那把精美短剑的黑鞘内侧，深深地划了两三道难看的刀痕……

根据以上记述，有人也许会立刻断定我是个具有诗人气质的少年吧。但直到今天，别说是诗，就连手记之类的东西我也没写过。某方面技不如人，便用别的能力来弥补，以求出人头地，这样的冲动我是欠缺的。换句话说，我过于傲慢，是不足以当艺术家的。不论是做暴君还是大艺术家，都只停留在梦想的层面，我完全没想过要付诸实施，干出点什么名堂出来。

由于不为人理解成了我唯一的骄傲，所以我始终没有产生过表达的冲动，从不争取别人的理解。我认为自己命中注定平凡无奇，无人关注。孤独感就像肥猪一样，在我心中不断生长膨胀。

我突然想起我们村里发生的一起恐怖事件。那件事其实同我毫无关系，但自己曾经介入、参与其中的感觉却始终挥之不去。

通过这一事件，我一下子直面了一切：人生、肉欲、背叛、恨与爱，无所不包。而我的记忆故意否定、忽视了其中蕴含的崇高因素。

同叔父家只隔两座房子的一户人家有个美丽的姑娘，名叫有为子。她长着一双水汪汪的大眼睛。也许是家中富有的缘故，她态度傲慢，目中无人。虽然千般娇宠在一身，她却依然孤身一人，也不知她心里在想什么。满怀嫉妒的女人背地里议论说,她大概还是处女,却是一副地道的石女[1]模样!

一从女子学校毕业,有为子就志愿去舞鹤海军医院当了护士。她家离医院不远,可以骑自行车上下班。不过,每天早上天刚蒙蒙亮她就出门了,比我们的上学时间还早两个多小时。

一天夜里,我想象着有为子的身体,沉溺在阴暗的空想之中,辗转反侧,难以入眠。便摸黑溜下床,蹬上运动鞋,来到门外,进入夏日破晓前的黑暗之中。

我不是从那天晚上才开始想象有为子的身体的。起初一有机会就想,后来便渐渐固化为习惯。而有为子的身体也在一次次的想象过程中清晰起来,凝结成一具富有弹性的白皙肉身,笼罩在微微的暗影中,散发着幽幽的芬芳。我想象着触摸她身体时自己的手指会何其灼热,想象着手指感受到的她身体的弹力,以及她身体发出的花粉般的馨香。

我在黎明前的黑暗中沿街道径直往前跑。虽然光线昏暗,但道路在我脚下自由地延伸,也没有石头来绊我的脚。

跑着跑着,道路变宽了,我已来到志乐村安冈间的边上。那里有一棵大榉树,树干已被朝露打湿。我躲到树根旁,等着有为子骑车从村里出来。

我等着并不是为了要干什么。我气喘吁吁地跑到这里,又躲到榉树后面歇息,却不知道自己接下来怎么办。然而,我一直生活在自己的世界里,与外界绝缘,于是我抱着一种幻想,觉得自己一旦投身外界,无论做什么都会轻而易举,无论想什么都会心想事成。

---

[1] 先天性无阴道或阴道发育不全的女性。

豹脚蚊叮咬我的脚，鸡鸣声此起彼伏。我从树后向路上张望。远处浮现出一团模糊的白影，我本以为那是曙光，结果是有为子。

有为子似乎骑着自行车，前灯亮着。车子悄无声息地驶来。我从榉树后面冲到自行车前，有为子险些没刹住车。

就在这时，我觉得自己仿佛变成了石头，胆量和欲望也都瞬间石化。外界同我的内心断绝联系，再次成为我周围坚定不移的存在。我从叔父家溜出来，穿上白色运动鞋，摸黑跑到这棵榉树下。但我只是在内心想象的驱使下一路狂奔罢了。黎明前的黑暗中隐约浮现的村舍屋顶的轮廓，黑漆漆的树林，青叶山[1]的黛色峰顶，就连眼前的有为子，都完全失去了意义，令人惊讶。不待我参与，现实便赫然出现在这里。而这毫无意义、巨大且黑暗的现实，正以我从未见过的重量，向我逼压过来。

我一如既往地认为，在这种场合下，只有语言才能救我。这是我特有的误解。需要采取行动的时候，我却往往去关注语言。由于我很难开口说话，便一心惦记着语言，以至于完全忘记了行动。在我看来，行动这种光怪陆离的东西，总是与光怪陆离的语言相伴的。

我什么也没去看。但有为子起初想必吓了一跳，认出我以后，就只盯着我的嘴看。黎明前的黑暗中，她可能只盯着那个无意义嚅动着的无聊小黑洞，那个如同野外小动物脏乱难看的巢穴一般的小黑洞。换言之，她只盯着我的嘴。确认这个小黑洞里没有涌出任何同外界相关联的力量之后，她立刻放下心来。

"什么呀！你这小结巴，搞什么鬼！"

有为子说。她的声音带有晨风般的端正与清爽。她按了下车铃，

---

[1] 舞鹤市东部的一座山。

脚重新放到踏板上,就像避开石头一样从我面前绕了过去。周围明明没有人影,骑车飞速离去的有为子却一路按铃,直到远处的田地那头。这在我听来分明就是嘲笑。

有为子告了我一状,于是当天晚上,她母亲就来到我叔父家。平日和蔼可亲的叔父把我狠狠训斥了一通。我开始诅咒有为子,希望她早点死掉。没过几个月,我的诅咒竟然应验了。从那以后,我便开始相信咒人真的有效。

无论是在梦中还是清醒的时候,我都盼望着有为子死掉。我盼望着见证我的耻辱的人一命呜呼。只要没了证人,我的耻辱就会从这世上彻底根除。他人都是证人。尽管如此,只要他人都不存在,耻辱也就无从产生。有为子的面孔背后,她那在黎明前的黑暗中像水一样泛着微光、紧盯着我的嘴的眼睛背后,有一个他人构成的世界。我看到了这样的世界,而这世界绝不肯让我们独自逍遥,非要成为我们的共犯或者证人。他人必须全部毁灭。为了我能真正地面向太阳,世界必须毁灭……

告状事件后两个月,有为子辞去海军医院的工作,躲在家里闭门不出。村里人议论纷纷。到秋末,果然出事了。

我们做梦也没想到会有海军逃兵藏进这个村子。正午时分,宪兵进了村公所。不过,宪兵来并不稀奇,所以大家都觉得这没什么大不了的。

那是十月末的一天,阳光明媚。我像往常一样去上学,晚上功课做完时,已到就寝时间。我正要熄灯,下面的村道上传来了许多人跑过的声音,像狗一样气喘吁吁。我走下楼,门口已经站着一个同学,正瞪圆了眼对惊醒的叔父叔母和我大喊:

"刚才有为子在那边被宪兵抓了!一块儿去看看吧!"

我趿拉着木屐就跑了出去。皓月当空,收割后的稻田里到处都是稻架[1]投下的清晰的影子。

小树丛的阴影里,黑影幢幢,人头攒动。身穿黑西装的有为子坐在地上,脸色煞白。四五个宪兵和她父母围在她身旁。一个宪兵拿出盒饭包袱似的东西,正在高声责问什么。她父亲不住地转动脑袋,一会儿向那几个宪兵赔不是,一会儿严厉斥责女儿。她母亲则蹲在地上痛哭。

我们在田埂上隔着一块田向那边张望。看热闹的人越来越多,肩挨着肩,却默不作声。月亮像是被挤成了一个小圆点,悬在我们头顶。

那个同学凑到我耳边,对我说明了情况。

原来,有为子拿着盒饭包袱出了家门,在赶往邻村的路上被埋伏的宪兵抓住了。盒饭肯定是要送给逃兵的。有为子同逃兵在海军医院里好上了,后来怀上身孕,被医院赶回了家。宪兵正逼她说出逃兵藏在何处,有为子却一动不动地坐在那里,倔强地一言不发……

我目不转睛地盯着有为子的脸,她看上去就像一个被捉住的疯女人。月光下,那张面孔毫无表情。

迄今为止,我还从未见过如此拒人于千里之外的面孔。我一直认为自己的脸是被世人所拒斥的,而有为子的脸却在拒斥世人。月光无情地流泻在她的额头、眼睛、鼻梁和面颊上,而这张脸却纹丝不动,任其冲刷洗涤。只要她稍微转一下眼睛或者扯一下嘴角,她坚决抗拒的世界就会像收到信号一般,从她的眼睛和嘴巴大肆涌入。

我屏息凝视着她的脸,历史在那张脸上中断了。无论是关于未来

---

[1] 一种农具,两根柱子上架着一条横木,收割后的稻子可以捆起来挂在上面。

还是关于过去,这张脸都没有透露只言片语。这张不可思议的脸,我们在刚刚砍伐后的树桩上也见过。断面上美丽的木纹便描绘出一张这样的脸,尽管带着新鲜娇嫩的色泽,成长却已经中断,沐浴着本不该沐浴的风和日光,突然暴露在本不属于自身的世界。这张脸之所以探入这个世界,只是为了拒斥这个世界……

我不由得想,有为子如此貌美如花的瞬间,无论是在她的一生中,还是在目睹她芳容的我的一生中,恐怕都不会再有第二次了。但这一刻持续的时间并没有我想象的那么长,因为她那美丽的容颜突然变了样。

有为子站起身,这时我好像看到她笑了。她那雪白的门牙似乎在皎洁的月光下熠熠生辉。关于她脸上的变化,我能记录下来的仅此而已。因为她一站起来,脸就避开了明晃晃的月光,融进了树影之中。

遗憾的是,我没有目睹她下决心背叛逃兵的那一刻的神情变化。如果能够真真切切地看到,我或许会萌生宽恕他人、宽恕世间一切丑恶之心。

有为子指了指邻村鹿原的山麓。

"是金刚院[1]!"宪兵们高叫道。

我顿感欢天喜地,就像小孩子过节一般。宪兵分头行动,将金刚院四面包围起来,还要求村民协助。出于幸灾乐祸的心理,我同五六个少年加入了由有为子带路的第一队。洒满月光的道路上,有为子在宪兵的押送下走在最前头。她那充满自信的步伐令我深感震惊。

---

[1] 又名慈恩寺,位于京都府舞鹤市鹿原町,天长六年(829),由真如法亲王(即高丘亲王)创建。

金刚院久负盛名，坐落于从安冈步行十五分钟左右即可抵达的山麓。这座名刹里有高丘亲王[1]亲手种下的古柏，以及据说是左甚五郎[2]修造的古雅的三重塔。夏日里，我们经常到后山瀑布里洗澡玩耍。

沿河有一道正殿的围墙。破烂的瓦顶板心泥墙上芒草丛生，夜里看上去，洁白的花穗银光点点。正殿的门旁，山茶花正在盛开。我们一行人默默地沿着河岸前行。

金刚院的佛堂在更高处。过了独木桥，右侧是三重塔，左侧是枫林。再往里走，便是一道高耸的一百零五级的石阶。石灰石台阶上青苔遍布，踩上去极易打滑。

过独木桥之前，宪兵转身打了个手势，示意一行人停步。相传从前这里曾有一座运庆、湛庆[3]建造的仁王门。由此向里，九十九谷的群山都是金刚院的领地。

我们屏住了呼吸。

宪兵催促有为子先过桥。她独自走过独木桥，过了一会儿，我们再跟过去。石阶下部笼罩在阴影之中，但中部以上沐浴在月光之下。我们在石阶下部的各处暗影中藏身。枫叶刚刚染红，月光下望去黑漆漆的。

石阶顶端就是金刚院的正殿，左边斜架着一条走廊，通往神乐殿[4]模样的空佛堂。这座空佛堂伸到半空中，模仿清水舞台[5]，由许多根

---

1 高丘亲王（799—865），平城天皇第三皇子，大同四年（809）成为嵯峨天皇的皇太子，后因上皇的亲信药子作乱而被废，遁入佛门，法名真如。
2 左甚五郎，传说中活跃于安土桃山时代至江户时代初期的著名木匠。
3 运庆（？—1223），镰仓时代初期的佛像雕刻家，引入了刚健的写实风格，被称为镰仓佛家之祖。湛庆（1173—1265），运庆之子，曾与父亲一起为东大寺、兴福寺等诸大寺制作佛像。
4 设置在神社内用来演奏神乐的殿舍。
5 日本京都清水寺的正殿建在悬崖峭壁之上，由139根立柱支撑，宛如硕大的舞台，是日本的国宝。

组合在一起的立柱与横梁从悬崖下方支撑着。无论是佛堂、走廊,还是支撑它们的木架,都饱经风雨侵蚀,如骨骸般洁净苍白。霜林尽染的时节,红叶的色彩同这白骨一样的建筑相映成趣,美不胜收。入夜后,白色木架上月光点点,暗影斑驳,看上去诡异而妖艳。

逃兵似乎藏在舞台上方的佛堂中。宪兵打算拿有为子当诱饵,将其捕获。

我们这些证人躲在阴影中,大气也不敢出。十月下旬的夜晚寒气逼人,我的脸颊却在发烫。

有为子独自登上一百零五级石灰石台阶。她傲然自得,有如狂人……她的西装是黑的,头发也是黑的,唯有俊俏的侧脸是白的。

月明星稀,夜云飞舞,山脊上矛杉挺立,与天相接。斑斓的月影下,浮现出白净的亭台楼阁。在这般环境中,有为子的背叛显得如此清澈美丽,令人心醉。她有资格独自挺胸登上这道白石阶。她的背叛与星、月、杉树本质上是一样的。换言之,她与我们这些证人住的是同一个世界,接纳的是同一个大自然。她是代表我们大家登上去的。

气喘吁吁的我不由得产生了这样的念头:

通过对自己恋人的背叛,她终于接纳了我。此时此刻,她才是属于我的。

所谓事件,是在某个地点,突然从我们的记忆中消失的。攀登一百零五级遍布青苔的石阶的有为子,仿佛仍在我的眼前。她似乎会在这道石阶上永远攀登下去。

不过,此后的有为子却变成了另一个人。或许登上石阶顶端的有为子再次背叛了我,背叛了我们。此后的她对世界既不彻底拒斥,也不全盘接纳。她只是屈身于爱欲的秩序,沦为将自己完全献给某个男人的女人。

因此,接下来的情景在我的记忆中只是一幅幅古老的石版画……有为子穿过走廊,向佛堂深处的阴影呼喊起来。一个男子的身影闪出,有为子向他说了些什么,那男子朝石阶中部举枪便射,宪兵也从石阶中部的树丛开枪还击。那男子再次举枪,朝正要向走廊逃去的有为子的后背连发几枪,有为子应声倒地。男子又举枪对准自己的太阳穴,扣动了扳机……

以宪兵为首,人群争先恐后地跑上石阶,向两具尸体奔去。我毫不理会,依然独自躲在红叶荫里一动不动。白色木架在我上方层层叠叠,纵横交错。我依稀听见头顶的走廊木地板上传来凌乱的脚步声,两三道手电光束越过栏杆射到红枫梢头。

我只觉得,这一切仿佛都是好久之前的事了。只要不见到流血,感觉迟钝的人就不会惊慌;但真见到流血的时候,悲剧则早已收场。不知不觉间,我迷迷糊糊地睡去,醒来时发现众人已弃我而去,四周小鸟叽喳,晨光直射枫林深处,白骨般的建筑从地板下方被照亮,仿佛刚刚苏醒一般。空佛堂静静地悬于红叶遍地的山谷之上,带着几分得意。

我站起身,打了个哆嗦,将全身上下揉搓一遍。只有寒冷残留在体内,残留的只有寒冷。

第二年春假,父亲到叔父家来。他穿着一身国民服[1],外面罩了件袈裟,说要带我去京都两三天。父亲的肺病已经相当严重,那副衰弱的模样令我大吃一惊。不仅是我,叔父叔母也都劝他不要去京都,可

---

1 一种类似军服的衣服,太平洋战争期间是日本男性国民的标准服。

他就是不听。事后回想，他是想趁自己尚在人世，把我介绍给金阁寺的住持。

拜访金阁寺当然是我多年以来的梦想，但谁都看得出，故作坚强的父亲其实已重病缠身，我不愿这时候同他出行。即将瞻仰从未得见的金阁，我的内心却越发踌躇起来。金阁无论如何都必须是美的，所以金阁美不美并不取决于金阁自身，而完全取决于我对金阁之美的想象。

就我这样的少年的理解能力来说，我也算是个金阁通了，一般美术书是这样记述金阁的历史的：

> 足利义满[1]接手西园寺家[2]的北山殿之后，在此大建别墅，主要建筑有舍利殿、护摩堂、忏法堂、法水院等佛教建筑，以及宸殿、公卿馆、会所、天镜阁、拱北楼、泉殿、看雪亭等住宅建筑。其中舍利殿费力最多，此即后世所谓"金阁"。虽然具体何时更名已难以查明，但应仁之乱[3]后的文明[4]年间便普遍采用这一称呼了。
>
> 金阁是一座面临宽广苑池（镜湖池）的三层楼阁，落成于1398年（应永五年）前后。一二层是"寝殿造[5]"风格，使用了方格板窗。第三层是纯粹的禅堂佛堂风格的

---

1 足利义满（1358—1408），日本室町幕府第三代将军，实现南北朝的统一，确立幕府的权力，开创了室町时代的全盛期。
2 日本贵族家族之一。
3 发生于日本室町幕府时代的应仁元年（1467）至文明九年（1477）的一次内乱，战火遍及日本。此乱之后，日本进入了近一个世纪长的战国时代。
4 日本室町幕府时代的年号之一（1469—1487）。
5 日本平安、镰仓时代贵族住宅的样式。

"方三间[1]",中间是栈唐门[2],左右是花头窗[3]。丝柏树皮葺顶的"宝形造[4]"屋顶上,立着一只镀金的铜凤凰。此外,池边山形屋顶的钓殿[5](漱清[6])突出在水面之上,打破了整体的单调感。屋顶坡度平缓,屋檐下椽子稀疏,木工精细,轻巧优美。这座建筑将住宅风格与佛堂风格融为一体,相得益彰,堪称庭院杰作,不仅体现了义满吸纳贵族文化的情趣,而且充分传达了当时的氛围。

义满逝世后,遵其遗嘱,北山殿改为禅寺,号鹿苑寺。其建筑物或迁往他处,或沦为废墟,唯有金阁幸存……

金阁是作为黑暗时代的象征建造出来的,如同夜空中的明月。所以,我梦想中的金阁也是以周围厚密压抑的黑暗为背景的。黑暗之中,美丽纤细的梁柱结构由内而外地泛着微光,一动不动,寂然无声。无论人们对美丽的金阁说什么,它都必须一言不发,露出纤细的结构,忍受周围的黑暗。

我又想到阁顶那只长年经受风雨的镀金铜凤凰。这只神秘的金鸟,从不报时,也从不振翅,想必已经忘记自己是鸟了。但若以为它真不会飞,那你就错了。别的鸟都在空间之中翱翔,而这只金凤凰展开灿烂的双翼,在时空之中永远翱翔。时光鼓动它的双翼,

---

[1] 日本传统建筑样式,房间四角的柱子排成正方形,一边"三间",一间长约1.8米。
[2] 门框内嵌有薄板的木门,与禅宗建筑一起被引入日本。
[3] 顶部呈曲线状的窗户,与禅宗建筑一起被引入日本。
[4] 一种方锥形屋顶,顶上有露盘和宝珠等。
[5] "寝殿造"风格建筑中临近泉水的殿舍,据说是为了钓鱼而设置的。
[6] 位于金阁第一层西面的小亭。

然后流逝到它的身后。为了飞翔,这只凤凰只需一动不动,怒目圆睁,高举双翼,反翘尾羽,威风凛凛地叉开金色的双脚,牢牢地站在那里就足够了。

如此想来,金阁也可以说是一艘渡过时间之海而来的美丽大船。美术书上说的那种"少墙而通风的建筑"令人联想到船的结构。在我看来,这艘结构复杂的三层屋形大船面临的池子正是大海的象征。金阁穿过无数个夜晚驶来,无人知晓这一行程何时结束。白昼时,这艘奇特的大船抛锚停泊,任由众人参观,装出一副什么也不知道的样子;而一旦夜幕降临,它便从周围的黑暗中汲取威势,将阁顶如风帆般鼓起,拔锚起航。

毫不夸张地说,我人生中遇到的第一个难题就是美。父亲只是乡间一介朴素的僧侣,寡言少语,只能告诉我:"世上再没有金阁这么美的东西了。"一想到在自己不知道的某个地方已经存在美这种东西,我就不由得感到一阵不满和焦躁。如果那里确实存在美,那我这一存在就被美疏远了。

然而,对我来说,金阁绝不只是一种观念,而是一个实体。虽然重山遮蔽了我远眺的视线,但想看它的话,去一趟就看得到。所谓美,就是这种摸得着、看得见的实体。我知道并且相信,在纷繁变幻的世事当中,金阁是永恒不变的。

有时候,我觉得金阁是可以握入手中的小巧玲珑的工艺品,但有时候我又觉得,金阁是高耸入云的怪物般的巨大庙宇。在少年的我看来,美不是那种不大不小、恰到好处的东西。因此,看到夏日的一朵小花被朝露打湿,放出朦胧的光芒时,我就会觉得它如同金阁一样美丽;看到笼罩远山的乌云中频频电闪,给云层镶上一道金边时,那壮观的场面也会让我想起金阁;最后,看到美人的面庞时,我心里也会用"美如金阁"来形容。

然而,那次金阁之行却令人悲伤。舞鹤线的列车从西舞鹤出发,中间停靠真仓、上杉等小站,然后经绫部驶往京都。客车很脏,行经保津峡旁的多隧道地区时,煤烟无情地吹进车厢,令人窒息,父亲被呛得咳嗽不止。

大部分乘客都或多或少同海军有关。三等车厢里挤满了下士、水兵、工人,以及刚从海兵团[1]探亲回来的家属。

我望着窗外春日里阴沉沉的天空,看了看搭在父亲国民服胸口的袈裟,又看了看红光满面的下士们那壮实得就要绷开金色制服纽扣的胸肌。我觉得自己就介于这两者之间。我不久后也将成年[2],被征入军队。不过,就算当了兵,我也说不准自己会不会像眼前的下士们一样尽忠职守。不管怎样,我正横跨在两个世界之上。虽然我如此年轻,却已经感到在自己那丑陋而顽固的额头之下,父亲执掌的死之世界和年轻人的生之世界,正通过战争连接起来,而我多半会是这两个世界的连接点。倘若我战死沙场,那眼前的岔路中无论走哪条,结局明显都应该是一样的吧。

我的少年时代笼罩在朦胧的微光中,面目模糊。漆黑的影子世界固然可怕,但白昼般清晰的生之世界也不属于我。

我一边看护咳嗽不止的父亲,一边不时望望窗外的保津川。河水如同化学实验用的硫酸铜一样,泛着浓郁的群青色。每次列车钻出隧道,都会看到保津峡,忽而远离铁轨,忽而又意外地近在眼前。在

---

[1] 旧日本海军中,为了军港的警备和下士、新兵的教育训练,在各镇守府设置的陆上部队。
[2] 指满二十岁。

光滑岩石的包围下，群青色的河流如同一条被隆隆作响的辘轳转动的井绳。

在车上当众打开盛着白米饭团的饭盒，父亲感到很不好意思。[1]

"这可不是黑市米，是施主好心送的，高高兴兴地收下就是了。"

父亲用周围人都能听到的调子高声说，然后才吃起来。一个并不怎么大的饭团，他却好不容易才吃下去。

我觉得，这列被煤烟熏黑的古旧列车似乎不是要开往京都，而是要驶向死亡车站。有了这种想法，每次钻隧道时车内弥漫的煤烟，便都带着一种火葬场的气息。

然而，真的站到鹿苑寺山门前时，我却按捺不住心脏的狂跳，因为我马上就能瞻仰世上至美之物了。

夕阳西坠，群山沐浴在霞光中。几名游客和我们父子先后钻过这扇大门。门的左侧是环绕钟楼的梅林，枝头还挂着几朵残花。

正殿前长着几棵大栎树，父亲站在门口，请求通报。回复说住持正在会客，希望我们等二三十分钟。

"趁这个时间去金阁转转吧！"父亲说。

他说这话，似乎是为了向我这个做儿子的展示，自己靠面子就能免费进去参观。然而，无论是卖票和护符的人，还是门口检票的人，都已不是父亲十多年前常来时的面孔了。

"下次再来的时候，说不定又换人了。"

父亲神情冰冷地说。然而，我感觉父亲已经拿不准有没有"下次

---

[1] 在二战期间，由于物资紧张，为保证军需，日本政府曾下达"白米禁止令"，禁止向一般民众出售精米。战争结束后，该禁令虽然被撤销，但直到1949年左右，白米才逐渐出现在日本人的饭桌上。——编者注

再来的时候"了。

不过，我还是故作少年姿态（只有在这种时候，只有在故意演戏的时候，我才像一个少年），兴高采烈地走在前头，几乎是跑着过去的。没想到，魂牵梦绕多年的金阁，就这样简简单单地在我面前展现了全貌。

我站在镜湖池的这一边与金阁隔池相望，金阁的正面沐浴在夕阳余晖中。漱清在对岸左侧半隐半现。稀稀拉拉漂浮着水藻和水草的池面上，映着金阁精致的倒影，看上去比金阁本身更为完整。夕阳被池水反射到各层屋檐内侧，光影摇曳。同周围的亮光相比，反射到屋檐内侧的波光更加鲜明耀眼。威风凛凛的金阁就像一幅夸张的透视图，给人一种略微后仰的感觉。

"怎么样，很美吧？第一层叫法水院，第二层叫潮音洞，第三层叫究竟顶。"

父亲把瘦骨嶙峋的手搭在我的肩头。

我变换着各种角度眺望金阁，有时还会偏着脑袋去看，但我心中没有丝毫感动。这只是一座又老又黑的三层小楼而已。阁顶的金凤凰看上去也不过是一只落在那里歇息的乌鸦，岂止是不美，甚至给人一种不和谐、不稳重的感觉。我不禁纳闷，所谓美，难道会是这样不美的东西吗？

如果我是个谦虚好学的少年，也许会在这样轻易地感到失望之前，哀叹自己鉴赏力不足吧。遭到了憧憬已久的绝美之物的背叛，我痛苦得难以自持，一时间竟完全做不出任何反省。

我怀疑金阁掩藏了真正的美，将它变成了别的什么东西。为了保护自己，美是有可能欺骗人眼的。我必须更靠近金阁，摒除被我视为丑陋的障碍，检查一个个细节，亲眼看到美的核心。既然我只相信亲眼见到的美，采取这种态度也是理所当然的。

接着，父亲领着我恭恭敬敬地登上法水院的外廊边。我首先看到了玻璃箱中精致的金阁模型。我很喜欢这个模型，它反倒同我梦想中的金阁更接近。大金阁中藏着一个模样完全相同的小金阁，这让我想到了无限的嵌套循环，就像大宇宙中存在小宇宙，小宇宙中存在更小的宇宙。我终于可以展开想象了。我仿佛看到了一个比这个模型小许多许多，但同样完整的金阁，以及一个比真正的金阁大无数倍，几乎囊括了整个世界的金阁。

不过，我并没有一直在模型前驻足。父亲接着带我来到大名鼎鼎的义满像前。这尊木像用的是义满削发为僧后的法号，称作"鹿苑院殿道义之像"。

在我看来，这也只是一尊被熏黑的古怪偶像罢了，没有一点美感可言。上到二层潮音洞，看了天棚上相传为狩野正信[1]所绘的天人奏乐图。又上到顶层究竟顶，看了到处残存的可怜的金箔痕迹，我全然不觉得它们有多美。

我倚在细细的栏杆上，呆呆地俯视着池面。在夕阳的映照下，这一泓池水仿佛一面锈迹斑斑的古代铜镜，金阁的身影直落在镜面之上。在水草和水藻下方，遥遥地映出傍晚的天空。这片傍晚的天空同我们头顶的天空迥然不同，它清澈明洁，充满寂光[2]，从下方和内侧把这地上的世界完全吞没，而金阁就像一只布满黑锈的纯金巨锚，沉入其中。

寺院方丈田山道诠法师同父亲是禅堂里的学友。他们共同度过

---

[1] 狩野正信（1434？—1530？），室町后期画家，狩野派始祖，室町幕府御用画师。
[2] 佛教用语，指在寂静的涅槃境界中发出的智慧之光。

了三年禅堂生活,是朝夕相伴的好友。两人还前往同样由义满将军建立的相国寺专门道场,经过古老的"庭诘[1]"和"旦过诘[2]"等步骤,正式"入众[3]"。不仅如此,很久以后,道诠法师在心情愉悦的时候还透露,他同父亲不仅是辛苦修行的道友,也是寻花问柳的嫖友——"开枕[4]"时刻过后,两人曾一同翻墙出去,找女人寻欢作乐。

我们父子二人瞻仰金阁之后,又回到正殿大门,由人领着,穿过宽阔的长廊,来到大书院住持的房间。从这里放眼望去,闻名遐迩的"陆舟松[5]"所在的院落一览无余。

我穿着学生服跪下,规规矩矩地正襟危坐,而父亲进屋后便立刻放松下来。父亲虽与这里的住持出身相同,福气却大不一样。父亲重病缠身,虚弱不堪,满脸苦相,而道诠法师肌肤白里透红,简直就像一道粉红色的点心。法师的书桌上,从四面八方寄来的小包裹、杂志、书籍、信件堆积如山,全都未及启封——金阁寺香火之旺,由此可见一斑。道诠法师伸出胖嘟嘟的手指,拿起一把剪刀,麻利地拆开了一个小包裹。

"这是从东京送来的点心。现在这种点心很稀罕哩。店里没有卖,专供军队和机关。"

我们一边喝着清茶,一边品尝从未吃过的西洋干点心似的东西。我越是紧张,点心粉末就越是不住地往我光亮的黑哔叽制服的膝头掉。

父亲和住持对军队和官僚重神社轻佛寺——岂止是轻视,简直就

---

1 禅宗中,到专门道场修行的行脚僧,在获准"入众"之前,要在大门口终日把头靠在自己的行李上。
2 经过"庭诘"的修行僧,要在狭窄的房间里坐禅,度过三天。
3 经过"庭诘"和"旦过诘"的僧侣获准成为一座大寺院的僧众的一员。
4 禅堂生活中的就寝时间,晚上九点。
5 镜湖池东侧、住持房间北侧的庭院里的一棵松树,状如船,故名"陆舟松"。

是压迫——感到无比愤慨，还讨论了接下去寺院该如何经营的问题。

住持身材微胖，脸上当然也有皱纹，但每条皱纹缝都洗得干干净净。一张圆脸上只有鼻子很长，看上去就像流下的树脂凝结而成。虽然面目和蔼，但剃光的脑袋却给人一种严厉的感觉，仿佛精力全部聚集于此，只有这脑袋才像动物一样野性难驯，精力充沛。

父亲和住持的话题转到对禅堂时代的追忆。我则望着庭院中的陆舟松。这棵巨松枝条低回盘曲，形如大船，只有作为船头的树枝高高翘起。快闭园时来了一队游客，墙外金阁那边传来阵阵喧哗。脚步声和说话声被春天黄昏的天空吸收，听起来并不尖锐，反而柔和圆润。脚步声又像退潮般渐渐远去，仿佛芸芸众生从尘世经过的跫音。我抬起头，目不转睛地望着落日余晖中金阁顶上的那只凤凰。

"这孩子……"听到父亲这句话，我朝他转过了脸。在这晦暗的屋子里，父亲正将我的未来托付给道诠法师。

"我想我活不了多久了，到时候这孩子就拜托你啦。"

道诠法师不愧是高僧，敷衍安慰的话一个字也没说。

"好，就交给我吧。"

令我大感惊讶的是，二人随后竟然津津有味地谈起了名僧圆寂的各种逸闻。有位大师说完"啊，真不想死呀！"就死了，有位名僧同歌德一样说了句"再多一点光明吧！"就死了，还有位名僧据说到死都在计算自己寺里的钱财。

我们用过名曰"药石[1]"的晚膳，当晚在寺院留宿。饭后我催父亲再去看一次金阁，因为月亮已经升起来了。

---

[1] 禅僧过去不吃晚饭，为了防止饥寒，会怀抱温石，名曰"药石"，后指夜宵粥或晚餐。

父亲和住持久别重逢，过于兴奋，此时已经相当疲倦，但听到"金阁"二字，他就扶住我的肩膀，气喘吁吁地跟了出来。

月亮从不动山的山巅升起，金阁的背面沐浴在月光中，暗影交叠，阒寂无声。唯独究竟顶上的花头窗内月影浮动。究竟顶四面无墙，朦胧的月光仿佛栖息在那里一般。

夜鸟发出一声嘶鸣，从苇原岛的阴影中腾空而起。我感到父亲那只瘦骨嶙峋的手搭在我肩头的分量。我往肩头看去，或许是月光的关系吧，我看到父亲的手竟然变成了森森白骨。

虽然金阁如此令我失望，但回到安冈之后，它的美却在我心中一天天复活了，不知何时竟然变得比我见到它之前更美了。可到底美在何处，我却说不出来。梦想中培育出的东西，一旦经过现实的修正，似乎就会反过来刺激梦想。

我已经不再无论看到什么风景和事物，都想在其中寻找金阁的幻影。金阁渐渐变得深刻、坚固、实在起来。一根根立柱、花头窗、阁顶和顶上的凤凰等，全部清晰地浮现在眼前，仿佛触手可及。它那纤小的细节与复杂的全貌相互呼应，无论取出哪一部分，金阁的全貌都会呼之欲出，正如一想到某段音乐的一小节，整支曲子就会自然流出一样。

"父亲您说得对，世上最美的东西就是金阁了。"

我在给父亲的信中第一次这样写道。父亲把我带回叔父家后，就立刻返回了荒凉海角的那座寺院。

信发出之后，我收到了母亲的电报，说父亲因咯血过多去世了。

第二章

父亲去世后,我真正的少年时代也随之结束。令我惊愕的是,我的少年时代完全缺乏所谓"对他人的关心"。等我发现自己对父亲的亡故竟感觉不到丝毫悲伤时,惊愕便化作一种无力的感怀,无法再称为"惊愕"了。

我赶到家时,父亲已被装殓入棺。我是步行到内浦,从那里搭船沿海湾返回成生的,路上花了整整一天。已近梅雨时节,每天烈日暴晒,酷暑难当。我见过父亲最后一面,灵柩就要被匆匆拉到荒凉海角的火葬场,在海边火化。

乡下寺院住持的死亡本就不同寻常。因为死得太中规中矩,所以才不同寻常。他可以说是这一带的精神领袖,是各位施主形形色色的人生的保护人,也是他们托付后事之人。这样的他竟然在寺院里死了,给人一种恪尽职守的感觉,但也让人觉得这是一种失误。就像到处教人如何去死的人亲自上台表演,却不慎弄假成真一样。

实际上,在我看来,父亲的灵柩安放得过于适得其所了,周围的一切都准备得十分周到得体。母亲、小和尚和各位施主都在父亲灵前痛哭。就连小和尚那结结巴巴的念经声,也仿佛是按照灵柩中父亲的指示进行的。

父亲的脸被埋在初夏的花丛中。花儿依然活得生机勃勃，透着几分阴森恐怖。花儿仿佛窥视井底一般低垂着头。它们为何如此？这是因为，死者的面孔从活着时所具有的存在表面无止境地凹陷下去，只在朝向我们的这一面还残存着面具边框一样的东西。它沉得如此之深，以至于再也无法捞起来。再没有什么能比死者的面孔更如实地告诉我们，所谓物质，是距离我们多么遥远的存在，而它的存在方式，又是多么难以理解。精神因死亡而转变为物质，我那时第一次接触到这样的情况。但现在我觉得自己渐渐理解了，五月的鲜花、太阳、桌子、校舍、铅笔……这些物质为何与我那般生疏，相距那般遥远。

母亲和各位施主注视着我和父亲见最后一面。不过，"见面"这个词暗示父亲还处在生者的世界，这是我那颗顽固的心所不能接受的。这根本不是什么见面，我看到的只是父亲的遗容。

尸体只能被人看，而我也只是在看。所谓"看"，正如平日无意识地去看什么东西一样，既是生者权力的证明，又是人的残酷的表现。这对我来说，乃是一种新鲜的体验。一个既不放声歌唱也不奔走呼号的少年，就这样学会了确认自己还活着。

虽然我非常自卑，此时却能毫不羞愧地将自己滴泪未流的明朗面庞转向各位施主。寺院位于临海的悬崖上，前来吊唁的客人背后，盘旋在日本海上的夏日乌云挡住了我的视线。

起龛[1]时开始念经，我也加入其中。正殿里光线昏暗，柱子上挂的灵幡，内殿横木上的华鬘[2]，以及香炉和花瓶之类的器物，在闪烁

1　举行禅宗葬礼时，送棺木到墓地称为"起龛"。
2　挂在佛堂内殿的装饰物，多用金铜、皮革等制作，镂刻花鸟、天女等。

的长明灯的映照下熠熠生辉。不时吹进殿内的海风鼓起我僧衣的长袖。念经时,我的眼角不断瞥见缝隙中渗出道道强光的乱舞的夏云。

来自寺外的强光不断倾注在我的侧脸。这侮蔑是多么刺眼……

送葬队伍再走一两百米就到火葬场的时候,突然遇到大雨。恰好此时来到一位好心的施主家门前,我们才得以同灵柩一起避雨。雨没有要停的样子,送葬队伍必须继续前进,于是大家备好雨具,用油纸把灵柩盖上,运到了火葬场。

那里是一小片乱石滩,位于向村子东南方突出的海角尽头。在这儿焚烧尸体,烟不会朝村子的方向扩散,所以似乎很早以前就被当作火葬场使用。

这一带海岸的波涛格外凶猛。波浪翻腾起伏,浪花飞溅,雨点不停地扎进不安的水面。无光的雨点只是冷静地刺穿非同寻常的海面。然而,海风突然把雨刮到了荒凉的岩壁上,白色岩壁瞬间染黑,就像被喷上了墨汁一样。

我们穿过隧道,来到这里。壮工为火葬做准备的时候,我们留在隧道里避雨。

这里见不到任何海景,只有波涛、湿漉漉的黑石和雨水。浇了油的灵柩承受着暴雨的敲打,木纹显得越发光润。

点火了。火化住持所用的配给油准备得相当充足,所以火在雨中不仅毫不示弱,反而还越烧越旺,发出鞭子抽打似的噼啪声。虽然是白昼,却仍可以透过滚滚浓烟清晰地看到透明的火焰。浓烟翻滚扩散,向山崖那边缓缓飘去。有一瞬间,雨中只剩火焰那端丽的身影在升腾。

突然传出一声什么东西爆裂的骇人巨响。原来是灵柩盖弹了起来。

我望了望身旁的母亲。母亲双手紧握念珠站在那里。她的面孔无比僵硬，仿佛凝固成一个小球，可以放入掌中一样。

遵从父亲的遗嘱，我前往京都，成为金阁寺的弟子。当时，我拜住持为师，出家修行。学费由住持支付，作为回报，我负责打扫，并照顾住持起居，相当于俗家的"工读生"。

入寺不久我就发现，严厉的舍监已应征入伍，寺里只剩下老的老小的小。来此出家，从许多方面说，我都如释重负。不会有人像俗家的中学生那样说我是和尚的儿子，拿我寻开心，因为这里的人都是同类……唯一的不同只是我口吃，而且比大家丑了点而已。

从东舞鹤中学退学后，经田山道诠法师介绍，我转入临济学院中学继续学业。再过不足一月，秋季学期就要开始，而我也要去新学校上学了。但我知道，开学后我们马上就会被动员去某处的工厂劳动。如今，我还剩几周暑假可以待在新环境了。这是我服丧期中的暑假，是昭和十九年[1]战争末期意外平静的暑假……我在寺院中过着循规蹈矩的弟子生活，但事后回想起来，那是我最后一个不折不扣的假期。那时的蝉鸣依然清晰地回荡在我耳畔。

数月不见的金阁，静静地矗立在夏末的光照之中。

我出家时刚剃过头，头皮青得发亮。空气好像紧贴在头皮上，这让我产生了一种古怪的危险感，仿佛脑中所思所念同外界事物之间只隔着一层敏感易伤的薄薄皮肤。

仰起这样的头去看金阁，金阁就不仅映入了眼帘，而且也似乎渗

---

[1] 昭和元年是1926年，昭和十九年就是1944年，后文以此类推，不再一一注释。

入了头里,就像我的头会在烈日下冒热气,而在晚风中会立刻凉快下来一样。

"金阁啊,我终于来你身边住下了。"我停下拿扫把的手时,心中喃喃自语,"现在倒也不必,等你什么时候想同我亲近时,再向我袒露你的秘密吧!再过些时候,我才能看清你的美,现在还看不见。真正的金阁啊,你一定要比想象中的金阁更美才行。如果你果真拥有这世上无与伦比的美,那请你告诉我,你为何这样美,又为何必须这样美吧。"

那年夏天,噩耗频传,悲惨的战况反倒滋养了金阁,让它越发辉煌灿烂。六月间,美军在塞班岛登陆,盟军也在诺曼底地区大举推进。这时参观者明显减少了,金阁似乎陶醉在这种孤独、寂静之中。

战乱与不安,尸横遍野和血雨腥风,这一切当然给金阁增色不少。金阁本来就是建造在不安之上的,是以一位将军为中心的众多心理阴暗者筹划建造的。从这座三层建筑杂糅的设计中,美术史家只看到了样式的折中,但设计者想必是在探索将不安凝固在建筑之中的样式,才自然形成了这样的设计。按照一种安定的样式建造的话,金阁必定会在很早之前就因为难以容纳不安而土崩瓦解了。

尽管如此,我还是好几次停下手中的扫把,仰望金阁,觉得它存在于此简直不可思议。上次我同父亲造访这里时只住了一晚,那时的金阁反倒没给我这种感觉。可现在,想到今后漫长的岁月里,金阁将永远矗立在眼前,我便觉得难以置信。

在舞鹤的时候,我以为金阁永恒地存在于京都的一角。但来到金阁住下之后,我又觉得,金阁只有在我看它时才会出现在我眼前,而夜里我在正殿睡下之后,金阁就不复存在了。因此,我一日中总要去望几次金阁,这遭到了师兄弟的耻笑。无论我去看金阁多少次,金阁都在那里,我对此感到十分不可思议。看完以后返回正殿的路上,我又觉得,倘若我突然转身再看一眼,金阁就会像欧律狄刻[1]一般立刻消失得无影无踪。

一天,我把金阁周边打扫干净,便躲开渐渐炽热的朝阳,进入后山,踏上通往夕佳亭的小路。此时尚未开园,四下无人。多半隶属于舞鹤航空队的一个战斗机编队从金阁上空低低飞过,留下一阵令人动弹不得的恐怖轰鸣。

后山中有一个布满水藻的冷清池塘,名叫安民泽。池中有个小岛,岛上立有一座五重石塔,名叫白蛇冢。这一带的清晨,鸟语喧杂,却不见鸟影,仿佛整个树林都在叽叽喳喳地鸣叫。

池塘的前面生着一片繁茂的夏草,一道低矮的栅栏将小路和草地隔开。草地上有一名穿着白衬衫的少年正在酣睡。他身旁的矮枫树上靠着一把耙子。

少年猛然起身,似乎恨不得要在这夏日清晨的寂静空气里挖出个洞来。看见是我,他说:"什么呀,原来是你啊!"

这少年名叫鹤川,昨晚刚经人介绍跟我认识。鹤川来自东京近郊的一座富庶寺院,学费、零钱和口粮都由家里充分供给。家里通过住持的关系将他托付给金阁寺,只是为了让他体验一下作为弟子修行的滋味。暑假他回家探亲,但昨晚就提前归来了。秋季开学之后,这个操着一口漂亮东京腔的鹤川,就会是我在临济学院中学的同学

---

[1] 希腊神话中音乐家俄耳甫斯的妻子。在她死后,俄耳甫斯进入冥土试图将她带回。冥王许诺让俄耳甫斯把欧律狄刻带回人间,但同时告诫俄耳甫斯,虽然欧律狄刻会一直跟在他身后,但离开地狱前万万不可回首张望。当俄耳甫斯踏出冥界之后,转身确定妻子是否还跟着他,但欧律狄刻此时还未踏出冥界之门,因此再度堕回冥界。

了。他说起话来又快又活泼，昨晚就让我有点发怵。

现在，听到他这句"什么呀，原来是你啊"，我也无言以对。可是，他似乎把我的沉默当成了对他的一种非难。

"算了吧，用不着扫得那么认真。反正游客来了又会弄脏的，何况也没几个游客。"

我微微一笑。这无意中流露出的无奈笑容，或许会在别人心中播下愿意与我亲密的种子。我就是这样，无法总是对自己在别人心中留下的具体印象负责。

我跨过栅栏，坐到鹤川身旁。他重新躺在草地上，曲肱而枕。他的胳膊外侧已经被晒得很黑，里侧却白得可以看见皮下静脉。晨光穿过树叶之间的缝隙，星星点点地映在淡绿色的青草上。凭直觉，我知道这少年恐怕不像我这样爱金阁，因为我不知何时开始将我对金阁的执念完全归咎于自己的丑陋。

"听说你父亲去世了。"

"嗯。"

鹤川飞快地转动眸子，毫不掩饰少年特有的那种热衷推理的劲头。

"你之所以爱金阁，是因为看见它就会想起父亲吧？比方说，你父亲很爱金阁，所以你就……"

他猜中了一半，但没有在我冷漠的脸上引发一丝变化。认识到这点后，我不由得有些开心。就像喜欢制作昆虫标本的少年经常做的一样，鹤川把人的感情也分门别类，整整齐齐地收藏在自己房间的漂亮小抽屉里，还不时拿出来实地检验。他似乎有这样的爱好。

"你父亲去世了，你肯定很伤心吧！所以你有时才会显得很孤独。昨晚第一次见到你之后，我就有这种感觉。"

他的话并没有引起我的丝毫反感。对方看出我的孤独，这反倒让我感到一种安心和自由，说话也流利了。

"我一点也不悲伤。"

鹤川扬起似乎有些恼人的长睫毛，紧盯着我。

"嗯……这么说，你恨你父亲喽？至少是讨厌他？"

"谈不上恨，也不讨厌……"

"这样啊，那你为什么不悲伤呢？"

"我也不知道为什么，唉。"

"真搞不懂你。"

鹤川似乎碰到了什么难题，从草地上坐了起来。

"瞧，你还有别的什么更伤心的事吧。"

"还有什么，我不知道。"我说。

如此回答他之后，我不由得反省：为什么自己总喜欢让别人起疑呢？对我来说，这个问题不言自明，没有任何疑惑之处。我之所以感觉不到悲伤，是因为我的感情也犯了口吃病，总是跟不上现实。结果，父亲之死这件事同我的悲伤这种感情，两者相互独立，各不相关，也各不相犯。时间上稍有偏差，稍有迟滞，便会令我的感情与事件本身重新陷入两相分离的状态——也许两者本质上就是分离的吧。如果说我还有悲伤这种感情的话，恐怕它会毫无理由地向我袭来，不需要任何事件和动机的触发……

所有这一切，我都无法向眼前这位新朋友解释清楚。这种情况已经不止一次发生。鹤川终于笑出了声。

"嘿，你可真是个怪人啊！"

白衬衫下，他的肚皮随着笑声一起一伏，在那上面晃动的光斑令我感到一阵幸福。我的人生也起了皱，就像这小子的衬衫上的皱纹一样。不过，尽管有皱纹，这件衬衫还是那样洁白耀眼……说不定，我的人生也会如此？

　　不管世间如何风云变幻，禅寺依然按照禅寺的规矩运行。时值夏季，每天最迟五点也得起床。这里将起床叫作"开定"。起床后马上就做早课读经，称作"三时回向"，也就是读三回经。随后开始对室内做扫除和擦洗。接着就是用早餐，这里叫作"粥座"。喝粥前还要念上一段粥座经：

> 粥有十利
>
> 饶益行人
>
> 果报无边
>
> 究竟常乐

　　饭后从事除草、打扫庭院、劈柴等"作务[1]"。开学了的话，"作务"之后就是上学时间。放学回来后不久便要吃"药石"。饭后，住持偶尔会亲自讲授经典。九点钟"开枕"，也就是就寝。

　　以上就是我的日课。每天早上，一听到负责伙食的"典座[2]"摇铃，我们就得起床。

　　金阁寺，也就是鹿苑寺里，本来应该有十二三人。但有的应召入伍，有的又被征去当劳力，如今除去一个负责向导和门卫的七十多岁老头子，以及一个负责烧火做饭的快六十岁的老太婆，就只剩执事、副执事和我们三个弟子了。老人们都是风烛残年，行将就木，少

---

1 禅宗用语，指禅僧进行扫除等劳务，被视为修行之一。
2 禅宗寺院中负责寝具、饮食等琐事的役僧。

年们则都是乳臭未干的孩童。执事也叫作"副司[1]",光是会计的工作就已经让他焦头烂额了。

几天后,我就被分配给住持(我们管他叫"师父")的房间送报。报纸通常会在早课结束、扫除擦洗完毕以后送到寺里。全寺有三十多个房间,我们却只有区区数人,要在短时间内将寺内所有走廊擦拭一遍,活儿干得难免粗糙。我在大门口接过报纸,穿过"使者间"前面的走廊,然后从"客殿[2]"后面绕一圈,经过中间走廊,前往师父居住的大书院。途中经过的走廊,清扫时大都是先倒水,然后任其自然风干,所以地板各处的凹坑里都积着水,在朝阳下闪闪发光,踩上去连脚踝都会打湿。好在是夏天,打湿了也舒服。不过,赶到师父房间拉门外,跪下询问"弟子能进来吗",听到师父"嗯"的回答后,必须先用僧衣下摆将湿漉漉的脚迅速擦干,然后才能进屋。这是师兄弟传给我的秘诀。

我在走廊中匆匆向前走去,闻着报纸油墨散发出的俗世的强烈气味,忍不住偷偷瞥了眼报纸的大标题,上面写着:"帝都[3]空袭或不可免?"

说来也怪,到那时为止,我都从未将金阁同空袭这两者联系起来思考。塞班岛失陷之后,舆论就认为本土遭到空袭在所难免,京都市的部分地区进行了紧急强制疏散。尽管如此,我仍然认为,金阁这样近乎永恒的存在同空袭的灾祸之间毫不相干。我非常清楚,金刚不坏的金阁和科学上的火在性质方面截然不同,就算二者相遇,也会

---

1 禅宗寺院中帮助住持掌管财务的役僧。
2 贵族宅邸或寺院里用来接待客人的殿舍。
3 即东京。

迅速而巧妙地避开彼此……不过，说不定金阁不久后也会在空袭的大火中焚毁。照这样发展下去，金阁注定难逃灰飞烟灭的命运。

自从萌生了这样的想法，金阁身上那种悲剧性的美便又增添了几分。

那是开学前一天，也是夏季的最后一天下午，住持带着副执事，应邀外出做法事去了。鹤川约我看电影，但我觉得没什么意思，他也突然兴味索然。他就是这么一种性格。

我们俩请了几小时假，穿上土黄色的裤子，扎好绑腿，戴上临济学院中学的制帽，走出了殿堂。正值夏季日头最毒的时候，一个游客都没有。

"咱们上哪儿转转吧。"鹤川提议道。

我回应说，在那之前，我想去好好看看金阁，因为从明天起，我们就无法在这个时间看到金阁了，而且说不定我们去工厂劳动，不在寺内时，金阁会在空袭中惨遭焚毁。我笨拙地解释着，不时打着磕巴。鹤川一直带着惊讶又焦急的表情听我讲话。

我只说了这几句就已经满头大汗，仿佛透露了什么见不得人的事一样。我从未向人袒露自己对金阁异乎寻常的执着，鹤川是唯一知晓这个秘密的。可听我讲话时，鹤川脸上只一种表情：焦躁。在我结巴时，那些努力想听懂我话语的人脸上，便常能看到这种表情。

我总是会碰到这样的面孔。无论是坦白重大秘密时，还是诉说美带给我的兴奋感受时，抑或是对人掏心掏肺时，我碰到的总是这样的面孔。人对人一般是不应摆出这样的面孔的。它以无可挑剔的精准度，如实地模仿了我那滑稽的焦躁感，可以说是我自身的可怕写照。这种时候，无论多美的面孔都会变得和我一样丑陋。一看到它，我想要表达的重要思想就会沦为瓦砾般一文不值的东西……

　　强烈的夏季阳光直射在我与鹤川之间。鹤川年轻的脸上泛着油光，一根根睫毛在阳光中闪着金光，鼻孔在闷热的空气中张得老大。他等着我把话讲完。

　　我说完了。吐出最后一个字的同时，我感到怒不可遏，因为从相识到现在，鹤川从没讥笑过我口吃。

　　"你为什么不笑我？"

　　我追问道。我反复说过，嘲笑和侮蔑比同情更合我的意。

　　鹤川露出难以形容的温柔微笑，然后这样说道：

　　"我天生就这样，对这种事一点都不介意！"

　　我不禁愕然。我在乡村粗野的环境中长大，从未感受过这样的温情。我从鹤川的温情中认识到，将口吃从我这一存在中去除之后，我也仍然是我。我仿佛被剥光了衣服，浑身上下畅快极了。鹤川那双长睫毛下的眼睛只是滤掉了我的口吃，却接受了我剩下的一切。我先前一直莫名其妙地坚信，无视我的口吃，就等于抹杀了我的存在。

　　我感到了心灵的和谐与幸福。难怪我一直对当时看到的金阁念念不忘。我俩从正打盹儿的门卫老人面前走过，沿着院墙下空无一人的道路赶到金阁面前。

　　我清晰地记得，两个打着绑腿、穿着白衬衫的少年，相互搭着肩膀，站在镜湖池畔。两人面前便是金阁，中间没有任何东西阻隔。

　　最后的夏天，最后的暑假，最后的一天……我们的青春站在令人目眩的顶端，金阁矗立在同样的顶端，与我们面对面地说话。对空袭的期待，竟将我们同金阁的距离拉得如此之近。

　　晚夏静静洒下的阳光似乎给究竟顶的屋顶贴上了金箔。直射下来的光芒，让金阁内部充满夜一样的黑暗。迄今为止，这座建筑都以其不朽的时间压迫着我，阻隔着我，但它不久后将被燃烧弹焚毁的命运却同我们的命运接近了。金阁也许会先我们而毁灭，如此一来，金阁似乎也经历了同我们一样的生命。

金阁周围长满红松的群山笼罩在蝉鸣之中，仿佛有无数看不见的僧人在念诵消灾咒：

　　佉佉。佉呬佉呬。吽吽。入嚩啰。入嚩啰。钵啰入嚩
　　啰。钵啰入嚩啰。[1]

这美丽的东西很快就要化为灰烬了，我想。于是，想象中的金阁便渐渐同现实中的金阁重合起来，就像将画绢上描摹的画叠放在原画上一般，二者的细节渐渐重叠，屋顶两两重合，突出在池面之上的漱清两两重合，潮音洞的勾栏两两重合，究竟顶的花头窗两两重合。金阁不再是一座岿然不动的建筑。可以说，它已化为想象世界虚幻无常的象征。如此想来，现实中的金阁也具备了不亚于想象中的金阁的美丽了。

也许明天大火便会从天而降，将细长的柱子和曲线优雅的阁顶都烧成灰烬，我们再也无从得见。然而，眼前的金阁依旧泰然自若，精致的倩影沐浴在如火的夏日骄阳之下。

山脊线上堆叠着庄严的夏云。父亲入殓时，我听着僧人念诵的枕经[2]，眼角也瞥见过这样的云。它积满了忧郁的光，俯视着这座纤细的

---

[1] 出自消灾吉祥神咒。读诵此咒可以消除灾难，带来吉祥。
[2] 灵前守夜或入殓时，在死者枕边念诵的经。

建筑。在如此强烈的夏末阳光的照射下，金阁的诸多细节一一丧失，内部被阴森冷寂的黑暗所笼罩，似乎只能通过神秘的轮廓对抗周围闪耀的世界。唯有阁顶的凤凰张开利爪，紧抓底座，竭力避免在烈日下摇晃。

鹤川对我的长久凝视感到不耐烦了，于是拾起脚下的小石子，以投手般的熟练姿势，向镜湖池中金阁的倒影正中掷去。

波纹把水面的浮藻推挤开去。刹那间，池面上那座美丽精致的建筑便碎裂崩坏，消失无踪了。

从那时起到战争结束的一年，是我和金阁最为亲密的时期。我无时无刻不在担忧它的安危，无时无刻不沉浸在它的美丽之中。怎么说呢，在这段日子里，我将金阁同自己拉到同一高度，并在这一假想中无所畏惧地热爱着金阁。我当时还没受到金阁的恶劣影响，或者说，还没有受到它的毒害。

我同金阁在这个世上面临着共同的危难，这一事实激励了我。我找到了将自己与美联系起来的媒介。在那个拒绝我、疏远我的事物同我之间，似乎架起了一座桥梁。

能焚毁我的火也能焚毁金阁，这一想法几乎令我心醉神迷。既然我们命中注定要遭遇同样的灾祸和同样的不祥之火，那金阁和我所在的世界便隶属于同一维度。金阁虽然坚固，却拥有同样易燃的、由碳元素构成的肉体，同我这副脆弱丑陋的躯壳一般无二。想到这里，我有时甚至觉得，自己可以将金阁藏在我的肉体里，藏在我的身体组织里，然后溜之大吉，如同盗贼逃跑时将昂贵的宝石吞入腹中藏匿起来一样。

请想想那一年，我没有习经，也没有读书，成天不是在修身、操练、习武,就是去工厂帮工,协助强制疏散,日复一日地过着这样的生活。我那富于幻想的性格越发严重,而拜战争所赐,我也渐渐不再拥有正常的人生。对我们这些少年来说,所谓战争,是一场梦幻般没有实质内容的匆忙体验,犹如一间将自己同人生意义断绝开来的隔离病房。

昭和十九年十一月,B-29型轰炸机首次轰炸东京。当下大家便猜测,或许京都明天就会遭到空袭。我暗自梦想京都全市都陷入火海。这座古都原封不动地保留了太多古老的东西,许多神社佛阁已经忘记了自己诞生于灼热的灰烬之中。念及应仁之乱后这座古都如何满目荒凉,我便觉得京都已经忘记战火的动荡太久,它的美也因此丧失了几分。

明天金阁就会是一片火海了吧。占据在空间中的那种形态将不复存在……那时阁顶的凤凰会像不死鸟一样死而复生,腾空而起吧。而一直被形态所束缚的金阁也将起锚扬帆,透着微光随意漂荡,在湖上,在昏暗的海潮上,处处都能见到它的身影……

等啊等啊,京都始终没有遭受空袭。翌年三月九日,东京平民区一带被大火吞噬的消息传来,但京都依然远离灾祸,头上只有澄澈的早春天空。

我近乎绝望地等待着,但我竭力让自己相信,这早春的天空正如闪亮的玻璃窗,虽然看不到窗内的模样,但里面肯定隐藏着大火与毁灭。如前所述,我对他人的关心是极度缺乏的,不论是对父亲的去世,还是对母亲的贫困,我都几乎无动于衷。我梦想着有一台天空般巨大的压榨机,把灾祸、不可收拾的乱局、惨绝人寰的悲剧、人类与物质、丑陋与美好……统统都装进去,在同一条件下碾成齑粉。我常常觉得,这早春天空不同寻常的光芒,仿佛是一把铺天盖地的巨斧的利刃发出的寒光。我只是等待着巨斧落下，等待着它以让人无暇思索的速度快快落下。

　　有些事，我至今仍然觉得不可思议。我本来并没有被黑暗的思想俘获。我关心的对象，我面临的难题，应该只有"美"而已。可是，我并不认为是战争导致我思想黑暗。如果你的全副心思都铺到"美"上面，便会在不知不觉中与世上最黑暗的思想相遇。人或许生来便是如此。

　　我想起战争末期在京都的一段插曲。那件事几乎令人难以置信，但目击者不止我一个。我身旁还有鹤川。

　　那天是电休日[1]，我和鹤川一同前往南禅寺。我们还从未拜访过那里。我们横穿过宽阔的公路，又经过一座架设在斜坡索车轨道之上的木桥。

　　那是五月的一个艳阳天。索车已经不再使用，牵引船舶用的斜坡轨道锈迹斑斑，几乎被杂草掩埋。草丛中的十字形小白花迎风颤抖。淤积的污水漫到斜坡底部，这边岸上，路边的叶樱[2]将全部倒影都浸泡在污水之中。

　　我们站在这座小桥上，茫然地望着水面。战争期间的记忆影影绰绰，唯有这种短暂而无意义的片刻给我留下了最鲜明的印象。这种无所事事、神情恍惚的短暂时间在我的记忆中无处不在，就像是不时从云缝中露出的一块块晴空。不可思议的是，我竟对这样的时间记得如此清晰，仿佛那是一段段令人终生难忘的快乐记忆。

1　二战末期，由于电力不足，日本的兵工厂不能保证正常生产，于是规定一周有一天停止生产，称作"电休日"。
2　樱花凋谢后开始长出嫩叶时的樱树。

"真好啊。"

我又呆呆地微笑着说。

"嗯。"

鹤川也看着我微微一笑。我俩都深深感到，只有这两三个小时是属于自己的时间。

脚下延伸着一条宽宽的碎石路，路旁流着清澈的渠水，美丽的水草在水中摇曳。不一会儿，那道著名的山门就横在我们面前。

寺内不见人影。一片新绿中，露出众多小庙的屋瓦，如同一本本倒扣着的锈银色大书，相当惹眼。这一瞬间，战争又是什么东西呢？在某个地点、某个时间，战争似乎只是存在于人的意识中的奇怪精神事件。

传说石川五右卫门[1]曾脚踩门楼上的栏杆，赞赏满目繁花，那件事大概就发生在这座山门吧。尽管已到叶樱时节，我们还是抱着孩子般的心情，打算摆出五右卫门那样的姿势，眺望一番楼上的景色。于是我们付了点门票钱，开始攀登黑漆漆的陡峭木梯。爬完一段，来到楼梯平台，鹤川在低矮的顶棚上撞到了头。我刚取笑过他，自己就跟着撞了一下。我们又拐了个弯，继续攀登，来到楼上。

钻出地窖般狭窄的楼梯，开阔的景色顿时呈现在面前，那种紧张感令人备感畅快。我们尽情饱览了叶樱、松树，树林对面鳞次栉比的房屋，房屋后面环绕的平安神宫森林，京都市街尽头雾霭弥漫的岚山、北方、贵船、箕里、金昆罗等山脉，然后便像寺院弟子那样，脱下鞋子，毕恭毕敬地走进殿内。昏暗的佛堂里铺着二十四张草席，中

---

[1] 石川五右卫门（1558—1594），活跃在日本安土桃山时代的一位劫富济贫的义贼，因劫夺丰臣秀吉的财产，被秀吉烹杀。五右卫门脚踩栏杆眺望风景的片段，出自初代并木五瓶创作、1778年首演的歌舞伎剧目《楼门五三桐》。

央供奉着释迦牟尼像，两旁立着十六尊眼放金光的罗汉。这座楼名叫五凤楼。

虽然同属临济宗，但南禅寺与相国寺派的金阁不同，它是南禅寺派的大本山[1]。也就是说，我们现在身处同宗异派的寺院里。不过，我们就如同普通中学生那样，一只手里拿着观光指南，边走边欣赏色彩鲜艳的天棚画，据说这些画出自狩野探幽守信[2]和土佐法眼德悦[3]的手笔。

天棚的一边绘有弹琵琶、吹玉笛的飞天。别处的天棚上画着手捧白牡丹振翅飞翔的迦陵频迦。这是住在天竺雪山上的妙音鸟，上半身是丰满的女子形态，下半身是鸟。中央的天棚上绘有一只凤凰，似乎是金阁顶上那只凤凰的同伴，但前者羽翼华美，犹如彩虹，同那只威严的金鸟毫无相似之处。

我们在释尊像前跪下，合掌示敬，然后走出佛堂。不过，我们舍不得离开楼上，就靠在刚才攀登的那段楼梯旁边朝南的栏杆上。

我感觉眼前不知从哪里冒出了一个美丽的彩色小旋涡似的东西，或许是刚才一直在看的天棚画那色彩艳丽的残影。丰富的色彩凝集于一处，给我的感觉，就像是有一只类似迦陵频伽的鸟藏在嫩叶或青松的树枝下，从缝隙里露出华丽羽翼的一角。

但情况并非如此。在我们眼下，道路的另一头便是天授庵。幽静的庭院里简单地栽了几棵矮树，一条由方石角角相接铺成的小径蜿蜒着穿过庭院，通向敞开拉门的宽阔房间。房间里，壁龛也好，多宝

1　日本佛教用语，指位于总本山之下的统率小寺院的大寺院。而总本山指统辖同一宗派各寺院的总寺院。
2　狩野探幽守信（1602—1674），江户初期的画家，名守信，法号探幽斋，幕府御用画师。
3　土佐派画师，生平不详。

橱式橱架也好，全都一览无余。这里似乎经常举行向神佛献茶的仪式，或者租出去办茶会，所以地板上铺着一条绯红色的鲜艳毛毡。一个年轻女人坐在那里。刚才映入我眼帘的，就是这个女人。

战争期间，我从未见过任何一个女人身着如此华丽的长袖和服。要是她以这副装扮出门，路上肯定会遭人责难，而不得不中途折返吧。那身长袖和服就是如此漂亮。虽然看不清具体的花纹，但我依然能认出浅蓝色的底子上印着或者绣着花儿，而绯红腰带上的金线，夸张地说，简直映得满堂生辉。年轻女人端坐在那里，白皙的面庞犹如浮雕，让人不禁怀疑她并非血肉之躯。我极度口吃地问道：

"那究竟是不是活人呀？"

"我也正这么想呢。看起来就跟人偶似的。"

鹤川目不转睛地答道。他尽量往外探出身子，胸口紧压着栏杆。

这时，一个身穿军服的年轻陆军士官从内室走出来，在离女人一两尺的地方面朝对方彬彬有礼地坐下。两人纹丝不动，对坐良久。

女人站起身，悄然消失在走廊的阴影中。不一会儿，女人捧着茶碗回来了，长袖在微风中摆动。女人在男人面前敬茶。按茶道礼仪敬上淡茶后，女人坐回原位。那男人说了些什么，但没怎么喝茶。这段时间让人觉得非同一般地长，也非同一般地紧张。女人深深地垂下了头……

然后便发生了一件令人难以置信的事。那女人保持着端坐的姿态，忽然敞开衣领。我几乎听见了丝绸衣服从勒紧的衣带中扯出时的沙沙声。雪白的胸脯顿时袒露出来。我惊得屏住了呼吸。女人竟公然用自己的手托出了一只丰满白皙的乳房。

那士官手捧深色茶碗，膝行至女人面前。女人两手揉着乳房。

虽然并未亲眼得见，下面这一幕却似乎清晰地浮现在我眼前：温热的白色乳汁射入深色茶碗中泛着泡的暗黄绿色茶水里，停止挤奶时，乳头上还残留着奶滴，而那寂静茶水的表面，已因落入的白色乳汁而泛起浑浊的泡沫。

男子举起茶碗，将这碗不可思议的茶水一饮而尽。女人随即掩上了自己雪白的胸脯。

我与鹤川两人看得太入迷，以至于腰背都僵硬了。事后我们条分缕析，猜测那可能是怀上士官孩子的女人和即将出征的士官在举行告别仪式。不过，我们当时过于震撼，根本没去想任何解释。因为过于专注地紧盯着那个房间，我们过了一会儿才察觉这对男女不知何时已经离开，屋里只剩下那条宽大的绯红毛毡。

我看见了那张浮雕般的白皙侧脸和无与伦比的雪白胸脯。女人离开之后，无论是当天剩下的时间，还是第二天，乃至第三天，我都在执拗地思考一件事：那女人分明就是死而复生的有为子本人啊！

第三章

父亲的一周年忌日到了。母亲想出一个匪夷所思的祭奠方法。我已经被动员去劳动,难以返乡,于是母亲打算亲自带父亲的牌位来京都,请田山道诠法师在旧友的忌日为其诵经,哪怕几分钟也好。母亲当然没钱付超度费,只是凭旧日交情给法师写了封信。法师答应下来,还将母亲的意思告知了我。

听到这个消息,我心里并不高兴。到现在为止,我都没写母亲,这是有原因的——我不太愿意谈论她。

在某件事上,我不曾责备母亲一句,也从未对任何人提起。她恐怕已经察觉我知道那件事。不过,那件事之后,我心里就始终没有原谅她。

我进东舞鹤中学以后,寄居在叔父家。那件事便发生在第一学年暑假我初次回乡的时候。当时我母亲的亲戚中有一个叫仓井的男人,在大阪生意失败后回到成生。他是入赘女婿,妻子不许他再进家门,于是仓井只好来父亲的寺院暂住,等妻子消气。

我们寺院蚊帐很少。我和母亲同患有结核病的父亲睡在一个蚊帐里,竟然奇迹般地未被传染。如今又加进来一个仓井。记得那是夏天的一个深夜,蝉在庭院的树木间飞来飞去,不停地发出知了知了的短促啼叫。也许就是这种声音把我吵醒的。海潮喧嚣,海风吹拂着黄绿色的蚊帐下摆。蚊帐正以不寻常的方式摇晃。

蚊帐刚被鼓起来,就将海风滤了出去,只好无奈地摇摆着。因此,蚊帐被风吹起来的形状,并没有忠实地反映风的样子。风势减弱后,蚊帐的棱角也随之消失。蚊帐的下摆拂过草席,发出如同风吹竹叶般的沙沙声。但蚊帐不是风吹动的。像涟漪一样传遍蚊帐的,是一种比风吹时更微细的颤动。粗布大蚊帐微微痉挛着,从内侧看去,仿佛是骚动不已的湖面,而那荡漾的水波,也许是远方船只激起的刚刚传来的波浪,或者是已经远远驶离的船只留下的余波……

我战战兢兢地向波浪的源头看去。就在这时,我感觉自己在黑暗中睁大的眼睛的正中央似乎扎进了一把锥子。

四人共用的蚊帐显得尤为狭窄,我睡在父亲身边,梦里翻身时,不知不觉把父亲挤到了角上。所以,我同我看到的东西之间,隔着一段皱巴巴的白床单,而我背后就是蜷身而卧的父亲,他呼出的气息直喷到我的后颈上。

我发现父亲是醒着的,因为他强忍着咳嗽,呼吸不畅,时徐时疾的气息触到了我的后背。就在这时,十三岁的我睁开的双眼,突然被某种宽大温热的东西遮住,什么也看不见了。我马上明白过来:是父亲的双手从背后伸过来,蒙住了我的眼。

对父亲的手掌,我至今记忆犹新。那是一双大得无法形容的手掌。它从我背后绕过来,忽然盖住我的眼,将我正在目睹的地狱掩藏起来。这是来自另一个世界的手掌。虽然不知是出于爱、慈悲,还是屈辱,但这双手掌将我接触到的骇人世界当即截断,埋入了黑暗之中。

我在那双手掌里轻轻点了点头。父亲从我那小脑袋的动作里意识到谅解与认同,便把手掌挪开……手掌挪开之后,我却依然像遵守着它的命令一般,继续顽固地紧闭双眼,直到天亮后,室外灿烂的阳光穿透了眼睑。

请回想一下,后来父亲出殡时,我忙着去看父亲的遗容,竟没流一滴眼泪。请回想一下,父亲一死,我也从他手掌的束缚中解脱出来。通过专心去看父亲的遗容,我确认了自己还活着。对那双手掌,对世人称为"爱"的东西,我竟然从未忘记一定要复仇。但对母亲,虽然我决不原谅她给了我那段可怕的记忆,却从未想过要向她复仇。

根据安排,母亲将在父亲一周年忌日的前一天来金阁寺,并留宿一晚。住持给我写了说明信,好让我在忌日当天能向学校请假。我每天都要去参加义务劳动。忌日前一天,因为要回鹿苑寺,我心情十分沉重。

心地透明单纯的鹤川为我即将与母亲久别重逢而感到高兴,师兄弟们对此也颇为好奇。我憎恨贫困寒酸的母亲,但又难以向热情的鹤川说明自己为何不愿见母亲。工厂刚下班,鹤川就抓着我的胳膊说:

"快,咱们跑回去吧!"

若说我根本不愿见母亲,未免有些夸张。我并非不想念她,或许只是单纯讨厌亲人对我露骨地表达感情的场面,所以试图为这种厌恶寻找各种理由罢了。这是我的坏毛病。以诸多借口将某种真实的情感正当化,这其实无可厚非。但有时候,我头脑中编出的无数理由,会把始料未及的情感强加到自己身上,而那种情感本来并不属于我。

然而,单就我的厌恶来说,却是有一定道理的,因为我自己就是个值得厌恶的人。

"没必要跑啊，太累人了，慢慢走回去就行。"

"你是想让母亲同情你受苦了，跟母亲撒娇吧！"

鹤川总是这样，对我的解读总是充满误解。但在我看来，他一点也不讨厌，而且还必不可少。他真的是一位充满善意的翻译，是能把我的语言翻译成现世语言的、无可替代的朋友。

不错，有时我把鹤川想象成能够点石成金的炼金术士。如果说我是照片的底片，那他就是正片。我那混浊灰暗的感情，一经他的心灵过滤，就会全部变得晶莹剔透、光彩四溢。这样的情况我震惊地见识过多少次啊！当我磕磕巴巴、犹犹豫豫的时候，鹤川的手总能将我的情感的内面翻转过来，暴露给外界。从一次次的震惊中，我学到了这些道理：单就感情而言，世上最坏的感情与最好的感情其实没有区别，其效果是一致的；杀意和慈悲从外表看是无法分辨的；等等。即便我费尽唇舌解释，鹤川恐怕也不会相信这些。但对我来说，这是一个恐怖的发现。就算我在鹤川的影响下不再畏惧伪善，那也是因为伪善在我看来只是相对的罪恶罢了。

在京都没遇到的空袭，我却在大阪亲身经历了。工厂派我出差，我拿着飞机零件订单去大阪总厂时，恰巧遇上空袭，目睹了肠子露出来的工人躺在担架上被运走的场景。

为什么露出来的肠子会那样凄惨呢？为什么一见人的内脏便会毛骨悚然，不得不捂上双眼呢？为什么一见流血便会受到强烈震撼呢？为什么人的内脏那么丑陋呢……它和光滑、细嫩、美丽的皮肤在本质上不是完全一样的吗？……如果我对鹤川说，这种将丑陋虚无化的想法是从他那儿学到的，他会是怎样的表情呢？将人的内侧和外侧视为一体，就像玫瑰花瓣一样没有内外之分，这样的想法为什么看上去就缺乏人性呢？如果人能将精神的内侧与肉体的内侧像玫瑰花瓣一样柔软地翻来卷去,暴露在阳光和五月的和风中,那么……

母亲已经到了,正在师父的房间说话。我和鹤川跪在初夏黄昏中的外廊边上,禀报说:"我们回来了。"

师父只把我叫进屋,当着母亲的面,说了些"这孩子学得不错"之类的话。我低着头,几乎不看母亲一眼,但还是瞥见了洗褪色的藏青色棉布劳动裤的膝头,以及并排放在上面的肮脏手指。

师父说我们母子可以回房休息了。我们再三行礼,然后才离开。我的住处在小书院,是一个朝南的五张草席大小的储藏室,面对中庭。只剩我们两人的时候,母亲哭了起来。

我早就料到她会来这一出,所以能冷淡应对。

"我已经是托付给鹿苑寺的人了,在我学成之前,请别到这儿来看我。"

"我知道,我知道。"

劈头就对母亲抛出冷酷无情的话语,我不禁暗自高兴。但母亲和往常一样,什么也没有感觉到,也没有做任何反驳,这又让我焦躁不已。尽管如此,倘若母亲越过门槛,闯进我内心……光是想想这种情形都觉得可怕。

母亲晒得黝黑的脸上,一双狡黠的小眼睛深陷在眼窝里,只有嘴唇红润光滑,仿佛属于另一种生物。满口坚硬牢固的大牙,一看就知道是乡下人。如果是城里女人,在这个年纪,就算浓妆艳抹也不足为奇。我敏感地察觉到,她那尽量往丑里打扮的脸上,不知哪儿还残留着几分仿佛积淀在那里的肉感。我对此深感厌恶。

从师父面前退下来,在我面前痛痛快快地哭了一场之后,母亲拿出配给的人造纤维毛巾,敞开晒黑的胸口擦了起来。这种质地的毛巾带着一种动物皮毛般的光泽,被汗濡湿后,显得越发光亮了。

母亲从帆布背包里取出米,说是要送给师父。我没有作声。接着,她又取出了用深灰色旧丝绵裹了好几层的父亲的牌位,放到我的书架上。

"我太高兴了。明天请法师念念经,你父亲也会开心的吧。"

"忌日一过,你就回成生吗?"

母亲的回答出乎我的意料。她说,她已把那座寺院的产权转给别人了,仅有的那点水田旱地也处理了,还清了父亲治病欠下的费用,她此后将孤身一人前往京都近郊的加佐郡,在我伯父家住下。她这次来就是要告诉我这个。

我本该回去继承的寺院没有了。那荒凉海角的村子里,本该迎接我归来的地方没有了。

此时,我脸上浮现出一种解脱的表情,我不知道母亲对此作何理解。她凑到我的耳边说道:

"听着,孩子,你的寺院已经没有了。你只有当金阁寺住持这一条路可走了。你一定要讨法师欢心,成为他的接班人。听懂了吗?妈活着只有这个盼头了。"

我惊慌失措地回头去看母亲的脸,却又提心吊胆,无法直视。

储藏室已经昏暗下来。这位"慈母"在我耳边讲话时,散发的汗味就在我周围飘荡。我记得当时母亲笑了。很久之前她给我哺乳的记忆,她那浅黑色乳房的记忆,这些想象在我心中横冲直撞,让我很不自在。卑下的野心之火被点燃,而那里面竟然带着一种肉体上的强制力,这不禁令我毛骨悚然。母亲卷曲的鬈发碰到我的脸上时,我看见一只蜻蜓飞入暮色中的庭院,落在长满青苔的石制洗手盆上休憩。圆形小石盆的水面上,倒映着傍晚的天空。万籁俱寂,鹿苑寺此时仿佛空无一人。

我终于可以直视母亲了。她咧嘴一笑，光滑嘴唇的一角露出亮闪闪的金牙。我回答时口吃得十分厉害：

"可是，我早晚都会被征入军队，说不定还会战死呢。"

"傻瓜。要是你这个结巴也被拉去当兵，日本就完了。"

我后背紧绷，心里恨透了母亲。可我结结巴巴说出的只是遁词而已。

"金阁说不定会在空袭中被烧得一干二净呢。"

"都到这份儿上了，京都是绝不会被空袭的，美国佬会高抬贵手的。"

我没有作答。黄昏的寺内庭院蒙上了海底一般的颜色。石头保持着激烈格斗的姿态沉入海中。

母亲对我的沉默不加理会，站起身，毫不客气地望着围住这五张草席大小的房间的板门，说道：

"还没到用药石的时间吗？"

后来回想，这次同母亲的会面，对我的心灵产生了不可低估的影响。如果说我是在这时意识到母亲同我生活在截然不同的世界，那也正是在这时，她的想法开始对我产生巨大的作用。

母亲属于天生就与美丽的金阁无缘的人，但她拥有我不具备的现实感。京都无空袭之忧，尽管这是我的梦想，但说不定果真如此。如果此后金阁不会有遭到空袭的危险，那我当下就会失去生存的意义，我所居住的世界也会土崩瓦解。

另一方面，母亲那出人意料的野心，虽然惹我憎恶，却也俘获了我的心。虽然父亲从未提起，但他说不定也抱着和母亲一样的野心才将我送到金阁来。因为田山道诠法师是单身汉，如果师父自己就是在上代住持的期待下继承了鹿苑寺的话，那么只要我用心，便有可能被拟定为法师的继承人。倘若如此，金阁寺就归我所有了！

我的思想混乱了。当第二个野心成为沉重的负担时，我就会回到第一个梦想——金阁遭到空袭——上来。这个梦想被母亲直截了当的现实判断戳破之后，我又回到了第二个野心上来。如此思来想去，反复折腾，结果脖颈上长出了一个又红又大的肿块。

我没有去理会肿块。但它竟然扎下了根，又热又沉，压在后脖颈上，搅得我无法安眠。在断断续续的昏睡中，我梦见脖颈上长出一个纯金的椭圆光环，环绕在脑后，还在一点点扩大。醒来一看，哪里有什么光环，只不过是不怀好意的肿块在隐隐作痛罢了。

我终于发烧了，卧床不起。住持把我送到外科医生那里，身穿国民服、打着绑腿的外科医生轻描淡写地说这不过是"疖子"，连酒精也舍不得用，只是在火上烤了烤手术刀权当消毒，就朝我脖子上切了下去。

我呻吟起来，只觉得那炽热而沉闷的世界在我后脑勺崩裂、萎缩、衰亡……

战争结束了。在工厂收听天皇朗读停战诏书时，我心中想的只有金阁。

所以，我一回寺院就急匆匆地直奔金阁就不足为奇了。观光道上的碎石在盛夏的阳光中晒得滚烫，我的运动鞋的粗劣胶底不断沾上一粒粒小石子。

听了天皇的停战诏书，东京的人多半都跑到皇宫前去了吧，这里也有许多人赶到人去楼空的京都皇宫前痛哭。这种时候，京都有的是适合跑去哭天抢地的神社佛阁。京都各处的寺庙这一天肯定都生意兴隆，但金阁寺偏偏无人问津。

于是，滚烫的碎石路上，只有我一人。不，应该说，那边有金阁，这边有我吧。自从这天第一眼看到金阁，我就觉得"我们"之间的关系已经发生了变化。

金阁超越了，或者说假装超越了战败的冲击和民族的悲哀。昨天以前的金阁还不是这样。金阁最终免遭空袭烧毁，从今往后也不再为此担忧，这无疑让金阁恢复了往日的表情，向世人宣告："我自古便居于此地，将来也将永驻此地。"

金阁内部依然保留着古老的金箔，外壁则似乎被夏日阳光胡乱涂抹上了一层保护漆。金阁就像一件高雅却无用的日用器具，静静地摆在那里，俨然是放置在燃烧着绿色火焰的森林前的空荡荡的巨大陈列架。适合在这座陈列架上摆设的物品，应该只有硕大无朋的香炉，或者无边无际的虚无之类。但金阁已经丧失了这些东西。它突然清空了自己的本质，莫名其妙地在那里筑起了一副空虚的外壳。更奇怪的是，即便在金阁不时显露的美之中，也未曾有过如今日这般的美。

金阁超脱了我的想象，不，它甚至超脱了现实世界，杜绝了任何类型的短暂易变。金阁从未显露过如此坚固的美！这种美拒绝所有的意义，前所未有地辉煌灿烂。

毫不夸张地说，我看着看着，不由得双腿战战，额冒冷汗。记得之前见过金阁后回到乡下，觉得其细节与整体如音乐般呼应回响。同那次相比，现在我听到的则是完全的静止、沉寂，里面没有任何流动与变化。金阁就在那里存在着、屹立着，就像音乐中可怕的休止，又像震耳欲聋的沉默。

我和金阁的关系结束了，我想。我与金阁同居一个世界的梦想也破灭了。而且，原来的——不，是比原来更令人绝望的事态发生了：美在那边，而我在这边。只要这个世界继续存在，这一事态就不会改变……

对我来说，战败就是这样一种绝望的体验。我至今仍然看得到八月十五日那天熊熊烈焰般的夏日阳光。有人说，一切价值都崩溃了，可我内心刚好相反——"永远"觉醒复苏，开始主张自己的权利。"永远"告诉我，金阁将在那里永世长存。

"永远"自天而降，沾在我们的脸上、手上、肚子上，将我们彻底埋葬。这可诅咒的东西啊……对了！停战那天，我在四周群山的蝉声中，也听到了这好似诅咒的"永远"。它把我封进了金色的墙土之中。

那日夜里，开枕读经之前，为了祈祷天皇陛下安泰，并安慰战死者的亡灵，特别念诵了很长的经文。开战以来，各宗僧侣都只是穿着简单的轮袈裟[1]，那晚师父特地换上了存放多年的绯红色五条袈裟[2]。

他那张微胖的脸干干净净，似乎连皱纹深处都清洗过一样。那天，他这张脸格外红润，一副心满意足的神情。在这闷热的夜里，他那清晰的衣服摩擦声令人听了倍觉凉爽。

读罢经，全寺的人都被召到师父的居室，听他讲禅。

师父讲的禅门公案，是《无门关》[3]第十四则：《南泉斩猫》。

---

[1] 一种宽六厘米左右的轮状袈裟，挂于脖子之上，两端垂于胸前，是一种外出用的简略袈裟，日本天台宗、真言宗、净土宗僧人多用。
[2] 袈裟三衣之一，由五条布拼接而成，每条又分为两隔，一长一短，共计十隔，形成一块田状的方布。
[3] 全称《禅宗无门关》，宋代无门慧开禅师撰、参学弟子宗绍编的一部禅宗经典，共收录禅宗公案四十八则。

《南泉斩描》在《碧岩录》中分两则收录，即第六十三则《南泉斩猫》和第六十四则《赵州头戴草鞋》，是自古以来著名的晦涩难解的公案。

中国唐代的时候，池州南泉山上有一位叫普愿禅师的名僧，又因山名而被称作南泉和尚。

这一日，寺中全体僧徒正要出门割草，一只小猫突然出现在这座寂静的山寺。众人在好奇心的驱使下争相追逐，逮住了小猫，然后东西两堂就爆发了争执，因为他们互不相让，都想将小猫当作自己的宠物。

南泉和尚见状，一把抓住小猫的脖子，将割草的镰刀架在上面，说道：

"大众，道得即救，道不得即斩却也！"

众僧无人作答。南泉和尚遂斩而弃之。

日暮时，南泉和尚的高徒赵州回来了。南泉和尚将事情原委讲了一遍，并征求赵州的意见。

赵州当即脱下脚上的草鞋，顶在头上，走了出去。

南泉和尚叹道：

"子若在，即救得猫儿。"

故事大致如此。赵州将草鞋顶在头上这一段，尤其以难解著称。然而，根据师父的说法，这并不是那么难懂的问题。

南泉和尚斩猫，是要斩断自我的迷妄，斩除妄念妄想的根源。通过斩下猫首这一冷酷无情的实践，来斩断对一切矛盾、对立和自他的执念。如果说南拳斩猫是"杀人刀"，那赵州顶鞋就是"活人剑"。赵州以无限的宽容之心，将裹满淤泥、饱受蔑视的草鞋顶在头上，实践了菩萨之道。

老方丈如此说明之后便结束了讲禅，一点都没提日本战败的事。我们大感不解，完全不明白师父为什么在战败这天特意选了这个公案来讲。

返回自己房间的时候，我在走廊上对鹤川提出了这个疑问。鹤川摇着头说：

"我也不明白。没有禅堂生活的经验，就不会明白呀。不过，我觉得今晚讲禅的独到之处就在于，在战败的日子却丝毫不谈战败，而是讲了什么斩猫的故事。"

战争以失败告终，但对我来说绝非不幸。只是，师父那充满幸福似的神色却让我有些耿耿于怀。

一般来说，对住持的尊敬之心维持着一座寺院的秩序，但在承蒙师父关照的过去一年里，我却对他从未产生过深深的敬爱之情。这其实也并无不可，但自从母亲点燃了我的野心以来，十七岁的我有时竟以批判的目光来看待师父。

师父是公平无私的。但不难想象，如果我是师父，也会做到这样公平无私。师父的性格中缺乏禅僧特有的那种幽默感，尽管他那种胖乎乎的人通常都带有几分幽默感。

听说师父极尽风流之能事。一想到他与女人亲热的情景，我就觉得既可笑又不安。试想一下，被他那粉红糕饼一样的身体紧紧抱住，女人会是怎样的心情呢？她肯定会觉得，那粉嘟嘟的柔软肉体连着世界的尽头，而自己已被埋入肉体的坟墓之中了吧。

禅僧也有肉体，这简直不可思议。师父极尽风流之能事，应该是为了舍弃肉身，蔑视肉体。可奇怪的是，这被蔑视的肉体却尽情地吸取营养，变得细腻光滑，将师父的精神包容其中。这肉体真是如同被彻底驯化的家畜般温顺谦恭啊。对法师的精神来说，这肉体就好比侍妾……

我必须说清楚，战败对我意味着什么。

那不是解放，绝对不是解放。只是对不变的、永恒的、已经融入我们日常生活的佛教生活的回归罢了。

寺院的日课，从战败次日便恢复了原样：开定、早课、粥座、作务、斋座[1]、药石、开浴[2]、开枕……此外，因为师父严禁购买黑市米，我们喝的稀粥往往只在碗底沉着几粒米。这些米要么是施主捐赠的，要么是副司为我们这些正处于发育期的僧徒着想，谎称是施主捐赠，实际是从黑市购入的。有时候还要去买甘薯。不仅早餐，午餐和晚餐也都吃粥或者甘薯，天天如此，我们经常饿得前胸贴后背。

鹤川会不时拜托东京的家人寄甜食过来，夜深人静后，他就拿到我枕边一道分享。深夜的天空中偶尔会有闪电划过。

我问他，你家里这么富有，父母又对你这么慈爱，干吗不回去呢？

"这也是修行嘛！反正我也是要继承父亲的寺院的。"

鹤川似乎丝毫不觉得这有什么苦，完全接纳了这种生活方式，就像装进筷盒的筷子。我进一步说，以后也许会迎来一个难以想象的新时代。这时我想起，停战后第三天，我去学校的时候听大家说，担任工厂负责人的士官将满满一卡车物资运回了自己家。那士官好像还公然宣称："今后我也做黑市生意啦！"

---

1 禅宗用语，指用午餐。
2 禅宗用语，指打开浴室洗澡。

我想，那个胆大妄为、目光残酷而敏锐的士官，正在罪恶的道路上飞奔。他穿着半长筒靴奔跑，道路前方是混乱无序的世界，如同尸横遍野的战场，让人联想到血色的朝霞。他出发的时候应该是这样一幅场景吧：带着残留的夜气的风吹拂着他的面颊，胸前的白色丝巾上下翻飞，他背着偷来的大量物资，背都被压弯了。他将以极快的速度毁灭吧。不过，在更远的地方，闪烁着混乱无序的光芒的钟楼上，响起了悠扬的钟声……

我已经同这一切隔绝开来。我没钱，没有自由，也没有解放。可是，当我说到"新时代"的时候，十七岁的我已经下定了决心，尽管那决心尚未清晰成形：

"如果世人是通过生活和行动体验罪恶的话，那我就尽量深入自己内心的罪恶吧。"

然而，我最初想到的罪恶，只是如何巧妙地讨好师父，以便有朝一日金阁能落入手中，或者只是毒杀师父然后登上住持宝座之类荒唐的白日梦。确认鹤川没有相同的野心以后，这个计划甚至让我心安理得起来。

"你对未来没有什么不安或希望吗？"

"没有，一点都没有。有又能怎么样？"

鹤川如此答道，语气中没有半点阴暗或敷衍。这时，一道闪电划破长空，把他脸上唯一的纤细部分——两条平平的细眉——照得一清二楚。他似乎任由理发师将眉毛的上下部分都剃掉了，于是，他本来就不粗的眉毛被人为修饰得更加纤细了，眉梢的一部分还隐约看得出剃过之后留下的青色痕迹。

我瞥了眼那道青痕，不由得忐忑不安起来。这个少年和我这种人不同，他生命灯芯的纯洁的一端正在燃烧，而未来只有在燃烧到的时候才会显露。未来的灯芯还浸泡在透明冰冷的灯油之中。如果未来只剩下纯洁无瑕，谁还有必要预见自己的纯洁无瑕呢？

那天晚上残暑未退，闷热难当，因此鹤川回自己的寝室之后，我怎么也睡不着。此外，我还要努力抗拒手淫的恶习，便越发难以成寐。

我偶尔梦遗，但梦中并没有明确的意淫对象。例如，我会梦见昏暗的街道上跑着一条黑狗，嘴里冒火似的喘着粗气，脖子上的铃铛响个不停，越响我就越兴奋，等铃声响到最密时，我便射精了。

我手淫的时候，常抱着地狱般的幻想。有时出现的是有为子的乳房，有时出现的又是有为子的大腿，而我会变成一只无比小的丑陋爬虫。

我一脚踢开被子，从小书院的后面悄悄溜出来。

鹿苑寺后方，夕佳亭再往东，有一座山名叫不动山。山上长满红松，红松中夹杂着茂密的细竹，还有溲疏和杜鹃等灌木。这座山我很熟，即使摸黑登山也不会摔跤。登到山顶，放眼望去，上京、中京、比叡山和大文字山尽收眼底。

我抬脚攀登。在惊鸟扑棱棱的拍翅声中，我目不斜视，避开树桩，一路向上。我什么都不去想，只是不停地攀登，这很快就治愈了我骚动的内心。到达山顶时，凉爽的夜风将我大汗淋漓的身体都包裹了起来。

眼前的景象让我简直不敢相信自己的眼睛：京都市长期以来的灯火管制解除了，目力所及之处，无不是点点灯火。战后，我还没在夜里登过这座山，所以这番景象对我来说近乎奇迹。

灯火构成了一幅立体图案。零星散落在平面上的灯火丧失了远近感,仿佛一座完全由灯火构成的透明的巨大建筑,四处丛生着复杂的檐角,两侧延伸着宽大的翼楼,赫然屹立在夜色中央。这才称得上京城。只有皇宫所在的森林不见灯光,如同一个巨大的黑洞。

远处,不时有一两道闪电从比叡山的一角划破黑沉沉的夜空。

这就是俗世,我想。战争已经过去,灯下的人们被邪念驱使着。灯下的男男女女注视着彼此,已经嗅到了迫在眉睫的死一般的行为的气息。一想到这无数的灯火都是邪恶的,我就备感安慰。但愿我心中的邪恶无限繁衍,大放异彩,同眼前的万千灯火保持一一对应!但愿将我心中的邪恶包裹起来的黑暗,同将万千灯火包裹起来的夜的黑暗不相上下!

参观金阁的人渐渐增多。为应对通货膨胀,师父向京都市当局提交了参观费涨价的申请,并得到了批准。

过去来参观金阁的,只有三三两两身着军装、工作服或者劳动裤的朴素游客。战败后不久,随着占领军的到来,俗世的淫乱之风便开始在金阁周围蔓延。与此同时,向神佛献茶的习惯也恢复了,女人们把珍藏在各处的华丽服装穿出来,纷纷登临金阁。在游客眼中,我们,或者说我们身着僧衣的形象,与他们形成了鲜明的对照。仿佛我们是一群醉汉,在乘着酒兴扮演僧侣取乐;或者是某地的居民,在故意固守古老的奇特风俗,给前来猎奇的游客参观……尤其是美国大兵,他们会毫不客气地拉起我的僧衣袖子,笑个不停;或是掏出三两张钱来,向我们租赁僧衣,说要拍照留念。我之所以会碰上他们,是因为我和鹤川有时会被拉去顶替不懂英语的导游,尽管我们也只会说只言片语。

战后的第一个冬天到了。一个星期五的晚上,天下起了雪,直到周六都还不见停。在学校的时候,我就开始憧憬中午放学回去观赏雪中的金阁。

　　午后,雪还在下。我脚蹬长筒靴,肩挎书包,沿着观光道来到镜湖池畔。漫天的雪花纷纷扬扬,我像儿时常做的那样,仰面朝天,大张着嘴。雪片落在我的牙齿上,发出宛如敲击极薄的锡箔一样的声响,然后扩散到温热口腔的每个角落,仿佛融入了鲜红的口腔肌肉的外壁。这时候,我不禁想起究竟顶上的凤凰的嘴,那只金色的怪鸟也有一张光润温热的嘴。

　　雪让我们感觉自己又成了少年。话说回来,即便过了年,我也才十八岁呢。我感到体内洋溢着少年般的勃勃朝气,这难道是假话吗?

　　雪中的金阁美得无与伦比。这座四面无墙的建筑,任凭雪花飘入其中,一根根细柱银装素裹,傲然挺立。

　　我暗忖,雪为什么就不口吃呢?被八角金盘的叶子阻挡的时候,雪片也会像口吃一样磕绊一下,然后才落到地上。不过,沐浴着从无遮无拦的天空顺畅无阻地飘落下来的雪花时,我便忘记了内心的扭曲,如同沉浸在音乐之中,精神又恢复了自然的律动。

　　事实上,拜这飞雪所赐,立体的金阁才得以成为平面的金阁,画中的金阁不再蔑视一切。镜湖池两岸红叶山上的枯枝,几乎撑不住雪的重量,树林看上去比以往任何时候都更加光秃。远近松树上的积雪十分壮美。结冰的池面上,已经堆起了雪。但不可思议的是,有的地方竟然没有积雪,大胆地涂抹出一块块形状粗糙的大白斑,如同装饰画里的云朵。九山八海石[1]和淡路岛[2]也同结冰池面上的雪连成

1　靠近金阁寺镜湖池中小岛的石头,象征围绕须弥山的九山八海。
2　金阁寺镜湖池中的一个小岛。

一片，尤其是那些枝繁叶茂的小松树，看上去就像是从冰雪原野的中央偶然冒出来似的。

  无人居住的金阁里，只有究竟顶和潮音洞的屋顶，加上漱清殿的小屋顶这三处呈现出清晰的白色，其余那些昏暗复杂的木架在白雪的映衬下反倒鲜明夺目。古老黑木的艳丽色泽让我不由得想窥视金阁里是否有人居住，就像我们观赏南画[1]时，总忍不住想凑到近前，瞧一瞧山中楼阁里会不会住着人一样。不过，就算我将脸凑到金阁跟前，也只会撞上冷飕飕的雪的画卷，无法继续深入吧。

  今天究竟顶上的门也向雪花飞舞的天空敞开着。我抬头仰望，心中仿佛逐一看到，究竟顶那空荡荡的狭窄空间里，雪花来回飞舞，不久就在壁面古迹斑斑的金箔上断了气，凝结为点点金色的露珠。

  第二天是星期日，老导游一大早就来叫我。

  原来门还没开就有外国士兵要来参观。老导游打手势要他们稍等，便来叫我这个"懂英语的"。说来也怪，我的英语比鹤川说得还利落，而且说起英语来从不结巴。

  大门外停着一辆吉普车。一个喝得酩酊大醉的美国大兵手扶大门柱子，俯视着我，轻蔑地笑了笑。

  雪霁天晴，前庭的积雪洁白耀眼。那个青年背朝耀眼的雪地，满脸堆着一层层泛着油光的肥肉，嘴里吐出一团团白气，夹杂着威士忌的酒气朝我脸上喷来。虽然他们平常就是这副德行，但一想到这种身材魁梧的人内心躁动的情感，我便惶惶不安。

  由于我事先决定不作任何反抗，便告诉美国大兵，虽然现在还不

---

[1] 受中国南宗画的影响，江户中期开始盛行的一种中国风格浓厚的绘画。

到开门时间，但我还是特地来为他做导游，并请他付门票钱和导游费。大个子醉鬼出人意料地老老实实交了钱，然后向吉普车内瞥了一眼，说了句"出来吧"之类的话。

雪反射的日光晃得人几乎睁不开眼，我之前一直看不见黑黢黢的车厢里的情况。车篷的采光窗中，似乎有什么白色的东西在蠕动，好像是兔子。

一只穿着细长高跟鞋的脚伸出来，踩在吉普车的踏板上。这么冷的天，她却没穿袜子，我不由得吃了一惊。女人穿着火焰般鲜红的外套，手指甲和脚指甲都涂成了同样的红色，让人一眼便知她是专门向外国士兵卖春的妓女。外套下摆分开的时候，便露出了略有些脏的毛巾质地的睡衣来。这女人也喝得酩酊大醉，两眼发直。男人虽然整整齐齐地穿着军服，女人却似乎刚起床，在睡衣上径直缠了条围巾，披了件外套就出来了。

女人的脸映着雪光，显得异常苍白。在几乎没有血色的肌肤上，突兀地浮现出两片涂着大红色口红的嘴唇。女人刚下车就打了个喷嚏，细细的鼻梁上生出密密的小皱纹。她用疲惫的醉眼瞟了眼远方，便又深深陷进迷糊的状态中。接着，她开始呼唤男人的名字，把"杰克"叫成了"加克"。

"加克，好冷啊！好冷啊！"

女人悲惨的叫声在雪地上空回荡，男人却并不应答。

我还是第一次觉得这种烟花女子美。说她美，并非因为她像有为子。她就如同一幅经过反复推敲以求处处都有别于有为子而画出的肖像，带有一种同我记忆中有为子的形象相对抗的新鲜之美。也就是说，她似乎迎合了我人生中初次感到美之后的官能上的反抗。

她只有一点和有为子一样，就是对我这个脱去僧衣，只穿一身脏兮兮的工作夹克和长靴的人,同样瞧也不瞧一眼。

那天一大早,全寺上下出动去扫雪,好不容易才在观光道上清理出一条通路。虽说来旅行团的话会相当拥挤,但如果只有平日那么多人,就可以排成一列前进。于是,我领着美国大兵和那女人走上了这条路。

美国大兵走到池畔,视野顿时开阔起来,不禁张开大手欢呼,嘴里嚷嚷着我听不懂的话。他兴奋地用力摇晃着女人的身子,女人不由得秀眉微蹙,只是又说了一句:

"噢,加克,好冷啊!"

美国大兵看到一棵被积雪压弯了枝条的常青树,指着叶子后面亮晶晶的红果,问我那叫什么,我只能回答说:"常青树。"虽说他体格壮硕,但说不定是个抒情诗人,可那双清澈的蓝眼睛里却透着几分残酷。在外国的《鹅妈妈童谣集》[1]中,说黑眼睛的人邪恶又残酷。由此而见,将外国人想象得很残酷,这也是人之常情吧。

我遵循惯例带他们游览金阁。喝得烂醉的美国大兵东倒西歪,脱下皮鞋甩得这儿一只那儿一只。我用冻僵的手从口袋里掏出该在这种场合朗读的英文导游书,谁知旁边的美国大兵一把抢过去,用戏谑的调子念了起来,我也就无须为他导游了。

我倚在法水院的栏杆上,望着反射着强光的池面。金阁内部从未被照耀得如此明亮,简直让人感到不安。

我没察觉那对男女是何时向漱清亭走去的。直到他们发生了争吵,我才回过神来。二人越吵越凶,但我一句也没听明白。女人言辞激烈地回骂美国大兵,但听不出她说的是英语还是日语。他们边吵

---

[1] 英国民间童谣集。

边返回法水院,已经完全忘掉了还有我这个导游。

女人冲着伸长脖子骂人的美国大兵脸上狠狠打了一记耳光,然后转身就逃,穿着高跟鞋沿观光道朝入口跑去。

我不知究竟发生了什么事,便从金阁下来,向池畔跑去。可当我追上那女人的时候,长腿的美国大兵已经追到,一把揪住了女人那鲜红大衣的前襟。

美国大兵朝我这边瞥了一眼,轻轻松开了揪住女人火红胸口的手。不过,那只手先前使出的力量似乎非比寻常,刚一松开,女人就直挺挺地仰面倒在雪地里,火红大衣的下摆分开,露出白皙的大腿,摊在雪地上。

女人不想爬起来,从下方死死瞪着这个顶天立地般的男人那高高在上的眼睛。我只好蹲下身,打算将女人扶起来。

"嘿!"美国大兵叫了一声。我转过头,只见他已经双腿叉开站在我眼前,用手指向我示意着什么。他一反刚才愤怒的姿态,换上温暖圆润的声音,用英语说:

"踩她。你踩她试试呀!"

我一头雾水,但那双高高在上的蓝眼睛正无声地对我下达着命令。他宽阔的肩膀后边,银装素裹的金阁光彩四射。冬日的天空一碧如洗,温润光洁。那双蓝眼睛已经一点都不残酷了。不知为何,刹那间,我觉得那对眸子竟然充满了诗意。

他向下伸出肥大的手,抓住我的后脖颈,把我揪了起来。不过,他发号施令的声调仍是那样温和亲切:

"踩呀!快踩呀!"

我知道此命难违,只好抬起穿着长筒胶靴的脚。美国大兵在我肩上拍了一下,我的脚落了下去,只觉得踩到了春泥般柔软的东西。那是女人的肚子。女人闭上眼呻吟起来。

"使劲踩！再使点劲！"

我又踩下去。初次踩时还觉得别扭，这次心中却突然迸发出莫名的喜悦。这是女人的肚子啊，我想。这是女人的胸脯啊，我又想。真没想到，人的肉体竟会像皮球一样富有弹性，踩下去就一定会弹起来。

"可以了。"

美国大兵用清脆的声音说，彬彬有礼地抱起女人，拂去她身上的泥和雪，然后扶着女人走开了。他走在我前面，一次也没回头。那女人也始终别开视线，没看我的脸。

走到吉普车前，美国大兵叫女人上了车，然后用酒醒后极严肃的表情对我说了声谢谢。他要给我钱，我拒绝了。他又从车座上取出两条美国香烟，硬塞到我臂弯里。

我站在大门前，在雪地的强烈反光中，脸颊滚烫。吉普车扬起一阵雪烟，小心翼翼地颠簸着渐行渐远，最后消失不见。我的肉体依旧亢奋不已。

亢奋好不容易平息下来之后，我脑子里又冒出一个念头，想用伪善之举取悦他人。师父喜欢抽烟，接受这份赠礼的时候，该会多么高兴啊。至于礼物从何而来，他将全然不知。

先前的一切，没有必要向他坦白。那不过是我受命于人，被迫干的。如果我反抗，不知会落得怎样的下场。

我向大书院师父的房间走去，副司正在给师父剃头，那是他擅长的手艺。我站在洒满朝晖的外廊边上等候。

庭院里陆舟松上的积雪光洁耀眼，看上去浑似一张折叠起来的崭新船帆。

剃头时师父闭着眼,双手捧着一张纸,接住剃下的头发。剃一刀露一块头皮,动物般鲜活的轮廓渐渐清晰地呈现出来。一剃完,副司就拿来热毛巾把师父的头裹住。过了一会儿,揭开毛巾,下面露出热腾腾的脑袋,仿佛刚出生或者刚煮熟一样。

我终于说明了来意,一边叩头,一边献上两条切斯特菲尔德香烟。

"哈哈,辛苦啦。"

师父说,嘴角露出一抹似有还无的微笑,此外便再无反应。然后,他就像例行公事一样,将这两条烟拿起来,随手放到堆满文件和书信的桌子上。

副司开始给师父揉肩,师父又闭上了眼睛。

我不得不退下。不满的情绪使我浑身燥热难当。我犯下一桩莫名其妙的恶行,因此得到香烟作为奖赏,师父收下香烟却对其来历一无所知……这一串相互关联的事件本应导致更戏剧化、更激烈的事态发生。可是,连师父这样的人都对此毫无察觉,这又成了我看不起师父的一个重要理由。

我正要退下时,师父把我叫住了,因为他恰好在盘算对我施恩。

"听着,"师父说,"我想等你中学一毕业,就送你上大谷大学。你父亲在九泉之下肯定也在担心你。你一定要好好读书,以优异的成绩进入大学。"

这消息立刻从副司的嘴里传遍了整个寺院。师父主动提出要送我上大学,这证明他对我寄予厚望。我常听人说,过去徒弟若想被送入大学,必须去住持房间揉肩揉上百个晚上,方能得偿所愿。靠家里出钱上大谷大学的鹤川拍着我的肩膀向我道喜,而另一个徒弟没有得到师父的任何许诺,从此便不再跟我说话。

第四章

不久,昭和二十二年春,我进入大谷大学预科。在外人看来,我大概是在师父始终不渝的关怀之下,在同事无比钦羡的目光之中,得意扬扬地入学的。但事实并非如此。那次升学还发生了一件事,光是回想起来都觉得可恨。

这天,距离师父答应送我上大学那个下雪的早晨已过了一周了,我放学回寺,那个没有得到师父任何许诺的徒弟,用着一副幸灾乐祸的表情看着我,而此前他是连话也不跟我说的。

我一眼就看出,不论是寺里的男仆还是副司,对我的态度都有些异乎寻常,但表面上还装作若无其事的样子。

当晚我去鹤川寝室,抱怨说全寺上下都在用奇怪的眼神看我。起初,鹤川也同我一起歪着脑袋纳闷,但感情上向来不会弄虚作假的鹤川不久便一脸愧疚地盯着我。

"我是听那个家伙说的……"鹤川举出了另一个徒弟的名字,"他也是听别人说的,因为那天他也上学去了,不知道寺里的事……总而言之,你不在寺里的时候,发生了一件怪事。"

我顿时慌乱起来,连忙追问。鹤川让我发誓保守秘密,然后才一边观察我的脸色,一边讲出了事情的原委。

那天下午,一个身穿大红色大衣,做外国人生意的妓女造访寺院,要求会见住持。副司代替住持来到大门口。女人将副司大骂一通,说非要见住持不可。这时师父偏偏正好从走廊经过,看到女人的身影,就走到大门口。那女人说:大概一个星期前,一个雪霁天晴的早晨,她和一名外国士兵一起来参观金阁。寺里有个小和尚为了讨好外国士兵,竟然在她被外国士兵推倒在地之后,上来猛踩她的肚子,当天晚上她就流产了,所以她想找寺院赔些钱,不然便要把鹿苑寺的暴行公之于众,让世人全都知道。

师父默默地给了钱,打发那女人回去了。他知道,那天担任导游的除了我没有别人。由于当时没人看到我的暴行,师父叮嘱大家决不能让我知道妓女来要钱的事。他决定对发生过的一切置之不理。

然而,全寺上下一从副司那里听说妓女来要钱的事之后,就毫不怀疑脚踩孕妇的事是我干的。鹤川眼含热泪,拉起我的手,用清澈透明的目光注视着我,那少年般纯真的声音令我的心为之一颤。

"这事真是你干的吗?"

我直面自己的阴暗情感。鹤川这句刨根问底般的质问使我逃无可逃。

鹤川为什么要问我这个呢?是出于友情吗?他自己是否知道,由于这样质问我,他便抛弃了自己真正的职责?他是否知道,他这样质问我,就等于是在我内心深处背叛了我?

我应该多次说过,鹤川是我的正片……如果鹤川忠实于自己的职责,就不应该刨根问底,不应该问这问那,而应该将我阴暗的情感原原本本地翻译成明朗的情感才对。如此一来,谎言就会成为真相,真相也会成为谎言。鹤川天生便具有翻译的本领——把所有的阴影翻译成光亮，把所有的黑夜翻译成白昼，把所有的月光翻译成日光，把所有夜晚湿漉漉的苔藓翻译成白天沙沙作响、闪闪发光的嫩叶——如果鹤川将这种本领发挥出来，我说不定会结结巴巴地忏悔一切。然而，偏偏这一次他没有这样做。于是，我阴暗的情感越发得势……

我含糊地笑了。深夜，寺院里没有生火，寒气逼人，膝盖冰冷。我们窃窃私语，周围耸立着几根古老的粗大柱子。

我哆嗦起来，可能是寒冷所致。不过，第一次公然对好友说谎的快乐，也足以让睡衣掩盖下的双膝战栗不止。

"我什么也没干！"

"是吗？这么说，是那女人撒谎了。该死，就连副司都信以为真哩。"

他的正义感渐渐高涨，以至于愤慨激昂地表示，明天一定要去找师父为我申辩。这时，我心里不由得浮现出师父那刚刚剃过、活像煮熟的山芋一样的脑壳，随后又浮现出他那张逆来顺受的粉红色脸颊。不知怎么的，我突然对这一形象感到十分厌恶。趁鹤川的正义感尚未表露，我必须亲手将其掩埋。

"可是，师父是不是也相信是我干的呢？"

"这个嘛……"鹤川一时不知如何作答才好。

"不管别人怎么造谣中伤，只要师父默默观察，洞悉是非，我就放心了。反正我是这么想的。"

就这样，我让鹤川相信，他要替我申辩的话，反而只会加深大家对我的猜疑。我说，正是因为只有师父知道我是无辜的，所以才会对发生过的一切置之不理。说这话时，我心中不禁生出一阵喜悦，而这喜悦渐渐在我心中牢牢地扎下了根,那是"没有目击者,没有证人"的喜悦。

当然,我并不相信只有师父承认我是无辜的。毋宁说恰好相反。师父对发生过的一切置之不理,反倒证明了我的这一推测。

说不定,从我手里接过两条切斯特菲尔德香烟时,师父就已经看穿了一切。他之所以置之不理,或许只是因为要远远地等待,看我会不会主动找他忏悔。不仅如此,他送我上大学这件事或许就是个诱饵,想以此来交换我的忏悔。如果我不忏悔,他便会不许我升学,以惩罚我的不诚实;如果我忏悔了,在确认我有悔改表现之后,他便会特别施恩,准许我升入大学。而更大的陷阱在于,师父不让副司告诉我女人曾来寺里勒索的事。倘若我确实无辜,就可以毫无所感、一无所知地一天天过下去,就像往常一样。另一方面,倘若我真的犯下了暴行,而且多少有点脑子,就可以继续过同之前一模一样的生活,纯洁而沉默,俨然一个无辜者,绝无忏悔的必要。不,不必一模一样,只要大体相似便可以了。这就是最好的办法,也是证明我清白的唯一途径。师父就是这样暗示的。他骗我掉进了陷阱……一想到这里,我就怒火中烧。

我也不是没有辩解的余地。如果我不踩那个女人,外国士兵也许就会掏出手枪,威胁我的性命。占领军是反抗不得的。所有的暴行,我都是被迫犯下的。

然而,透过我的长筒胶靴底部感受到的女人的腹部,那媚人的弹力,那痛苦的呻吟,那种将肉之花踩躏到绽放的感觉,那种感官上的迷醉,以及当时从女人体内贯穿我体内的那种隐微的闪电般的东西……这些却不能说也是我被迫体会到的。那一瞬的甜美,我至今仍难以忘怀。

师父是知道这感觉的真谛，知道这甜美的真味的！

此后一年，我一直都像关在笼中的小鸟。我时时刻刻都能看见那个笼子。虽然我打定主意决不忏悔，但每天都过得心神不宁。

不可思议的是，当时我丝毫不觉得是犯罪的行为，也就是踩踏女人的行为，竟然在我的记忆中渐渐光芒四射起来。这不仅是因为我知道她后来流产了。那种行为就像沙金一样，在我的记忆中沉淀下来，无时不在放射夺目的光芒。没错，那就是恶之光。即便那只是轻微的罪恶，但不知从何时起，我明确地意识到自己确实做了恶。那罪恶就像一枚勋章，挂在我的心中。

说说实际问题吧。在参加大谷大学的考试之前，我只能反复揣摩师父的意思，除此之外也无计可施。师父从未说过后悔答应送我上大学的话，但也从未催我抓紧备考。不管他是什么意思，我都多么盼望他能说句痛快话呀。但他始终不怀好意地沉默不语，让我遭受长久的拷问。我也不知是因为害怕，还是为了反抗，反正有关升学的事，我再也没去询问过师父的意思。过去，我同别人一样对师父满怀敬意，有时也以批判的目光看待师父。但现在，师父慢慢变成了一个大怪物，变成了一个没有人心的存在。不管我回避多少次，他都始终如故，仿佛一座奇怪的城堡盘踞在那里。

时值晚秋，师父应邀去为一位老施主主持葬礼，那个地方乘火车要两小时才能到，所以师父头天晚上便宣布，说明天早晨五点半出发，副司同行。为了保证师父能在那个时间出门，我们必须四点起床，打扫卫生，准备早餐。

我们刚起床，就趁副司照料师父的空当，读经做早课。

昏暗冰冷的僧房不断传来嘎吱嘎吱的辘轳转动声，全寺上下都忙着洗脸。后院的鸡鸣分外清澈响亮，打破了晚秋破晓前的宁静。我们合拢法衣的袖口，匆匆赶往客殿佛坛。

黎明前的寒气中，这个无人住宿的宽敞房间的草席给人一种奇怪的感觉，似乎在抗拒我们的触碰一样。烛台上的火焰摇曳不定。我们行三拜之礼。先是站着叩头，然后跪坐，随钲声叩头，如此反复三遍。

早课读经时，我常常感觉得到男声齐诵中的勃勃生机。一天当中，要数早课读的经声最有活力。嘹亮的声音吹散了昨夜的妄念，似乎声带里进出的不是音节，而是黑色的意念飞沫。我不知道自己是怎样一种情形。尽管如此，想到我的声音也同样在将男人的污秽思想撒播出去，我竟生出了一股奇妙的勇气。

我们还未用完粥座，师父出发的时间就到了。按照寺规，我们都要到门外列队，为师父送行。

天还没亮，依旧满天星斗。通往山门的石板路上洒满银白的星辉。四处树影蔓延，高大的柞树影子和梅树、松树的影子交叠融合，铺满了地面。我穿着破了洞的毛衣，拂晓的寒气从胳膊肘钻了进来。

一切都在无言中进行。我们默默垂下头，向师父行礼。师父几乎没有什么反应。只听见师父和副司脚下的木屐踏在石板上啪嗒作响，离我们越来越远。我们必须目送到完全看不见他们的背影，这是禅家的礼节。

他们远去的背影已经模糊不清，只有白色的僧衣下摆和白色的布袜依稀可辨。有时我觉得已经完全看不见他们了，但那只是因为他们融入了树影之中。当他们的白下摆和白布袜在树影尽头出现时，脚步声的回音听上去反倒越发响亮了。

我们凝眸目送他们。从他们二人出山门，到完全消失踪影，时间好像过去了很久。

当时我心中生出一股异样的冲动。如同想从嘴中迸出一句要紧的话，却结结巴巴地怎么也说不出来一样，这股冲动卡在我的嗓子眼儿里，火烧火燎的。我渴望获得解放。母亲曾暗示，希望我能承袭住持的位子，而今不仅这一希望已经落空，就连升入大学也没了指望。我渴望从默默支配我、压迫我的桎梏中解脱出来。

不能说我这时候缺乏勇气。我明白，坦白是需要勇气的！这二十年来，我一直默不作声地活着，早就懂得坦白的价值。难道说我在小题大做？师父缄口不言，我就用不坦白来对抗，我这样做就是想试试"我是否可以作恶"。如果我坚持到最后也不忏悔，那么即使是极小的恶，也足以证明我已经可以作恶了。

然而，随着师父的白下摆和白布袜在树影中若隐若现，在黎明前的昏暗之中渐渐远去，卡在我嗓子眼里的那股火热的力量几乎就要喷薄而出。我真想将一切都讲出来，真想追上师父，拉住他的衣袖，把下雪那天发生的事，大声向他和盘托出。促使我产生这一想法的，绝不是对师父的尊敬。对我来说，师父对我施加的，是近乎一种物理意义上的强力。

然而，倘若我坦白，那我人生中第一次犯下的小小罪恶也就瓦解了。这样的想法阻止了我，仿佛被什么东西紧紧拽住了后背。师父的身影早已穿过山门，消失在微明的天空之下。

大家突然获得了解放，乱哄哄地跑进大门。我依旧发着呆。鹤川在我的肩头拍了一下，我似乎也跟着清醒过来，瘦削而寒碜的肩膀又恢复了矜持。

如前所述，尽管经过一些波折，我最终还是进了大谷大学。我并不需要忏悔。几天之后，师父把我和鹤川叫去，直截了当地告诉我们，应该开始准备考试了，为不耽误我们学习，免除了我们所有的作务。

我就这样顺利地进入了大学，但这并不意味着一切问题都得到了圆满解决。师父仍旧是那副态度，对我那天干的事不发一言，就连打算让谁做继承人的问题，也没有透露半点口风。

大谷大学是我人生的转折点。正是在这里，我第一次与思想，而且是我自由选择的思想，发生了亲密接触。

这所大学的前身，原本是将近三百年前，即宽文五年[1]，迁至京都枳壳邸内的筑紫观世音寺大学寮[2]，后来长期是大谷派本愿寺弟子的修道院。本愿寺十五世常如宗主时代[3]，浪华门徒高木宗贤布施重金，选了洛北乌丸头这个地方兴建了这所大学。本校占地一万二千七百坪[4]，作为大学绝不算大。不过，这里不仅有大谷派自己的僧徒，也会聚了各宗各派的年轻弟子，在此学习佛教哲学的基础知识。

古老的砖砌校门将电车道和大学运动场隔开，同西面天空下层峦叠嶂的比叡山相对。进入校门，一条碎石路直通主楼前的停车门廊。主楼是一座古雅沉郁的二层红砖建筑。大门顶上耸立着一座青铜高塔，说它是钟楼吧，却没有钟；说它是报时台吧，又不见报时器。纤细的避雷针下，这座高塔的空洞方窗中露出一块蓝天，仿佛将青空的一角剪了下来。

主楼大门旁矗立着一棵菩提古树，那庄严的繁茂枝叶在阳光下

---

1 即1665年。
2 日本古代负责培养中央官吏的机构称为"大学寮"。
3 即1664—1679年。
4 1坪约合3.3平方米。

泛着红铜色。校舍由主楼不断向外扩建而成,凌乱无序地连成一片,但其中大多是木制平房。由于学校禁止穿鞋进屋,所以各栋房舍之间由绵延无尽的游廊相连。游廊地上铺的板条已开始破损,只有破损的部分才断断续续地修理过。于是,如果在各栋房舍之间穿行,脚下的木料从最新到最老都有,仿佛行走在浓淡不一的拼贴画上。

我像任何一所学校的新生一样,每天都带着新鲜的心情上学,但过得却是稀里糊涂。我只认识鹤川一人,有话只能找他说。如此一来,特意到这个新世界来就没什么意义了。连鹤川也有同感,没过几天,我们就在休息时间故意分开,各自去结交新的朋友。不过,口吃的我总是鼓不起勇气,所以随着鹤川的朋友日益增多,我却变得越发孤单了。

大学预科一年,要学的科目有修身、国语、古汉语、现代汉语、英语、历史、佛典、逻辑、数学、体操等十门,其中逻辑课从一开始就让我头痛。一天,上完逻辑课,进入午休时间,我带着两三个问题,准备向早就希望当面请教的一位同学求助。

这个同学总是独自一人在后院花坛旁吃盒饭。这个习惯就像一种仪式。而他丑陋的就餐方式也十分遭人厌,所以谁也不接近他。他也不与同学说话,似乎拒绝结交朋友。

我知道他名叫柏木。柏木的显著特征是内翻足,而且很严重。他走起路来非常僵硬,就像一直在泥泞中跋涉,一条腿好不容易拔出来,另一条腿又陷了进去,同时还伴随着全身的摇摆起伏。那模样宛如在跳一种夸张的舞蹈,怎么看都不正常。

刚一入学,我就注意到了柏木。这并非毫无理由,他的残疾让我安心。从一开始,他那双内翻足便意味着对我身体条件的认同。

柏木坐在后院长着三叶草的空地上，打开盒饭。后院对面是一座玻璃破碎掉落的破屋，空手道部和乒乓球部便在那里面。后院里种着五六棵瘦小的青松，还放着一个小小的木框温床。木框上涂的绿漆早就剥离、翘起了，如同干枯的人造花一样卷曲着。温床旁有带两三层搁板的盆栽架、堆积如山的瓦砾，还有栽着风信子和樱草的花圃。

坐在三叶草地上是十分惬意的。阳光被柔嫩的草叶吸收，草地上铺满细碎的叶影。这一带似乎轻轻地飘浮在地面之上。坐着的柏木与走路时判若两人，同别的学生没什么两样。不仅如此，他苍白的脸上还有一种严厉之美。肉体上残疾的人同美女一样，都会显露一种无畏之美。残疾人也好，美女也好，都因为总被人看而备感疲惫，早就厌倦了他人的目光。走投无路时，他们只得转过头来，以本来面貌回视对方。谁能看对方看到最后，谁就是赢家。虽然柏木吃盒饭时垂着头，我却觉得他已经将自己周围的世界尽收眼底。

他在阳光下惬意知足。他的这种形象打动了我。看得出来，在春光里、花丛中，他完全没有我所感到的那种羞惭和内疚。他就是自我主张的那个形象，更准确地说，他就是存在的形象本身。他那坚韧的皮肤怕是连日光也穿不透，渗不进。

那盒粗糙的饭食——尽管他吃得非常专心，但显然难以下咽——丝毫不比我用早晨的剩饭装的盒饭差。昭和二十二年那时，想获取足够的营养，就只能去黑市购买食物。

我拿着笔记本和饭盒站在柏木身旁。我的影子落在他的盒饭上，他抬头瞟了我一眼，又低下头去，继续单调地咀嚼起来，犹如啃食桑叶的蚕。

"那个，今天的课，我有不懂的地方想请教一下。"

我用标准语[1]结结巴巴地说。既然上了大学,我想就应该讲标准语了。

"我听不懂你说什么,结结巴巴的。"

柏木突然甩来这么一句。我立刻涨红了脸。他舔着筷子头,连珠炮似的说:

"你为什么找我搭话,我清楚得很。你叫沟口,对吧?残疾人跟残疾人交朋友也没什么不好的,但你真的把你的口吃看得比我的内翻足更严重吗?你太看重自己了,所以才把口吃看得同自己一样重要,不是吗?"

后来,得知他也是临济宗禅僧的儿子时我才明白,他最初的这段答话多少表现了禅僧的派头。尽管如此,他当时给我留下的强烈印象却是无法否定的。

"你结巴呀,再结巴一下!"柏木对说不出第二句话的我打趣道,"你终于碰到可以放心结巴的对象了,对吧?人都是这样寻找伙伴的。顺便一问,你还是童男吗?"

我点了点头,压根儿没笑。柏木的提问方式很像医生对病人,让我觉得为自己着想就决不能撒谎。

"就是嘛,你还是个童男哩,却不是个英俊的童男。你既不受女人欢迎,也没有勇气去嫖妓,仅此而已。不过,如果你只是想交个童男朋友才同我搭讪,那你就找错人了。你知道我是怎么破了童子身的吗?需要我告诉你吗?"

不等我回答,柏木就一五一十地说开了。

---

1 以东京方言为基础的标准日语。

我是三宫[1]近郊禅寺僧人的孩子，天生就是内翻足……呀，我这样开始坦白，你也许会觉得我是个可怜的病人，不论遇到什么人都会念叨自己的身世。其实，这些话我并不是对谁都讲的。说来有些难为情，但我从一开始就选择了你作为谈心对象，这是因为，我总觉得我的经历或许对你最有价值。你也走我走过的那条路，或许对你才是最好的。布道者就是这样找到信徒的，戒酒者就是这样觅得同道的，这一点你也明白吧？

是的，我为自己的存在条件感到羞愧。我认为，如果同这种存在条件和解，进而和谐共处的话，那我就败北了。说到怨恨，那真是一言难尽。父母本应在我年幼的时候给我做矫正手术，现在已经来不及了。不过，我已经根本不关心父母了，懒得再怨恨他们。

我相信，绝不会有任何女人爱上我。你或许也知道，这个信念比人们想象的更安乐、平和。决不同自己的存在条件和解的决心，同这种信念未必是矛盾的。因为，如果我相信自己凭这种状态就能博得女人的爱，那就等于说我同自己的存在条件和解了。我知道，对现实做出正确判断需要勇气，而同这一判断做斗争也需要勇气，这两种勇气是很容易相互妥协的。即便安坐不动，我也能感到自己的内心斗争。

我这样一个人，当然不会像朋友那样，去找妓女来破了自己的童子身。因为妓女不是为了爱才接客的。无论是

---

[1] 日本神户市中心区域。

老头子还是乞丐，是独眼龙还是美男子，只要事先不知道，就算是麻风病人，她们也得接。普通人正是因为对这种平等性感到安心，才去找妓女做自己的第一个女人。但我憎恶这种平等。身体健全的男子和我这样的残疾人，都能以同等资格受到接待，这是我难以忍受的。对我来说，这简直就是最可怕的自我亵渎。如果我天生内翻足这一条件遭到忽视、无视，那就等于否定了我的存在。你现在正抱有的这种恐惧，也曾同样将我牢牢俘获。为了让自己的条件得到彻底认可，就需要数倍于常人的周密筹划。我认为，人生必须以这样的方式才能成立。

只要世界或我们中的任一方发生改变，将我们与世界置于对立状态的可怕不满就能消除。但我厌恶去梦想变化。我厌恶所有荒谬的梦想。我相信，世界变了，我便不存在；我变了，世界便也不存在——这种逻辑上钻牛角尖的想法，反倒成了某种类似和解与融合的东西。这是因为，"我这副样子是不会被人所爱的"这一想法，是可以与世界共存的。残疾人最后落入的陷阱，其形式不是我们与世界的对立状态的消除，而是对立状态得到全面的认可。于是，残疾就成了不治之症……

这时，正值青春（我非常诚实地使用了这个词）的我身上，发生了一件令人难以置信的事。寺院一位施主的女儿，其美貌远近闻名，又是神户女子学校的毕业生，家中颇为殷实。这位少女突然向我表达爱意，我一时竟不敢相信自己的耳朵。

拜不幸所赐，我善于洞察人的心理，所以没有把她爱的动机简单地归结为同情,也没有因此闹别扭。女人不会仅仅因为同情就爱上我,这一点我再清楚不过了。据我推测,她之所以爱我,是因为她具有异乎寻常的自尊心。她太美了,深知自己作为女人的价值,所以无法接受自信的求爱者。她无法将自己的自尊和求爱者的自负放在天平上,比较孰轻孰重。所谓的良缘只能令她生厌。最后,她吹毛求疵地拒绝了所有门当户对的爱情(她在这一点上是诚实的),把目光投向了我。

我的答案早就决定了。你听了也许会笑,但我面对那个女人时答道:"我不爱你。"除此之外,难道还有别的回答吗?这个回答相当诚实,不带半点炫耀。如果我一听到女人表白,就觉得奇货可居,忙不迭地答"我也爱你",那就不仅滑稽透顶,而且近乎悲剧了吧。外形滑稽的男人,知道如何明智地避免被错认为是个悲剧。因为我们明白,一旦自己被视为悲剧,人们就不会再安心地同自己接触了。让自己不要显得那样悲惨,这对别人的灵魂来说比什么都重要,所以我才大胆而干脆地回答:"我不爱你。"

那女人没有退缩。她说我在撒谎,然后小心翼翼地说服我,生怕伤了我的自尊。她用心良苦的样子,真是令人惊讶。在她看来,竟然有男人不爱她,这简直超乎她的想象。就算有,也只是在自欺欺人。她对我做了这样的精密分析之后,终于得出结论:我其实早就爱上她了。她很聪明。假设她真的爱我,那她就爱上了一个让她不知如何是好的对象。如果把我并不好看的相貌说成美,那肯定会惹我生气;如果把我的内翻足也说成美,我就会越发恼怒;

如果她说爱的不是我的外表，而是内心，我就要暴跳如雷了。以上种种，她全都考虑到了，所以只是继续说"我爱你"，并且通过分析，在我的内心发现了与她的"爱"相对应的感情。

我无法理解她的这种反常行为。事实上，我对她的欲望越来越强烈，但我并不认为这种欲望可以将我与她结合在一起。如果她不爱别人，只爱我一个，那我就必须具备区别于他人的独特性，而我的独特性只可能是内翻足。所以，尽管她没有明说，但她其实爱上了我的内翻足。这种爱在我看来是不可能的。如果我的独特性不是内翻足，爱也许就是可能的了。可是，如果将我内翻足之外的独特性作为我存在的理由，我就得补充承认这种独特性，接着为了相互补充，承认他人的存在理由，进而承认被包围在世界之中的自己。爱是不可能的。她认为她爱我，这也是一种错觉，而我也不可能爱她。因此我反复说"我不爱你"。

奇怪的是，我越是说不爱她，她就越是深深地沉溺于爱我的错觉之中。于是，一个夜晚，她终于将身体横陈在我面前。她的身体美得晃眼，但我却阳痿了。

这次狼狈的惨败让一切问题迎刃而解。我似乎总算向她证明了我"不爱"她。于是，她弃我而去。

我感到羞耻，但与我的内翻足这一羞耻相比，其他任何羞耻都不值一提。令我狼狈不堪的乃是更为特殊的原因。我知道自己为何阳痿。当时，我一直担心自己的内翻足会碰到她那双美足，所以才阳痿了。这一发现彻底摧毁了因为我坚信自己绝不会为人所爱而得以保持的内心平静。

因为当时我心中生出了一种玩世不恭的喜悦，想通过欲望，通过将欲望付诸行动，来证明爱是不可能的。然而，肉体却背叛了我，我的精神想做的事，却由肉体抢先实施了。我遇到了一个矛盾。如果不怕说得难听的话，我一面坚信自己不会为人所爱，一面又梦想着能为人所爱。到最后阶段，我用欲望来代替爱情才感到安心。但我深知，欲望这东西，要求我忘却自己的存在条件，要求我放弃阻碍我的爱的唯一关卡，即不会为人所爱的坚定信念。因为我坚信欲望这东西是更为明晰的，所以我从未想过，欲望也是需要去自我想象的，也就是说，多少需要一点意淫。

从这时开始，肉体突然比精神更加引起我的关注。不过，我自己无法化身为纯粹的欲望，只是梦想成为它而已。我梦想着能成为风，对方看不见你，你却可以洞悉一切，悄无声息地接近对象，将其全身上下抚摸个遍，最后进入其内部……说到"肉体觉醒"这个词时，你也许会把它想象为有一定质量的、不透明的、与实在之"物"相关的觉醒吧。我不这样认为。我是一个独立的肉体、一种独立的欲望构成的。这就是说，我成了透明之物，不可视之物，也就是成了风。

然而，内翻足忽然制止了我。只有这双脚绝不会成为透明的。它们与其说是脚，不如说是一种顽固的精神。它们作为比肉体更为实在的"物"存在着。

人们都认为不借助镜子就看不到自己的面目吧，而残疾便是时时刻刻摆在我眼前的镜子。这面镜子一天二十四小时都映着我全身，忘记自己的模样是不可能的。所以在我看来，世人所谓的不安简直如同儿戏。不安是不存在的。我就这样存在着，同太阳、地球、美丽的鸟儿与丑陋的鳄鱼的存在一样确凿无疑。世界就像墓石一般纹丝不动。

没有任何不安，也没有任何支点，我在这样的条件下开创了独特的生存方式。自己是为何而生的？正是这个问题令人们感到不安，甚至自杀。我却对此无动于衷。因为内翻足就是我生存的条件、理由、目的、理想……就是生存本身。只要能存在，对我来说就已经足够。说起来，对于存在感到的不安，不就是从自己没有充分存在所导致的强烈不满中产生的吗？

我留意到我们村里一个独自生活的老寡妇。有人说她已经六十岁，也有人说她比这更老。那天是她亡夫的忌日，我代替父亲前去念经。她家中一个亲戚都没有，佛前只有这个老太婆和我。我念完经，她在另一个房间招待我饮茶。当时正值夏天，我请她给我淋个澡。我赤裸着身子，老太婆往我背上浇水。她用怜悯的目光出神地盯着我的双脚时，我心中浮出了一股邪念。

回到刚才的房间以后，我一边擦身体，一边像煞有介事地讲开了。我说，母亲生我时曾梦见佛祖，佛祖告诉她，这孩子成人之时，真心礼拜这孩子双脚的女人就可以极乐往生。深信不疑的寡妇手捻念珠，定定地注视着我的眼睛。我口中胡乱地念着经，挂着念珠的双手在胸前合十，像死尸一般仰面躺下。我闭上双眼，赤身裸体，口中仍然念念有词。

你可以想象我是怎样强忍着没笑的。我的内心充满了欢笑，而且我丝毫没有意淫。我知道，老太婆仍在一边念经，一边向我双脚频频下拜。我一心只想着自己受膜拜的双脚，觉得这场面简直滑稽得要命。内翻足，内翻足，我脑里想的只有这个，眼前浮现的也只有这个。那稀奇古怪的形状，那丑陋不堪的模样，那肆无忌惮的滑稽。实际上，连连叩头的老太婆那散乱的头发碰到我脚心，那痒痒的感觉让我越发觉得滑稽了。

我觉得，以前——自从触到那少女美丽的双足而阳痿以来——我对欲望的认识是错误的。因为这时我发现，在这丑陋的礼拜进行当中，我竟然兴奋起来，没有一丁点意淫！而且是在这最不可宽恕的情况下！

我站起身，冷不防将老太婆推倒。她没有感觉一丝惊愕。我虽然觉得奇怪，但当时已无暇细想。老寡妇就那么倒在地上，紧闭双眼，继续念着经。

奇怪的是，我至今仍清楚地记得，她当时念的是《千手千眼观世音菩萨广大圆满无碍大悲心陀罗尼经》中的一段：

"伊醯伊醯。室那室那。阿罗嗲。佛罗舍利。罚沙罚嗲。佛罗舍耶。"

正如你知道的那样，根据经文释义，这段经文的意思是："请来供奉！请来供奉！请来供奉灭绝了贪嗔痴三毒、恢复了无垢清净本体的菩萨吧！"

我眼前是一张双眼紧闭着迎接我的六十多岁的妇人的脸，这张脸不施粉黛，被太阳晒得黝黑。我的兴奋丝毫未减。于是，整场滑稽剧达到了高潮：我竟不知不觉被诱惑了……

不过,我不该使用"不知不觉"这种文学上的字眼。我并非"不知不觉",而是看到了所有一切。我清清楚楚地看到了地狱每一处的特点,而且是在黑暗之中!

我清晰地看到了地狱每个角落的特色,而且是在黑暗之中!

这个老寡妇布满皱纹的脸,既谈不上美,也谈不上神圣。但她的丑陋与老朽,好像在不断给我那毫无幻想的内在状态提供确切的证据。在没有一丝幻想的条件下去看美女的脸蛋,无论它多么漂亮,都会变成这个老太婆的面孔,谁敢说不是呢?我的内翻足和这张脸……没错,总而言之,正因为我目睹了实相,所以肉体才会保持兴奋。我生平第一次带着和睦之情相信了自己的欲望,而且我意识到,问题不在于如何缩短我同对象之间的距离,而在于如何保持距离,以使对象成其为对象。

看看这个对象吧。那时候,我从"停止即达到"的残疾人理论和"我决不会不安"的理论出发,发明了我的性欲理论。我发明了与世人称为"沉溺"的东西相似的假想。这种隐身衣或风一般的欲望促成的结合,对我来说只是梦幻而已。我在看别人,同时必须无所保留地被别人看。那时候,我的内翻足和我的女人全被抛到世界之外了。内翻足也好,女人也好,都同我保持相同的距离。实相就在那里,欲望不过是假象。于是,我一边向假象中无限地坠落,一边对着被我看着的实相射精。我的内翻足和我的女人绝不会相互接触、相互结合,它们被双双抛弃在世界之外了……只有欲望无限亢奋，因为那美丽的双脚和我的内翻足已经永远都不可能相互接触了。

我的想法也许很难理解吧？需要我做出说明吗？但从那以后，我便安心了，相信"爱是不可能的"。这一点，想必你也理解吧。不安消失了，爱也消失了。世界永久地停止了，同时也到达了。有没有必要特意将这个世界注解为"我们的世界"呢？我可以用一句话来给世间"爱"的迷妄下一个定义，那就是：假象与实相企图结合的迷妄——不久我就明白，我对自己绝不会为人所爱的这种确信，正是人类存在的根本状态。这就是我破了童子身的来龙去脉。

柏木的话讲完了。

听到这里，我总算喘过气来。我受到了强烈的震撼，竟无法从痛苦中清醒过来，而这种痛苦是因为我接触到前所未见的思维方法而产生的。柏木说完后又过了一会儿，春天的阳光在我周围苏醒过来，明亮的三叶草草坪开始熠熠生辉，耳边又响起了后院篮球场传来的呼喊。然而，在同一个春天的正午，这一切似乎都彻底改变了意义。

我不能再沉默了，于是想随声附和几句，结果却结结巴巴地说了句蠢话：

"这么说，自那以后，你就一直很孤独吧。"

柏木又恶作剧般地装作听不清，要我再说一遍。但他的回答却已经带着几分亲切了：

"孤独？为什么非孤独不可呢？那之后我变成了什么样，你在跟我交往的过程中就会渐渐明白的。"

下午上课的铃声响了，我正要起身，柏木却坐在原位，冷冷地扯住我的衣袖。我这身制服还是用禅门学院时代的旧衣服改的，只是把纽扣换了而已，布料又旧又破，而且只能勉强裹住身子，让我本就瘦弱的身体看上去更单薄了……

"这节是古汉语课吧，乏味得很呀。咱们到那边散步吧。"

柏木说着，费力地站起身，就像将一度散架的身子又重新组装起来一样，让人不禁联想到电影中看过的骆驼起身的情形。

我从未旷过课，但我很想进一步了解柏木，所以不愿放过眼下这个机会。于是，我们一同向正门走去。

出大门时，柏木那极其独特的走路方式突然引起了我的注意，使我产生了一种近乎羞耻的感觉。自己竟也有世人那种情感，会因为跟柏木同行而感到羞耻，这真的十分奇怪。

柏木已经明确地向我指出了我的羞耻所在，同时也促使我跨入了真正的人生……我所有见不得人的情感和邪恶的心思，经过他那番话的陶冶，全变得焕然一新。或许因为这个缘故，当我们踏着碎石路走出红砖正门时，迎面望见比叡山笼罩在迷蒙的春光中，仿佛今天才初次见到一样。

而且，我觉得它同我周围沉睡的许多事物一样，正以一种全新的意义再现在我面前。比叡山高耸入云，山麓无限扩展，宛如某个主题的余音在万古不变地回响。在连绵的低矮屋顶的彼端，比叡山的山腹春色饱满，浓淡有致，笼罩在浓郁的深蓝之中，只有阴影中的山坳格外鲜明突出，而且看上去似乎很近。

大谷大学门前行人稀少，汽车也不多。从京都站通往乌丸车库前的市营电车轨道上，只是偶尔传来电车的咔嗒声。马路对面就是大学运动场的大门，古老的门柱同这边的正门相对而立，左侧是一排已抽出嫩叶的银杏树。

"我们到运动场转一会儿怎么样？"

柏木说着，抢先穿过了电车道。他全身上下猛烈地动起来，仿佛一台转动的水车，从几乎无车通过的车道上狂奔而过。

运动场很大，远处有几组学生正在练习投接球，不知他们是逃课还是没课。近处有五六个人在练习马拉松。战争才结束两年，青年便又想方设法地消耗体力了。我不由得想起了寺院中的粗茶淡饭。

我们坐在开始朽烂的圆木秋千上，漫不经心地望着那些时近时远地绕着椭圆形跑道练马拉松的人。逃课让我感觉有点不舒服，就像刚穿上新衬衣一样，而此时周围的阳光和轻拂的微风也给我的肌肤带来了这种触感。那群竞技者气喘吁吁地跑过来，然后渐渐远去，只留下因为越发疲惫而凌乱的脚步声和飞扬的尘土。

"这些浑蛋！"柏木骂着，但听起来没有半点不服输的意思，"那样子到底什么意思？是要表明他们很健康吗？这样炫耀自己的健康有什么价值呢？"

"体育活动到处都在公开进行，这简直就是末世的征兆。应该公开进行的事情一点都不公开。应当公开执行的……是死刑才对。为什么不公开执行死刑？"柏木梦呓似的继续说道，"你难道不觉得，战争中的安宁秩序，是由人的非正常死亡维持的吗？听说之所以不公开执行死刑，是因为担心那样会让人嗜血好杀。真荒唐啊！那些收拾空袭中的死尸的人，没有一个不是温和快活的模样。

"目睹人临死前痛苦地流血呻吟，这会让人变得谦虚，让人心变得纤细、明朗、平和。我们绝不是在目睹死亡的时候变得残忍暴虐、杀气腾腾的，而是在，比如说，在这样一个阳光明媚的春日午后，坐在修剪齐整的草坪上，呆呆地望着从树叶缝隙透下的嬉戏的阳光。

你不觉得我们正是在这样的瞬间突然变得残忍暴虐的吗?

"世界上的一切噩梦,历史上的一切噩梦,都是这样产生的。不过,那些光天化日下浑身鲜血、痛苦得晕死过去的人,赋予了噩梦清晰的轮廓,将噩梦物质化了。噩梦确实不再是我们的苦恼了,只不过成了他人剧烈的肉体苦痛。而他人的苦痛我们是感觉不到的。这是怎样一种解脱啊!"

可是现在,相对于他这套血腥的武断主张(当然,这套理论有其独特的魅力),我更想听听他破了童子身之后的经历。如前所述,我热切地期待着听他讲讲自己的"人生"。我插嘴暗示了这样的请求。

"说女人吗?嗯,对喜欢内翻足的女人,我最近凭直觉就看得出。女人当中确实就有好这一口的。说不定,她们一辈子都会保守喜欢内翻足男人这个秘密,直到将这秘密一起带进坟墓。对这种女人来说,那就是唯一的恶趣味,唯一的梦想。

"对了,有个办法可以一眼就分辨出女人是否喜欢内翻足。这种人大体都是美貌超群的女人,鼻头尖尖的,给人一种冷漠的感觉,嘴角却有点松弛……"

这时,一个女人从对面走了过来。

第五章

那个女人不是在运动场内,而是在运动场外毗邻住宅区的路上走着。那条路比运动场的地面大约低两尺。

女人是从一幢宏伟的西班牙式宅邸的耳门走出来的。这座建筑有两个烟囱、斜格玻璃窗,还有玻璃屋顶的巨大温室,给人一种很容易受损的印象。不过,道路对面运动场的一侧耸立着一道高高的铁丝网,这无疑是主人提出抗议之后才架起来的。

柏木和我坐在离铁丝网不远的圆木秋千上。我偷偷看了看那女人的脸,心中不禁大惊,因为她那高雅的面庞,正与柏木对我说的那种"喜欢内翻足"的女人一般无二。不过,后来我才知道自己的惊讶实在太傻,因为柏木或许早就认识那女人,一直对她的容颜魂牵梦萦。

我们满怀期待地等候着那个女人。在这春光遍地的时刻,远处耸立着深蓝色的比叡山,近处则款款走来一个女人。我还没从柏木刚才那番奇谈怪论带给我的感动中苏醒过来——他说他的内翻足和他的女人仿佛是两颗分布在实相世界、互不接触的星星,还说他自己一面在向假象世界无限坠落,一面又在满足自己的欲望——这时太阳刚好被云遮住，我和柏木被笼罩在淡淡的阴影中，我觉得我们的世界似乎立刻显露出了虚假的形态。一切都变得不可捉摸了，就连我自己的存在也虚无缥缈起来，仿佛只有远方深蓝色的比叡山山巅和缓缓走来的高雅女人是实相世界里耀眼而确定的存在。

女人的确是走了过来。不过，随着时间的推移，痛苦也在不断加剧。在她向我们靠近的同时，一个与她毫无关系之人的相貌也渐渐鲜明起来。

柏木站起来，在我耳边用压低了的沉重的声音道：

"走。照我说的做。"

我不得不迈开步子。在高出女人所走道路两尺左右的石墙边，我们和她朝同一方向平行前进。

"从那儿跳下去！"

柏木用尖尖的指头捅了捅我的后背。我跨过极其低矮的石墙，纵身跳到路面上。两尺的高度对我来说不在话下，可柏木是内翻足，他紧跟着我跳下时，发出了骇人的声响，跌落在我身旁。他这一跳当然没跳好，所以摔倒了。

他那黑制服下的后背在我眼前剧烈起伏着。可他那嘴啃泥的狼狈模样，简直不像一个人。刹那间，我觉得他就像一个毫无意义的黑色大污点，或者雨后路上的一摊浑浊积水。

柏木正好摔倒在女人面前，挡住了去路。女人呆立不动。我慢慢跪下去，想要将柏木扶起来。就在这一瞬，我忽然觉得，女人那冷峻的高鼻梁、多少有点松弛的嘴角，还有那水汪汪的眼睛，所有这一切，让我似乎看到了月下有为子的脸。

可是，这幻影转眼便消失了。我发现，这个不满二十岁的女人正用轻蔑的眼神望着我，打算径直从我身边走过。

比我更敏感的柏木看出这个苗头，便大声嚷嚷起来。那可怕的叫声在正午[1]时分人影全无的住宅区回荡。

"薄情的女人！想扔下我就走吗？我可是为了你才摔成这个样子的！"

女人转过头，浑身战栗不止。她用干燥纤细的指头摩挲着失去血色的脸颊，好不容易才开口问我：

"怎么办才好呢？"

已经仰起头的柏木目不转睛地注视着女人，一字一顿地说：

"难道你家连药也没有吗？"

女人沉默片刻，便转身沿原路返回。我将柏木扶起来。在站直身子之前，他还是一副力不能支、痛苦喘息的样子。可当他扶着我的肩迈开步子之后，动作却出人意料地轻盈……

我跑到乌丸车库前的车站，飞身跳上一辆电车。车向金阁寺开去时，我的呼吸总算平复下来，掌心里已浸满汗珠。

我搀着柏木走到那座西班牙式洋楼的耳门前。领头的女人刚钻进门，我突然被一阵恐惧攫住，于是将柏木扔在原地，头也没回地逃了回来。我在寂静的人行道上飞奔，连顺道回学校的时间也没有。我从一家家药店、糕点铺、电器行前面跑过，眼角突然掠过一道姹紫嫣红。我想刚才可能经过了天理教弘德分教会，因为那里的黑色土墙上挂着绘有梅花家徽的灯笼，门口也悬着同样印有梅花家徽的帷幔。

如此匆忙是要去哪儿呢？我自己也不知道。当电车徐徐驶入紫野

---

[1] 此处日语原文为"真昼"，即正午。——编者注

时,我才明白,自己急不可耐地前往的地方,原来是金阁。

尽管今天不是节假日,但时值观光季节,金阁内依然游人如织。导游老人见我拨开人群直奔金阁的焦急身影,不由得大感诧异。

就这样,我来到了被飞扬的尘土和丑陋的人群包围的春日的金阁面前。在导游声嘶力竭的解说声中,金阁一如既往地半掩妹容,仿佛对喧嚣浑然不知,只有池中的倒影依旧澄明。但如果换个角度去看,此时的金阁正如《圣众来迎图》[1]中诸菩萨簇拥着来迎[2]的阿弥陀佛的情景——包围金阁的尘云就像是菩萨周围的金色祥云,而尘云笼罩下若隐若现的金阁,就像是画中褪色的古老颜料描绘出的已经磨损的图案。四周的混乱和喧嚣进入底层林立的细柱之中,立刻清净了许多,然后经过由下而上逐渐缩小的内部空间,通过直指苍穹的小小究竟顶和阁顶的金凤凰,被吸入白茫茫的天空。这是不足为奇的。只要金阁存在,它就会统管、控制周围的一切。西临漱清,两层之上的究竟顶突然变细——这座非对称的纤细建筑,就像一台将浊水变为清水的过滤器,四周越是嘈杂,就越能将其过滤成寂静。游人的喧嚣并未被金阁拒之门外,而是流入易通风的立柱之间,不久被过滤成一种寂静、一种澄明。于是,不知不觉间,地上仿佛又竖立起了一座同池中那纹丝不动的倒影一模一样的金阁。

我的心平静下来,恐怖渐渐消退。对我来说,美就必须是这样的东西。是它将我同人生隔绝开来,体会不到人生的苦乐;又是它将我保护起来,以免遭受人生的风雨。

我几乎是在向它祈祷:

---

[1] 一幅基于平安时代中期开始流行的净土信仰创作的佛画,描绘了西方净土的阿弥陀佛,率诸菩萨即"圣众"下降至人间的情景。
[2] 佛教用语,指念佛者临终时,阿弥陀佛和圣众一起前来迎接,将其带到净土。

"如果我的人生像柏木那样,请一定要好好保护我,因为我是无论如何也忍受不了的。"

柏木向我暗示并当面即兴表演的人生,其生存与毁灭具有同样的意义。如果说这种人生缺乏自然性,那它也缺少金阁这种结构性的美。也就是说,它不过是一种可怜的痉挛罢了。虽然我其实也曾被那样的人生深深吸引,认定那便是自己前进的方向,但一想到必须先用布满尖刺的生之碎片将双手扎得鲜血淋漓,我便不寒而栗。柏木对本能与理智都一视同仁地加以蔑视。他的存在本身就如同一个奇形怪状的球,滚来滚去,企图撞破现实的壁垒。这甚至算不上一种行为。总而言之,他向我暗示的人生是一场危险的滑稽剧——上演这出滑稽剧,是为了打破用未知的伪装欺骗我们的现实,然后再将世界清扫得不含一星半点的未知。

这样说是因为后来我在他的出租屋看到过下面这幅宣传画。

那是旅游协会出版的一幅描绘日本阿尔卑斯山[1]的精美石版画。蓝天下的雪白山顶上,横向写着这样一行字:"未知的世界在向您招手!"柏木用红笔在这行字和峰顶恶狠狠地打了个叉,并在一旁潦草地写道:

"未知的人生不堪忍受!"

那字体摇摆起伏,让人联想到他用内翻足走路的样子。

第二天,我一边担心着柏木的身体,一边前往学校。回想起来,当时扔下他逃走,可以说是重情重义之举,所以并未觉得有什么责任。不过,我心中依然忐忑,怀疑今天在教室里可能看不到他……好

---

[1] 日本本州中部的飞骡、木曾、赤石山脉的总称。

在就快上课的时候，我看见柏木一如往常，不自然地耸着肩膀走进了教室。

刚一下课，我就拽住了柏木的胳膊。如此轻松随意的举动，在我身上已经相当罕见。他咧嘴一笑，同我一道来到走廊。

"你的伤不要紧吧？"

"伤？"柏木看着我，露出怜悯般的微笑，"我什么时候受过伤？嗯？你是怎么搞的，梦见到我受伤了吗？"

我无言以对。吊足我的胃口之后，柏木才揭晓谜底。

"那只是在演戏罢了。摔在那条路上的动作，我早就练习过多次，所以我可以表演得天衣无缝，就像跌了个大跟头，连骨头都断了一样。她竟然若无其事地想要扬长而去，这倒出乎我的意料。但你看着好了，那女人已经迷上我了。这样说不准确，应该说，她迷上我的内翻足了。那家伙还亲手给我的脚涂满了碘酒哩。"

柏木卷起裤腿，给我看他那涂成淡黄色的小腿。

我这时才明白他的骗术。他那样故意摔倒在地，固然是为了吸引女人的注意，但难道不也是想通过假装受伤来掩饰自己的内翻足吗？不过，这一怀疑不仅没有让我对他产生丝毫轻蔑，反倒增进了我们之间的亲近感。于是，我产生了一种极不成熟的看法，似乎他的哲学越是充满骗术，就越能证明他对人生的诚实。

鹤川并不赞成我和柏木的交往。他曾对我做过一番充满友情的忠告，我不仅觉得他十分讨厌，还同他争辩起来，说"你鹤川自然能交到优秀的朋友，而我只配找柏木这样的人"。当时鹤川眼里流露出难以名状的悲伤，后来我每每想起，真不知心中是多么悔恨交加。

时间到了五月，柏木制订了去岚山游玩的计划，因为忌讳节假日人多眼杂,所以决定平日旷课前往。晴天也不去,非要阴沉沉的日子才可以,他的脾性就是这样。他计划携西班牙式洋楼里的那个姑娘出游,还为我带来了他出租屋的房东的女儿做伴。

我们约好在通称"岚电"的京福电气铁道的北野站会合,这一天很幸运,赶上了五月里难得的阴沉天气。

鹤川家里发生了什么纠纷,他请了一周假,回东京去了。鹤川不是那种爱告密的人,但他这一走,也免了我的尴尬,不必在早上同他上学的途中甩开他。

对了,那次游玩给我留下的是苦涩的回忆。虽然我们这些游客全都青春年少,但游玩那天从头到尾都蒙上了年轻人特有的那种阴郁、烦躁、不安和虚无的色彩。柏木肯定早就预料到了这一切,所以才选了那个阴沉的日子。

那天刮着西南风,风势忽然猛烈起来,但又戛然而止,转为一阵阵不安的微风。虽然天空昏暗,但还不至于看不出太阳的位置。部分阴云中透出白光,仿佛穿了好几件衣服的少女那领口露出的一抹酥胸。虽然我们知道太阳就在朦胧的白光深处,但那团白色眨眼间又融入了与阴沉天空一样的深灰色之中。

柏木的承诺并非虚言,他果然由两个女人簇拥着出现在检票口。

其中一个就是那女人,冷峻的高鼻梁,松弛的嘴角,上身穿着进口料子做的西装,肩上挎着水壶,真是美丽动人。她前边站着的那个就是房东女儿,身材微胖,穿着和容貌都逊色得多,只有小巧的下巴和紧抿的嘴唇透着少女的气息。

本应愉快的游玩气氛,在前往目的地的电车车厢内就被破坏了。柏木和洋楼姑娘不停地争吵着,后者不时紧咬嘴唇,强忍着眼泪,但我没听清他们争吵的内容。房东女儿则对这一切都漠不关心，自顾自地低声哼着流行小曲。突然，她开口对我说：

"我家附近有一个特别漂亮的插花师傅，前两天，她跟我讲了一个悲伤的爱情故事。战争期间，插花师傅有个当陆军军官的恋人，眼看着就要上战场了，两人便在南禅寺匆匆见了一面，做临行告别。两人的关系没有得到双方父母的许可，但就在临别前不久，她怀上了孩子，可惜后来生下了一个死胎。军官叹息良久，说：'你也做过一回母亲了，临别时，就让我喝一口你的奶吧。'因为时间紧迫，插花师傅当场就把乳汁挤到一碗淡茶里让他喝了。此后过了一个月，她的恋人战死了。打那以后，插花师傅就一直没嫁人，一个人过着日子，可她还那样年轻漂亮。"

我不禁怀疑自己的耳朵，脑中浮现出战争末期同鹤川在南禅寺山门看到的那幕令人难以置信的情景。我有意没跟房东女儿透露那段回忆。因为我觉得一旦说了出来，刚才听她讲话时的那种感动便会背叛当时的神秘感。而如果缄口不言，刚才房东女儿讲的那些话，不仅不会因为揭晓了秘密而破坏当时那种神秘感，反而会再给它披上一层神秘的面纱，使其越发扑朔迷离。

这时，电车正从鸣泷附近的大竹林边上驶过。五月竹叶凋零，满目枯黄。风摇晃着竹梢，把枯叶吹落到密密麻麻的竹林之中。而竹子的下部似乎完全不受影响，粗大的竹节凌乱交叉，静静地向深处延伸。只有靠近铁道的竹子，在电车疾驰而过时被摇晃得东倒西歪。其中一株幼竹青翠明亮，格外惹眼。那痛苦弯曲形象，在我眼前一晃而过，消失不见，只留下奇特而鲜艳的残影……

到了岚山，行至渡月桥边，我们一行参拜了先前因为无知而忽视的小督局[1]之墓。

因为忌惮平清盛，小督局在嵯峨野隐居。源仲国奉旨寻访。正值中秋明月之夜，源仲国循着琴音找到了小督局的隐居之所。这首琴曲名为《想夫恋》。谣曲《小督》[2]中唱道："明月夜下访佳人，法轮寺中喜闻琴。山岚松风琴曲何？情意绵绵《想夫恋》。"小督局后来依然留在嵯峨野的草庵中，一面为高仓天皇祈求冥福，一面度过了后半生。

小督局的墓位于一条细长小径的深处，只是一座小石塔，夹在一棵高大的枫树和一株已经枯死的古梅之间。我和柏木装作一本正经地念了一段短经献给小督局。柏木装出极其庄重的模样，诵经的腔调却充满了亵渎。我受其传染，也以那种学生哼歌般的心情念完了经。这一小小的渎圣行为让我大感解脱，浑身充满了活力。

"优雅的坟冢竟然这样寒酸。"柏木说，"权贵却能留下气派的陵墓，宏伟壮观的陵墓。那些家伙生前根本就没有想象力，他们的陵墓自然也是毫无想象力的蠢货建造的。可是，优雅全靠自己和他人的想象力生存，建造坟冢也只能像这样动用想象力了。我觉得这很凄惨，因为死后也必须向人继续乞讨想象力。"

"难道优雅只存在于想象力之中吗？"我快活地接话道，"你说过实相，那么优雅的实相是什么呢？"

"这个嘛，"柏木说，啪嗒啪嗒地拍打着长满青苔的墓碑顶部，"石头，或者骸骨，就是人死后留下的无机部分。"

"这是愚蠢的佛教观点嘛。"

---

[1] 小督局（1157—？），平安时代末期女性，中纳言藤原成范之女，高仓天皇的宠妃。皇后的父亲平清盛因为天皇冷落自己女儿而大怒，把小督局赶出了宫。小督局因为害怕平清盛而躲在嵯峨野，天皇派心腹源仲国找到小督局，令其秘密回宫。后有人向平清盛告密，小督局被迫出家。
[2] 日本古典戏剧的剧本。

"没什么佛教不佛教的！优雅也好，文化也好，人们所认为的美的事物也好，这些东西的实相都是毫无意义的无机物！什么龙安寺[1]，不过是一堆石头罢了！哲学也是石头，艺术也是石头。人关心的唯一有机的东西就是政治，这难道不可耻吗？人实在是自我亵渎的生物啊！"

"那性欲是有机的还是无机的呢？"

"性欲？这个嘛，应该介乎两者之间吧！在人和石头之间绕来绕去地捉迷藏哩！"

我正想当即反驳柏木对美的误解，厌倦了奇谈怪论的两位姑娘已经开始沿着小径往回走了，我们连忙追上前去。从小径可以望见保津川，我们正位于渡月桥以北的堤坝上。河对面的岚山郁郁葱葱，但整条河只有这一段才飞沫四溅，如同一条向前延伸的白练，哗啦啦的流水声在这一带不住地回响。

河面上漂着不少船。但我们一行沿着河边路前进，迈入尽头的龟山公园大门时，只见到处都散落着纸屑，才知道今天公园中的游人寥寥无几。

我们在门口转过头，再次眺望保津川与岚山之间的苍翠景色。对岸悬挂着一道小小的瀑布。

"美景就是地狱啊。"柏木又开口说。

我总觉得柏木是在信口胡说。不过，我也效仿他，试着将正在眺望的景色想象成地狱。这一努力并非徒劳。眼前这翠绿静谧、平凡无奇的景色中，果然摇曳着地狱的影子。地狱似乎可以不分昼夜、随时随地、随心所欲地现身，好像我们可以招之即来，挥之即去。

---

[1] 位于日本京都的临济宗妙心寺派的寺院，寺中的石庭是日本最有名的枯山水园林精品。

岚山的樱花据说是十三世纪从吉野山移植来的,如今已长出了嫩叶。花期一过,这片土地上的人在提到樱花时,就像它们是已经香消玉殒的美人一样。

龟山公园数松树最多,所以这里四季的颜色一成不变。这是一座地势起伏颇大的大公园。一棵棵松树亭亭而立,树上很高的位置才有松叶。不计其数的光秃秃的树干不规则地交叉着,放眼望去,公园景致的远近感都被打乱了。

环绕公园的道路迂回曲折,刚上坡又下坡,树桩、灌木和小松树随处可见。一块巨大的白色岩石半埋在土中,四周盛开着数不胜数的紫红杜鹃花。阴沉的天空下,这种颜色似乎带着几分恶意。

我们从凹地上正在荡秋千的一对年轻男女身旁登上小丘,在丘顶那座伞形亭子里歇息。从那里往东眺望,整个公园几乎尽收眼底,往西则可以俯视绿荫掩映下的保津川。秋千不断发出磨牙一般嘎吱嘎吱的声响,往亭子上面传来。

洋楼姑娘打开了包裹。柏木说不用带盒饭,看来并非虚言。我们面前摆出四人份的三明治和一般人很难搞到手的进口点心,最后还拿出一瓶专供进驻军的、只能从黑市购入的三得利威士忌。据说,京都当时是京阪神[1]地区的黑市交易中心。

我基本上滴酒不沾,但仍和柏木合掌后端起了酒杯。两位姑娘喝的则是水壶里的红茶。

对洋楼姑娘同柏木竟有如此亲密的关系,我仍然半信半疑。我不明白,这个难以取悦的女人为什么同柏木这样一个内翻足的穷书生打得火热。两三杯下肚之后,柏木像是要回答我的这个疑问似的说道:

---

[1] 京都、大阪、神户。

"我们刚才不是在电车上争吵起来了吗？事情是这样的，她家里喋喋不休地劝她，强迫她同一个讨厌的男人结婚。她很快就软弱下来，差点就要屈从了，于是我对她又是安慰又是威胁，说我一定要彻底搅黄这门亲事。"

这种话本不该在当事人面前说的，柏木却满不在乎地讲了出来，仿佛这位姑娘根本就不在身边一样。姑娘听了他的话，脸上的表情也没有丝毫变化。姑娘柔软的脖颈上戴着蓝色陶片串成的项链。阴暗的天空背景下，她卷曲秀发的轮廓让她分外鲜明的面庞柔和下来。她的眼睛过于湿润，只有这双眼睛给人以活生生、赤裸裸的印象。她那松弛的嘴角同平时一样微微张开。细细的唇缝中露出一排又细又尖的牙齿，清澈、干燥、洁白，让人联想到小动物的牙齿。

"好痛！好痛！"柏木忽然弯腰按住小腿，痛苦地呻吟起来。我连忙俯身看护，柏木却一把将我推开，对我使了个莫名其妙的冷笑般的眼神。于是我收回了手。

"好痛！好痛！"柏木迫切的呻吟声非常逼真。我不由得瞥了眼身旁的姑娘，只见她脸上突然起了明显的变化，眼神中不再有沉着，急得嘴唇直打哆嗦，只有冷峻的高鼻梁显得无动于衷，同其他部位形成奇异的对照，从而破坏了面部的协调和平衡。

"忍着点儿！忍着点儿！我现在就给你治！马上！"她旁若无人地尖声高叫道，我还是第一次听见她发出这样的声音。这个姑娘扬起修长的脖子，四下打量了一番，旋即跪到亭子里的一块石头上，抱起柏木的小腿，贴在脸上磨蹭起来，最后还吻了几下。

那时的恐惧感再次袭上心头。我看了看房东女儿，那姑娘一边哼着歌，一边望向别处。

这时日光好像从云缝里泻出，但这或许只是我的错觉。不过，这静谧公园的全景构图中却有种不协调感,包围着我们的澄明画面,那松林、水光、远山、白岩,以及星星点点的杜鹃花……充斥着这些东西的整幅画面似乎都布满了细细的裂痕。

实际上,该发生的奇迹似乎发生了。柏木渐渐不再呻吟,把脸仰了起来。刚一抬起头,他就又向我投来冷笑般的眼神。

"治好啦!太神奇了。每次痛起来,你给我这么一治,我马上就不痛了!"

柏木双手拉住姑娘的头发,往上一提。被拽住头发的姑娘面带微笑望着柏木,如同一只忠实的狗。或许是灰蒙蒙的光线所致,那一瞬间,我竟然觉得,这美丽姑娘的面庞变得如同柏木说过的那个六十多岁的老太婆一样。

身上发生了奇迹的柏木快活起来,近乎疯狂地快活起来。他放声大笑,猛地将姑娘抱到膝上亲吻。他的笑声在凹地松林的梢头久久回荡。

"你为什么不向她求爱?"柏木对默不作声的我说,"这姑娘可是特地为你带来的哟。还是说,你怕别人笑你结巴?结巴呀!你倒是结巴呀!没准儿她喜欢结巴呢!"

"你是结巴?"房东女儿好像这时才发现我口吃似的说,"好嘛!'三个残疾人[1]'来了俩!"

这句话深深刺痛了我,令我无地自容。但奇异的是,伴随着一种令人目眩的冲动,我对房东女儿的憎恨,竟直接转化为突然勃发的欲望。

---

[1] 《三个残疾人》,日本狂言剧目之一,讲的是三个赌输了的男人化装成瞎子、跛子和哑巴来到一户有钱人家,趁主人不在家,盗出酒窖中的藏酒痛饮狂歌,这时主人突然回来了,三人乱作一团,弄错了各自假扮的残疾,匆匆逃走的故事。

"我们分作两组,各自找偏僻没人的地方去吧。两小时后再回这个亭子来。"

柏木望着下面那对还没荡够秋千的男女,如此说道。

与柏木和那个姑娘分手后,我陪着房东女儿,从亭子所在的小丘向北下坡,然后登上了向东迂回的缓坡。

"那家伙总来这一套,让姑娘觉得自己是'圣女'。"她说。

我结结巴巴地反问:

"你怎么知道?"

"这个嘛,你知道,我也跟柏木有过一段情哩!"

"你们俩已经没关系了吧。不过,你倒是挺想得开的嘛。"

"当然想得开。那种残废,你拿他也没辙呀。"

她这话反倒增添了我的勇气,让我得以流利地发出下一句反问:

"你也喜欢那家伙的残腿,对吗?"

"别逗了,那两条蛤蟆腿,谁稀罕呀!不过,我觉得他那对眼睛倒是挺漂亮的。"

听了这句话,我又失去了信心。不管柏木自己怎么想,这女人都爱上了柏木自己觉察不到的某种美的特质。但我傲慢地认为我对自己无所不知,认为唯独我身上并不存在"美的特质"。

我同房东女儿登上坡顶,来到一小块幽静的平地。透过松树和杉树之间的缝隙,可以隐约望见大文字山和如意岳等远山。从脚下的丘陵到城区的斜坡上覆盖着竹林。竹林外面,有一棵花瓣尚未凋零的晚樱。这些花确实开迟了。说不定,它们也是因为结结巴巴开不出来,所以才拖到这么晚开花的吧?

我感到胸中憋闷,胃里沉甸甸的。这不是喝酒所致,而是一到紧急关头，欲望就会加重，变成一种脱离我肉体的抽象构造，压到我肩上，就像乌黑沉重的钢铁机床一样。

我已多次说过，我很感激柏木，因为无论是出于善意还是恶意，他都促使我在人生道路上前进。我已经清楚地看出，中学时曾在学长的短剑剑鞘上刻下刀痕的自己，根本没有资格面对人生的光明面。可是，柏木这个朋友第一次教给了我一条从内侧通向人生的黑暗捷径。这条路乍看上去似乎直通毁灭，谁知其中竟然充满了魔法，可以使卑鄙直接转化为勇气，将我们称为"不道德"的东西还原为纯粹的能量，真可谓炼金术。尽管事实如此，这也仍然是一种人生。这种人生可以前进、获得、发展、丧失。即便它称不上典型的人生，也具备人生的所有功能。如果在我们看不见的地方，所有的人生都被赋予了无目的的前提，那柏木向我展示的这种人生，便会越发与通常的人生价值相当。

我想，就连柏木也不能说没有酩酊大醉的时候。我早就知道，无论多么阴郁的认识中，都潜藏着认识本身带来的迷醉。总而言之，让人沉醉的东西非酒莫属。

我们坐在一片暗淡褪色、惨遭虫噬的杜鹃花的花荫中。我不知道房东女儿为什么会这样同我交往。我是故意对自己使用下面这种残酷说法的——我不明白，为什么这个姑娘会被"想玷污"自身的冲动所驱使呢？世上应该也有充满羞耻与柔情的顺从，但这个姑娘却径直将我的手放在她胖嘟嘟的小手上，就像一只落在午睡者身上的苍蝇。

然而，长时间的接吻和姑娘那柔软的下巴唤醒了我的欲望。虽然这应该是我梦寐以求的，但现实感却是那样淡薄，欲望只好到别的轨道上去纵横驰骋。灰白的阴沉天空、竹林的沙沙声、顺着杜鹃花叶片拼命向上爬的七星瓢虫……这些东西依然毫无秩序、各行其是地并存着。

　　我反倒是想避免将眼前的姑娘当作欲望的对象看待。我应当把此情此景视为人生，视为一道为了能前进与获得而必须通过的关卡。现在错过这一机会的话，我就将永远同人生失之交臂了吧。我这样想着，千百次被口吃所阻而无法说出话来的屈辱都涌上心头。我应该毅然开口，即便口吃也要说些什么，让自己也拥有人生。柏木那冷酷刻薄的催促，那"结巴呀！你倒是结巴呀"的放肆大叫重新回荡在我耳边，鼓舞着我……我终于把手悄悄伸向那个姑娘的裙摆。

　　这时候，金阁出现了。

　　那座威严、忧郁而纤细的建筑，那座处处金箔剥落、如同奢华骸骨般的建筑，那座同我说近又远、既亲亦疏，总是在捉摸不定的距离上清晰浮现的金阁，它出现了。

　　它阻隔在我和我渴望的人生之间，起初仿佛一幅微型画，但眼看着越变越大，吞没了我所在世界的每个角落。其尺寸正好将整个世界填满，让我联想到曾见过的那个精致模型中几乎要将全世界都囊括其中的巨大金阁。它又如同一段充塞天地的恢宏音乐，凭借音乐本身充分诠释了世界的意义。金阁有时拒我于千里，仿佛屹立于我之外，现在却把我完全包容进去，并且允许我在其内部占据一个位置。

　　房东女儿像灰尘一般飞去，渐远渐小。既然金阁容不下这个姑娘，那也就容不下我的人生。怎么可能一方面完全沉浸在美之中，另一方面又试图伸手获得人生呢？即使从美的立场来看，它也有权要求我放弃幻想。不可能一边用这只手去触摸永恒，一边又用那只手去触摸人生。如果说行为对于人生的意义，在于我们可以对某一瞬宣誓效忠，并使这一瞬停止不动，那么金阁恐怕早已知晓这一点，于是短暂地结束了对我的疏远，亲自化身为那一瞬，前来告诉我，我对人生的渴望是徒劳的。在人生之中，化身为永远的一瞬固然令我们陶醉，可同此时金阁化身为瞬间的永恒形象相比就不值一提了。金阁对这一点心知肚明。正是在这个时候，美的永恒存在真正阻碍了我们的人生，"毒害"了我们的生命。在这种"毒害"面前，人生让我们窥视的瞬间之美不堪一击，转眼就崩溃、毁灭了，人生本身也暴露在惨白的毁灭之光下。

我被完全包裹在金阁的幻影中的时间并不长。回过神来时，金阁已经不见了。它只不过是遥远东北方的衣笠[1]的一座至今保留着历史面貌的建筑，从这里应该看不见。我像刚才那样被金阁的幻影接纳、拥抱的时光已经过去了。我躺在龟山公园的丘顶，四周只有花草和缓缓飞翔的昆虫，以及一个放肆地横陈在我面前的姑娘。

见我突然畏缩，姑娘白了我一眼，站起身，扭动腰肢，背对我坐下，从手提包里掏出小镜子照了照。虽然没说一句话，但她那轻蔑的表情，就好比扎进衣服的牛膝果，令我浑身上下都在刺痛。

天空低垂，轻飘飘的雨点敲打着身旁的草丛和杜鹃花叶。我们慌忙站起来，匆匆返回刚才那座亭子。

那场出游确实惨淡收场，但那天之所以给我留下特别阴暗的印象，并非仅仅因为这件事，还因为夜里开枕前，师父收到一封东京拍来的电报，并迅速向寺里的人公布了电报的内容。

鹤川死了。电文很简单，只是说他死于事故，后来我才知道详情。原来，前天晚上，鹤川去浅草的伯父家，不胜酒力的他喝了不少

---

[1] 日本京都市北区的一个地区，拥有金阁寺、等持院、真如寺等众多名胜古迹。

酒，回家路上，在车站附近被一辆突然从小巷里冲出来的卡车撞飞，颅骨骨折，当场身亡。他的家人一时不知所措，直到第二天下午才意识到应该给鹿苑寺拍电报。

我流下了父亲过世时都没有流的眼泪。因为与父亲的死相比，鹤川的死牵扯到对我来说更为紧要的问题。自从认识柏木之后，我同鹤川的关系就多少有点疏远了。现在失去了他，我才明白，我和光明的白日世界相连的一缕细线，因为他的死而中断了。我是为失去的白昼、失去的光明、失去的夏天而哭泣。

我很想飞去东京吊唁，怎奈囊中羞涩。每月师父给我的零用钱只有五百日元。母亲本来就穷，一年顶多寄一两次钱，每次也就两三百日元。父亲去世后，仅靠施主每月捐赠的不足五百日元的救济米和政府下发的可怜的抚恤金，母亲已经难以维持生计，所以才处理了家产，寄身于加佐郡的伯父家。

我既没有看一眼鹤川的遗体，也没有参加葬礼，真不知该如何在心中确认他已经死了。曾几何时，他穿着白衬衫，沐浴着从树叶缝隙透下的阳光，腹部在交错的光影中上下起伏。这样的腹部如今仍在我眼前燃烧。谁能想象到，他那似乎只为光明而生，只适合永享光明的肉体和精神，竟然会被埋入墓土之中安息呢？他没有半点早逝的征兆，天生乐观开朗，与不安和忧愁无缘，身上找不到丝毫与"死"类似的要素。说不定，正是因为如此，他才会惨遭横死吧。就像纯种的动物一样生命脆弱，鹤川是由生命的纯粹成分构成的，所以可能缺乏防备死亡的手段。而我正与他相反，好像被可诅咒的长寿束缚住了。

对我来说，他所处世界的透明结构一直都是难解之谜，但他的暴死让这个谜变得越发恐怖了。从旁边突然冲出来的卡车将这个透明的世界撞得粉碎，就像一头撞在透明得看不见的玻璃上。鹤川不是病死这一点便同这一比喻高度吻合。死于事故这种纯粹的死亡，呼应了他无比纯粹的生命结构。在瞬间的冲突中，他的生与他的死接触了、化合了，产生了迅速的化学作用……只有用这种过激的方法，那个没有影子的不可思议的年轻人，才能同自己的影子、自己的死结合在一起。

虽然鹤川所居住的世界洋溢着光明的感情和善意，但可以断言，他不是因为误解和乐观的判断而住在那里的。他那颗不属于这世界的明净的心，是被一种力量、一种坚韧的柔软所支撑的，而这颗心约束了他的行为。他将我的阴暗情感逐次翻译成明朗的情感，这种做法里存在着某种无比正确的东西。他的明朗和我的阴暗一一对应，形成详尽的对比。有时我不禁怀疑，鹤川是否也曾有同我一样的体验。其实没有！他的世界的明朗既是纯粹的，也是偏颇的它自身就具备细致的体系，其精密性几乎与恶的精密性相当。多亏这个年轻人不屈不挠的肉体之力在不断地支撑着它运转，否则那透明的世界也许早就土崩瓦解了。他一直埋头猛冲，于是卡车碾轧了他的肉体。

鹤川那能给人以好感的明朗容貌与修长身躯，如今都已不复存在，我却禁不住诱惑，又开始对人的可见部分展开神秘的思考。我们能看见的那些东西，它们只是存在于那里，却行使着那样明朗的权力，这真是不可思议。为了获得如此朴素的实在感，精神必须向肉体学习多少东西啊。据说，禅以无相为体，若悟得己心无形无相，即为见性。不过，能洞悉无相，具有见性能力的人，恐怕也必须对形态的魅力极其敏感。如果不能以无私的敏感体认"形与相"，又怎能清清楚楚地看见、明明白白地认知"无形与无相"呢？像鹤川这样的人，只是存在于那里便能放光，可目视之，可手触之，也就是应称作"为生而生"的人。现在，鹤川已经死了，他那曾经清晰的形态，便成了不清晰的无形态的最明确的比喻；他那曾经的实在感，便成了无形的虚无的最实在的模型；而他本人也不过是这样一种比喻罢了。比如说，他与五月鲜花是相称相合的。这是因为，他刚好是在五月暴死的，而投进他灵柩里的便是这个月的鲜花。

无论如何，我的人生中缺少鹤川人生中那种确切的象征性。就因为这个，鹤川对我来说便是不可或缺的。而我对鹤川嫉妒最深的一点是，他这辈子，压根儿没有我那种独特性，或者说，没有那种承担着独特使命的意识。正是这种独特性夺走人生的象征性——也就是说，使其人生无法被比喻成别的什么东西——从而夺走了人生的广度与关联性，以至于成了永远摆脱不掉的孤独的根源。太不可思议了。我甚至同虚无之间都没有关联。

我再次陷入孤独。那位房东女儿，我后来再没见过。和柏木的亲近程度也大不如以前。柏木的生活方式依然深深地吸引着我，但我多少产生了抗拒，不自觉地疏远了对方。我觉得这也算是对鹤川的某种祭奠。我给母亲写了封信，断然宣称，在我没成年以前别来看我。这话我以前也对母亲说过，但我觉得必须再次写信，用强硬的语调言明，否则就不安心。在回信中，母亲磕磕巴巴地讲了帮伯父忙农活的事，还啰里八唆地说了一堆单纯教训人的话。末了竟说："只要见你当上鹿苑寺的住持，我死也瞑目了。"我憎恶这行字，此后好几天，这行字都叫我惶惶不安。

整个夏天我都没有去母亲的寄居地探望。因为伙食粗劣，夏天很是难熬。九月十日过后的某日，气象预报说可能有大台风来袭，需要有人在金阁寺值宿，于是我主动申请承担这份工作。

我觉得，就是从这时候开始，我对金阁的感情产生了微妙的变化。虽然说不上什么憎恶，但我预感到，自己心中渐渐萌生的东西，肯定早晚有一天会同金阁水火不容。自从龟山公园里金阁突然出现在我眼前之后，这种情感就变得明显了，可我害怕给它起一个确切的名字。不过，值宿的这一晚，金阁将全都委托于我，我不由得心中欢喜，并且没有掩饰这份喜悦。

我拿到了究竟顶的钥匙。这第三层尤为尊贵。后小松天皇[1]御笔亲书的匾额高悬在柱子间的横木板上，离地面四十二尺。

电台不断播放着台风临近的消息，但我一点也看不出有这方面的迹象。午后开始的连绵阴雨停歇了，明亮的满月爬上了夜空。寺里的人来到庭院中观察天象，七嘴八舌地说，这是暴风雨前的平静。

寺院里夜深人静。我一个人待在金阁。当我走入月光照射不到的地方时，顿觉神志恍惚，似乎被金阁沉重而奢华的暗影包围了。这种现实的感觉渐渐将我深深淹没，然后径直转变成幻觉。清醒过来时我才明白，自己如今真正沉浸在龟山公园里把我同人生隔开的那个幻影之中。

我形单影只，绝对的金阁包围着我。不知该说是我拥有金阁呢，还是我被金阁所拥有？抑或我与金阁之间可能产生了罕见的平衡，出现了"我是金阁，金阁是我"的状态呢？

从晚上十一点半开始，风势转强。我借助手电筒爬上楼梯，用钥匙打开了究竟顶的门锁。

我在究竟顶上凭栏而立。风从东南刮来，但天色依旧未变。镜湖池的浮萍间月影璀璨，四周充塞着此起彼伏的虫鸣蛙叫。

---

[1] 后小松天皇（1377—1433），日本第一百代天皇。后小松天皇在位期间，室町幕府将军足利义满权势煊赫，天皇沦为傀儡。

当第一道强风直扑面门时,一种近乎性快感的战栗传遍全身。风好似地狱里的暴风一般不停地增强,仿佛要把我和金阁一起吹倒。我的心在金阁之中,同时也在狂风之上。为我规划世界结构的金阁并没有随风摇曳的帷幔,却泰然自若地沐浴在月光之中。可是狂风,还有我凶恶的意志,迟早有一天会撼动金阁,使它猛然惊醒,并在它倾塌的瞬间夺走它傲慢存在的意义。

是的!到那时,我将被美包围,确定无疑地置身于美当中。然而,如果没有无休无止、越刮越猛的暴风的意志的支持,我能否如此彻底地被包围在美当中就不一定了。就像柏木曾呵斥我"结巴呀!你倒是结巴呀"一般,现在我也试着对风叫喊出扬鞭策马般的话语了:

"使劲刮呀!使劲刮呀!再快些,再强些!"

森林沙沙作响,池畔的树枝相互拉扯碰撞。夜空失去了平静的深蓝色,变成了浑浊的灰蓝色。虽然虫鸣仍未减弱,那飞沙走石、席卷天地的狂风,却带着遥远的神秘笛音越来越近。

我看见月前乱云飞渡。云朵像大兵团一样从群山那边由南向北挺进,有厚的,有薄的,有大片大片的,也有小块小块的。所有的云都从南方现身,掠过月亮,盖住金阁的屋顶,又像要急着办什么大事似的,朝北飞奔而去。我似乎听到了头上金凤凰的鸣叫。

狂风忽然平静,继而又强劲起来。森林敏感地侧耳倾听,时而沉寂,时而喧嚣。池中的月影也随之忽明忽暗,有时还会痉挛般闪出迅速扫过池面的光芒。

盘踞在群山后面的层层积云,宛如巨掌般遮蔽了整个天空,蠕动着、拥挤着向我伸过来,可怕极了。云缝中偶尔露出一片澄明的天空,忽然又被云层遮蔽。不过,有轻纱般的薄云经过时,我仍可以透过云层望见月亮那朦胧的光轮。

  天空就这样沸腾了整整一夜。不过，风势没有继续增强的迹象。我在栏杆下睡着了。第二天一大早，天已放晴，寺里的老仆来把我叫醒，说我们很走运，因为台风已经绕过京都市离开了。

第六章

我为鹤川服了将近一年丧。孤独的生活开始之后,我很容易就习惯了。我又一次明白,对我来说,几乎不与任何人说话的生活是最不需要付出努力的。对人生的焦躁感也离我而去。日子跟死水一样,但我过得很快活。

学校图书馆成了我唯一的享乐场所。我根本不看禅学书籍,只是随手翻阅一些翻译过来的小说和哲学书。我有所担心,不愿在这里列举那些作家和哲学家的名字。我承认,这些作品对我多少有所影响,成为我后来行为的要素。但我更愿意相信那一行为本身是我的独创,而不喜欢将其解释为受某种既成哲学的影响。

如前所述,我从少年时代开始便以不被人理解作为唯一的骄傲,我也从未产生过表达自己以争取别人理解的冲动。当我想明晰地表达自己时,其实并未多想。我不知道这是否来自想要理解自己的冲动。因为这种冲动是遵循人的本能,自然而然地成为架设在自己与他人之间的桥梁的。金阁之美令我陶醉,我的一部分也因而不透明了。陶醉在金阁之中的我,便无法再沉醉于别的任何事物之中。为了与其对抗,我必须通过意志保住我明晰的那部分。我不知道别人怎样，但对我来说，只有这明晰的部分才是我自己。反过来说，我并不是拥有明晰自我的人。

那是进入大学预科后的第二年，也就是昭和二十三年春假期间的事。一天晚上，师父不在寺内，我没什么朋友，只好一个人去散步，消磨这难得的自由时间。出寺后，我走出了山门。山门外环绕着一条沟渠，渠旁竖立着一块公告牌。

这本是多年来看惯的东西。我闲来无事，转过头，将月光下的古老公告牌上的文字读了一遍：

注意

一、未经许可，不得改变外观现状。
二、不得从事其他影响保留物的行为。

以上务必注意。如有违犯，依国法处治。

内务省
昭和三年三月三十一日

公告牌明显是针对金阁而立，但那抽象的语句却不知是在暗示什么，只是让人觉得，不变不坏的金阁同这块公告牌是分属两个世界的。这告示预示了某种不可解或者说不可能的行为。立法者必定在概括这种行为时不知所措。为了处罚只有疯子才能想出的行为，该如何事先恫吓那个疯子呢？恐怕需要只有疯子才能读懂的文字吧……

我这样胡思乱想的时候，一个人影正沿着门前宽敞的人行道朝这里走来。白天的游人早已消失不见，这一带的夜里，只看得见月光下的松树，以及远处电车道上来来往往的汽车的前灯光芒。

我突然认出那人影正是柏木，从走路的样子就看得出来。过去一年里，是我故意疏远了他。我不再去想这段往事，心中涌起的只有对他的感激，因为是他治愈了我的精神创伤。没错，从初见他起，他就用难看的内翻足，用毫不客气的伤人语言，以彻底的告白，治愈了我残疾的思想。我应该就是在那时才第一次体会到以同等资格与人交谈的喜悦，体会到深入自己"既是和尚也是结巴"这一确切意识的深处的喜悦，那滋味就像干了缺德事一样。与此相反，在我同鹤川的交往当中，上面的两种意识常常会被抹除。

我笑脸迎上前去。柏木身穿制服，手里拿着一个细长的包袱。

"你这是要出门吗？"他问。

"不是……"

"见到你太好了。跟你说实话吧……"柏木说着，坐到石阶上，打开包袱，露出了两支发出幽暗光泽的尺八，"前不久，我老家的伯父去世了，留给我这支尺八作为纪念品。我还有一支，是以前随伯父学吹尺八时得到的。这个纪念品看起来相当名贵，但我还是觉得用惯了的那支更好，而且我留两支也没用，所以就想拿一支来送给你。"

对于从未接受过别人礼物的我来说，不管是什么礼物都让我开心。拿到手上一看，前面四个孔，后面一个。

柏木继续道：

"我学的是琴古流[1]，今晚难得月色这么好，我便想来金阁吹吹，

---

[1] 由黑田琴古（1710—1771）开创的尺八流派，与都山流并列为尺八两大流派。

顺便也教教你……"

"那最好现在就教,因为师父不在,寺里的老仆偷懒,院落还没打扫完。扫完之后金阁就要锁上大门了。"

如果说柏木这次来得很唐突的话,那么他提出的"因为月色好所以想上金阁吹尺八"的说法也很唐突,这一切都与我所认识的柏木的形象格格不入。尽管如此,对我单调的生活来说,惊讶本身就是一种喜悦。我拿着柏木送给我的尺八,带他走向金阁。

我已经记不太清那晚同柏木说过些什么了。大概没说什么有实际内容的话吧。首先是柏木,以往挂在嘴边的离奇哲学和有毒邪说,他竟然半点要谈起的意思都没有。

他这次前来,也许是要故意向我展示我从未想象过的他的另一侧面吧。这个只对玷污美感兴趣,说话刻薄恶毒的家伙,的确向我显露了他纤细的另一侧面。对于美,他持有远比我更为精密的理论。但那不是用语言表述的,而是通过动作、眼神、吹奏尺八的曲调和月光中凸出的前额来阐释的。

我们倚靠着第二层潮音洞的栏杆。长檐缓缓翘起,下面的走廊由八根典雅的天竺式肘状承衡木支撑,突出在倒映着月影的池面之上。

柏木首先吹了名为《御所车》小曲。那高超的演奏技巧令我惊叹不已。我模仿他的样子,把嘴唇贴在吹孔边,却怎么也吹不出声来。他开始教我——从左手在上握住尺八的方法,到下巴顶住吹口下缘的样子,再到紧贴吹孔的嘴唇的张开方式,以及要如何将薄片一样又宽又扁的风吹入孔中的诀窍等,他都一丝不苟地教给了我。可惜试了好多次都不出声。我鼓足了腮帮,瞪圆了眼睛,费了老大的劲儿。虽然无风,我却觉得池中的月影似乎都被我的气势震得粉碎。

疲倦已极的我，在一瞬间突然产生一种怀疑：柏木是不是为了故意作弄我的口吃才强迫我刻苦练习的？但我渐渐明白，为吹出声音而反复尝试，这种肉体上的努力，似乎可以净化我平日因为害怕结巴而想要流利地说出第一个字的精神上的努力。那尚未吹出的声音，仿佛已经确实存在于这月光下的寂静世界的某个地方。我只需要千方百计地找到那个声音，唤醒那个声音就可以了。

我要怎样才能达到柏木的水平，吹奏出那种神妙的声音呢？熟能生巧是不二法门。美就是熟练。柏木虽然长着难看的内翻足，却能吹出那样澄澈优美的声音。只要我也勤加练习，就能做到同他一样。想到这里，我顿时勇气倍增。但我又产生了另一种想法。柏木把《御所车》的曲调吹得如此优美，除了有可爱的月夜作为背景，是不是还与他丑陋的内翻足有关呢？

随着对柏木的了解的加深，我发现他憎恶永恒的美。他喜爱的东西只限于转瞬即逝的音乐，以及数日之内就会枯萎的插花。他憎恶文学与建筑。这次他来金阁，想必只是为了探访明月照耀下的金阁。尽管如此，音乐之美是多么不可思议啊！由吹奏者创造的短暂的美，将一定的时间变作纯粹的持续。这种美肯定是无法重复的。同蜉蝣那样的短命生物一样，这种美是生命本身的完美抽象与创造。没有比音乐更像生命的东西了。虽然音乐和金阁都是美，但音乐没有金阁那种远离生命又蔑视人生的美。在柏木《御所车》吹奏完毕的瞬间，音乐这一虚构的生命便死去了，把他丑陋的肉体和阴郁的思想又毫发无伤、一成不变地保留了下来。

柏木想从美中得到的东西，的确不是慰藉！他并未对我谈及这点，但我已经心知肚明。气息通过嘴唇吹入尺八的孔洞，在空气中创造出短暂的美。这种美消逝之后，他的内翻足和阴郁的思想却保留了下来，而且比以前更加清晰、新鲜——他爱的便是这个。美毫无用处，美从他体内通过却不留痕迹，美绝不会改变任何东西——柏木爱的就是这个。如果美对我来说也是如此的话，我的人生该是多么轻松啊。

我按照柏木的指导，不厌其烦地反复尝试，以至于面红耳赤，气喘吁吁。就在这时，我好像突然变成了一只鸟，嗓子里传出一声鸟鸣——尺八终于发出了低沉粗重的声响。

"对了！"

柏木笑着叫道。这当然不是美妙的音乐，但同样的声音接连不断地吹了出来。这时我觉得，那怎么听都不像我发出的神秘声响，浑似头上金凤凰的鸣叫。

后来，我每晚都借助柏木给我的自习书勤奋练习，提高尺八的演奏水平。随着我能吹奏《太阳旗》这样的曲子，我和柏木又和好如初了。

五月里，我想到既然柏木送了我尺八，自己也必须还礼才对。但我身无分文，只好咬牙向柏木说出实情，柏木回答说不需要花钱买来的礼物，然后又奇怪地扯起嘴角，说出了下面这段话：

"好吧，既然你都主动提出来了，我就不客气了。我确实有想要的东西。最近我很想插花，可外面的花太贵了。如今金阁寺正是蝴蝶花、燕子花盛开的时节。你能不能给我弄四五支燕子花来？花骨朵也可以，刚开的也可以，已经开放的也可以。再加上六七支木贼。今晚摘也行，夜里拿到我的出租屋来，好吗？"

我不假思索地答应之后才意识到，他实际上是暗示我行窃。为了情面，我无论如何都只能当一回"采花贼"了。

当晚的药石是面食。一块又黑又沉的面包，外加一点干烧的蔬菜。幸亏是周六，从下午开始便是"除策[1]"，该外出的人都已经外出了。今晚是"内开枕"，早睡也可以，外出的十一点前返寺也可以，而且只要声称"睡过了头"，第二天也可以睡懒觉。师父也已经外出了。

傍晚六点半过后，太阳渐渐西沉。起风了。我等待着初夜[2]的钟声。八点一到，中门左侧的黄钟调[3]大钟便敲了初夜的十八响，音色高亢澄明，余韵袅袅，经久不息。

金阁的漱清亭旁，莲花池的水注入镜湖池时，形成了一个小小的瀑布，一道半圆的栅栏围住瀑布口，附近长着成片的燕子花，这几天开得分外娇艳。

走上前去一看，燕子花丛在夜风中沙沙作响。高挂枝头的紫色花瓣，在潺潺的水声中微微颤动。这一带夜色浓重，紫色的花瓣也好，深绿色的叶片也好，看上去都黑黢黢的。我正想伸手掐三两支燕子花，却刮来一阵风，花和叶沙沙作响，从我手下逃开了，一片叶子还划破了我的手指。

当我抱着木贼和燕子花来到柏木的出租屋时，他正躺着看书。我担心碰到房东女儿，可她好像不在家。

这次小小的偷窃让我备觉快活。同柏木交往时，他总是会首先让我犯下有点不讲道德、有点亵渎神圣的小恶，而这每每让我感觉很快活。但我不知道，这快活的分量会不会随着恶行的逐步提升而无

---

[1] 在禅寺坐禅时，为了消除惰气和睡意，用来敲打禅僧的长四尺多的扁平棒状板子称为"警策"。而"除策"是指可以不使用警策来坐禅的休息日。
[2] 佛教中将一昼夜分为"六时"，即早晨、白天、日落、初夜、中夜、后夜，初夜是晚上八点左右。
[3] 雅乐六调之一，以"黄钟"为主音。

限增加?

柏木高高兴兴地收下了我的赠礼,然后便去找房东太太借插花水盘[1]和在水里剪花茎用的水桶。这是一座平房,柏木住在四张半草席大小的偏房里。

我将立在壁龛里的那支尺八取出来,唇贴在吹孔边,试吹了一小段练习曲。这次吹得十分流利,将回屋的柏木吓了一跳。不过,今晚的柏木已不是来金阁吹尺八时的柏木了。

"你吹起尺八来一点都不结巴嘛。我教你吹尺八,明明就是为了听结巴的曲子是啥样呀。"

这句话把我们拉回到初次见面时的关系。他在我面前又成了原来的他,于是我也得以轻松地问起那位住西班牙式洋楼的小姐的情况。

"啊,那个女人嘛,她早结婚了。"柏木轻描淡写地答道,"我还详细周到地教了她如何掩饰自己不是处女的事。不过,新郎是个刻板拘谨的家伙,好像顺利蒙混过去了。"

柏木一边说,一边将浸泡在水里的燕子花一支支地取出来端详,然后把剪刀伸入水中,剪掉花茎。每次他将燕子花拿入手中,花影就会在草席上大幅移动。突然,柏木问道:

"你可知道,《临济录》的《示众》章中有句名言,叫'逢佛杀佛,逢祖杀祖……'"

我接着背诵道:

"'……逢罗汉杀罗汉,逢父母杀父母,逢亲眷杀亲眷,始得解脱。'"

"没错,就是这个。那女人就是罗汉嘛!"

---

[1] 栽花草等植物用的陶瓷盘子。

"那你解脱了吗?"

"嗯。"柏木将切断茎的燕子花摆到一起,盯着这些花说,"只是杀法上还有不足。"

水盘内装满了清水,其内部涂成银色。柏木把剑山[1]上弯曲的插针仔细弄直。

我闲得无聊,又接着说:

"你知道《南泉斩猫》这则公案吧?战争结束那天,师父曾召集大家讲解过……"

"《南泉斩猫》吗?"柏木比了比木贼的长度,一边试着往水盘里放一边说,"那则公案嘛,会在人的一生中变化为各种形态反复出现。那是一则令人不快的公案。每次在人生的转折点与这则公案相遇,其本质虽然相同,形式和意义却不一样。南泉和尚斩掉的那只猫相当可疑。那只猫很漂亮,你知道,漂亮得简直无法形容。金色的眼睛,光滑的皮毛,世间所有的逸乐和美丽,就像弹簧一样收缩起来,藏在那小巧柔弱的身体中。猫是美的集合体——除了我,绝大多数注释者都没有说过这一点。可是,那只猫突然从草丛中跳出,被人抓住时,眼中闪烁着娇柔而狡黠的光芒,简直就像是故意自投罗网一样。它成了东西两堂之争的根源。为什么呢?因为美可以委身于任何人,但又不属于任何人。美这种东西,怎样说好呢?对了,它就像虫牙一样。它吸引你用舌头去舔,就那样卡在牙槽里,让你疼痛不已,以此主张自己的存在。等你终于忍不住痛楚,便只好请医生将它拔掉。你把那个满是血污的茶褐色小东西放在掌中,多半会这样说:'就是它?就是这玩意儿?给我带来痛苦,让我不断地为其存在而烦恼,顽

---

[1] 插花用的底座,其上插针林立,故得名"剑山"。

固地在我体内扎根的家伙，如今不过是个死物罢了。不过，拔掉以前和拔掉以后的牙，真是同一个东西吗？如果它本来是我体外的一种存在，那它为什么——凭借什么缘由——得以连接我的内部，成为我痛苦的根源呢？它存在的根据是什么呢？这根据是在我的体内还是在它本身当中？尽管如此，这个从我身体中拔掉又放在掌上的小玩意儿，绝对是另外一种存在，断然不是我口中的那个东西.'

"听明白了吗？美就是这样的东西。斩猫正如拔虫牙，看上去就像是将美给挖了出来。但我不知道这样做是不是就能一了百了，因为美的根源是斩不断的。即便猫死了，猫的美也未必会死。为了讽刺这种简单随意的解决方法，赵州才把鞋顶在了自己头上。也就是说，他知道除了忍受虫牙带来的疼痛，别无解决办法。"

这番解释当然是柏木个人的独特见解，但我觉得他八成是看透了我的内心，借由我提出的话题，讽刺我对美的无能为力。我头一次觉得柏木真的好可怕。我慑于他的沉默，接着问道：

"那你属于哪一边呢？南泉和尚还是赵州？"

"是呀，到底属于哪一边呢？就目前来说，我是南泉，你是赵州。但总有一天，也许你会成为南泉，我会成为赵州，因为这则公案就像'猫眼'一样善变。"

我们如此交谈的同时，柏木的手一直在灵敏地动来动去。他将生锈的小剑山摆在水盘里，把笔直的木贼插到剑山上，然后配以修剪为只有三片叶子衬托的燕子花，一盆观水型插花便渐渐成形。洗净的白褐两色小卵石堆在水盘旁，等待着用于最后的加工。

他手上的动作只能用"精彩漂亮"来形容。他接连不断地做出小决定，准确地集中体现了对比和匀称的效果。在一定的旋律支配下，自然中的植物以令人叹为观止的熟练方式，转移进人工的秩序里。

天然的花叶转眼就变成了它们应有的样子。这些木贼和燕子花，都不再是一株株籍籍无名的植物，而成了木贼和燕子花的本质的最简洁直接的表现。

然而，柏木的动作中却带着几分残酷。他在对待植物时，仿佛拥有一种令人不快的阴暗特权。不知是不是这种缘故，每当剪刀咔嚓一声剪断花茎时，我就觉得似乎看见了血滴。

观水型插花的造型已经完成。水盘的右端，木贼的直线和燕子花叶片的纯洁曲线相交。花儿有一朵已经绽放，另外两朵则是刚刚绽开的蓓蕾。将这盆插花摆到小小的壁龛之后，几乎占满了整个空间。水盘中倒映着静静的花影，将剑山掩藏起来的小卵石呈现出一派明澈的水滨风光。

"美极了！你从哪儿学来的？"我问。

"是跟附近的一个女插花师傅学的。她过会儿就要来这儿吧。我和她交往，同时向她学习插花。我一个人就能把花插成这样之后，便对她厌倦了。她还是个年轻漂亮的插花师傅哟。战争时期怀上了军人的孩子，结果生下个死胎，那个军人又战死了。那之后，她就不停地同花花公子鬼混。这女人手上有几个小钱，教人插花似乎只是她的爱好。要不，你今晚带她出去玩玩好了。她应该哪儿都肯去的。"

这时，一阵混乱的强烈情感攫住了我。当年在南禅寺的山门上看到那女人时，鹤川还在我身旁。三年后的今天，这女人应该马上就会出现在我面前，而我将以柏木的视角去看她。过去，我曾用明亮而神秘的双眸注视这个女人的悲剧。现在，我则以怀疑一切的阴暗眼神窥视她的悲剧。可以肯定的是，当时她那对远远看去犹如白天的月亮一般洁白的乳房，已经被柏木的手抚摸过；她那裹在华丽的长袖和服下的双膝，也已经被柏木的内翻足碰过。可以肯定的是，这个女人已经被柏木，也就是被柏木对她的"认识"玷污了。

这个念头把我折磨得痛苦万分，无法继续待在这里。但好奇心将我留了下来。我甚至一度将那女人视为有为子转世，如今她却成了被自己的残疾学生抛弃的女人——我期待着看到这样一个女人现身。我在不知不觉中成了柏木的"帮凶"，似乎要亲自、亲手玷污自己的回忆，并沉浸在这种错觉带来的快乐之中。

女人来到时，我心里竟没有生出一丝波澜。我至今仍然清晰地记得当时的情形。她的声音微微嘶哑，举止格外庄重，谈吐也十分高雅。可是，她目光中却闪烁着粗野的神色，虽然因为我在场而有所顾忌，但仍然对柏木抱怨连连……这时我才明白，柏木今晚把我叫来，是要我做他的防护墙。

这女人和我记忆中的幻影没有半点联系。她给我的印象不过是第一次见到的另一个女人罢了。尽管她说话的态度一直彬彬有礼，内容却渐渐杂乱起来，对我看也不看一眼了。

这女人终于无法忍受自己的凄凉境遇，似乎想暂时放弃改变柏木心意的努力。这一回，她突然装出沉着的模样，打量了一圈这间狭窄的出租屋。进屋三十多分钟，这女人似乎才发现壁龛里放着一大盆插花。

"这盆观水好漂亮啊。真的插得很不错。"

就等着这句话的柏木发出了致命一击：

"不赖吧？如此看来，我跟你也没什么好学的了。你已经没用了，真的。"

女人听到柏木郑重其事地说出这句话之后,脸色顿时煞白。我见状忙把视线挪开。那女人似乎微微一笑,保持着彬彬有礼的模样膝行到壁龛前。只听那女人说:

"什么呀,这些花!什么呀,这些玩意儿!"

接着,水花四溅,木贼倾倒,绽放的燕子花被撕碎。我偷采的花一片狼藉。我不由自主地站起身,却又无可奈何地把背靠向玻璃窗。我看到柏木一把抓住女人纤细的手腕,接着揪住她头发,抽了她一耳光。柏木这一连串粗野的动作和刚才剪断叶茎做插花时那种平静的残忍毫无二致,简直就是那种残忍的延续。

女人双手捂脸,跑出了房间……

柏木抬头看着呆立不动的我,脸上反常地露出了孩子般的微笑,对我说道:

"喂,快去追吧。去安慰她一下。喂,快去!"

到底是受柏木语言威力所迫,还是真心同情那个女人,我自己都说不清,反正我立刻拔腿就追,在距柏木出租屋两三栋房子的地方追上了她。

那里是乌丸车库后面板仓街的一部分。阴沉沉的夜空下,回荡着入库电车的声响,闪烁着转瞬即逝的淡紫色电火花。女人从板仓街向东,抄近道爬上坡。我默默地跟在边走边哭的女人的斜后方。她不久便注意到我,向我靠过来。她不停地控诉柏木的不良行径,声音因为哭泣而越发嘶哑,遣词造句却过于文雅有礼。

我们一起走了多远的路呀!

女人在我耳边原原本本地详细描述了柏木的流氓嘴脸和阴险卑劣的具体情况,但这一切都化作"人生"二字在我耳畔回荡。柏木的残忍、心计、背叛、冷酷,向女人讨钱的种种手段,这一切只是对他难以言喻的魅力的解说而已。而我只要相信柏木忠实于自己的内翻足就够了。

自从鹤川意外死亡之后,我都没有接触过人生本身。过了这么久,我才接触到另一种阴暗的人生——不仅不薄命,而且只要活着就会不断伤害他人——并受到了这种人生的鼓励。柏木那句"杀法上还有不足"的简单话语重新回荡在我耳畔。我回想起战争结束时爬上不动山巅,面对京都市的万千灯火,由衷地进行祈祷的情形。我那句祷词是:"但愿我心中的黑暗,同将万千灯火包裹起来的夜的黑暗不相上下!"

女人没有往自己家走。为了和我说话,她专挑行人稀少的小路,漫无目的地走着。因此,当我好不容易来到女人独居的住所前时,已经弄不清这是哪一带的街角了。

时间已到十点半,我正要告辞回寺,女人却硬把我拉进了屋。

女人走在前面,打开灯,突然冒出一句话:

"你诅咒过别人,希望别人死了才好吗?"

她话音刚落我就答道:"有过。"说来也怪,此前我竟然忘了,自己分明盼望柏木的房东女儿死掉,因为她见证了我的耻辱。

"好可怕啊。我也有过。"

女人浑身瘫软,歪坐在草席上。房间里的电灯大概有一百瓦,在限电时期发出罕见的光亮,足有柏木出租屋电灯亮度的三倍。女人全身第一次被照得如此灿烂,博多[1]产的名古屋腰带白得刺眼,友禅染[2]和服上浮现出藤萝架一样朦胧的淡紫色。

---

[1] 如今是日本福冈市的一个区,"博多"二字是福冈市的旧名,现在也常用来指代福冈。
[2] 友禅是在布上染花纹的技法之一,是日本代表性的染色法,得名于江户时代京都的扇画师宫崎友禅斋。

从南禅寺山门到天授庵的客厅之间，曾有一段只有鸟儿可以飞越的距离。可是，几年过后，我渐渐缩短了那段距离，感觉自己总算到达了终点。我从那时起就在记录时间的细微流逝，而如今，我真的来到了天授庵那神秘情景的含义面前。事情理应如此，我想。如同遥远的星光到达地面时，地上的面貌已经改变了一样。这女人完全变质了，这是无可奈何的。如果我站在南禅寺的山门往下看时，我同她的今日相会就已注定，那只要略微修正一下女人的变化，就能使其复原，让当时的我和当时的她相见。

于是我说了出来。我气喘吁吁、结结巴巴地说了出来。当时的翠绿新叶，还有五凤楼天棚画中的天人和凤凰，仿佛全都重现眼前。女人面颊潮红，活力四射，眼中不再有粗野的神色，取而代之的是迷乱不定的目光。

"原来如此。啊，原来如此。真是奇缘啊，这才叫奇缘哩。"

这一次，女人眼中噙满了激动欣喜的眼泪。她忘记了刚才的屈辱，反倒投入了回忆之中，从一种激动状态直接过渡到另一种激动状态，几乎陷入癫狂。藤萝架一样朦胧的淡紫色和服的下摆也凌乱了。

"我已经挤不出奶了。啊，可怜的小宝宝！虽然挤不出奶了，我还是要把当年的事做给你看。既然你从那时起就一直喜欢我，我现在就把你当作那个人看待吧。一想起那个人，我就不觉得羞耻了。我真的要把当年的事做给你看。"

这女人用毅然决然的语气说完这话后，其所作所为既可以视作狂喜之极，也可以视作绝望之极。在意识层面上，恐怕只有狂喜才能促使她做出如此激烈的行为，但真正的动力其实是柏木带给她的绝望，或者说是绝望后无法摆脱的余味。

就这样，我看见她在我面前取出腰带里的衬垫，解开腰带上的许多细绳，然后腰带就发出丝绸特有的窸窣声，滑落下来。女人的领口敞开，白皙的胸脯隐约可见。她将手伸进和服，掏出左侧的乳房，展露在我眼前。

要说我没有感到某种眩晕，那应该是谎话吧。我看了，仔仔细细地看了。但我止步于见证者这一角色。我从山门楼上远远望见的那个神秘白点，并不是这种拥有一定质量的肉块。由于那个印象在我心中发酵了太久，眼前的乳房就只能是一个肉块、一种物质罢了。然而，那不是要表现什么或者诱惑什么的肉块，而是存在本身的乏味证据。它被从生命的整体上切割下来，只是暴露在那里的东西而已。

我还是想说谎啊。没错，我确实曾经头晕目眩。可是，因为我看得过分仔细，在我眼中，乳房竟然超越了乳房本身，逐渐变成了毫无意味的片段。

之后发生的事才不可思议。因为在这惨痛的经历之后，它在我的眼里才终于变成了美的。它被赋予了美的枯燥冷漠的性质。乳房虽然在我眼前，却慢慢地被封闭在乳房自身的原理之中，就像玫瑰被封闭在玫瑰的原理之中一样。

对我来说，美总是姗姗来迟。别人能很快感知美，并且同时发现美和肉欲，而我在这方面总是远远地落在后面。转眼间，乳房就恢复了同整体的关联……超越了肉块……变成了冷漠却不朽的物质，变成了和永恒相关的东西。

但愿大家能理解我下面要说的话。这时候，金阁又出现了。更准确地说，是乳房变成了金阁。

我想起初秋在金阁值宿的那个台风之夜。虽然明月当空，但在金阁的内部,在方格板窗的内侧,在板唐门[1]的内侧,在金箔剥落的天棚下,都沉淀着沉重而奢华的黑暗。这也是理所当然的,因为金阁无非是被专心构筑、塑造出来的虚无罢了。我眼前的乳房也是如此,虽然外表闪耀着肉体的明亮光泽,内部却充斥着同样的黑暗。其实质是同样沉重而奢华的黑暗。

我的认识绝没有令我陶醉,它反倒被践踏、被侮辱了。生命和欲望自不待言!……但深深的恍惚感却挥之不去,我像麻木了一般,和裸露的乳房对坐了许久……

就这样,我再次碰上了把乳房藏进怀中的女人那冰冷至极的轻蔑眼神。我只好请求告辞。哐当一声,送我出门的女人在我身后用力关上了格子门。

我始终都处在恍惚之中,直到返回寺院。乳房与金阁交替出现,一种无力的幸福感充盈我全身。

可是,当松涛阵阵的黑松林的彼端浮现出鹿苑寺的山门时,我的心渐渐变冷,无力感攫住了我,陶醉的心情变作了厌恶,变作了难以名状的憎恨。

"我又同人生隔绝开了!"我自言自语道,"又一次啊。金阁啊,你为什么要保佑我?我又没有求你,你为什么要把我和人生隔绝开?"的确,金阁也许救了我,让我免于堕入地狱。但如此一来,金阁也让我成了"最通晓地狱消息的人",比所有堕入地狱的人都坏。

山门静锁于黑暗之中,只有耳门里还残存一点微光,要等到晨钟敲响后才会熄灭。我推了推耳门,内侧吊着铁砣的生锈旧锁哗啦一

---

[1] 没有门框、由几块木板拼接起来的门,同"栈唐门"相对。

响，门应声而开。

看门人已经睡着了。耳门内侧贴着寺内规定：晚上十点以后，由最后回寺的人锁门。还有两块名牌扣着，没翻回正面朝外，一块是师父的，另一块是打扫庭院的老人的。

走着走着，我发现右侧的建筑工地上横放着几根五米多长的木材，即使在夜里也露出鲜明的色泽。走近一看，锯屑满地都是，如同散落的黄花，黑暗中飘荡着浓郁的木香。我打算从建筑工地尽头的辘轳井旁前往僧房，于是折返回来。

上床休息前，我必须再去看一眼金阁。将沉睡的鹿苑寺正殿抛在身后，我经过唐门[1]，踏上了通向金阁的道路。

金阁渐渐浮现出来。它被树林的喧嚣包围着，在这暗夜之中一动不动地挺立着，但绝无睡意，仿佛是夜的卫士……没错，我从未见过金阁像夜深人静时的寺院一样安静地睡下。无人居住的建筑是可以忘记睡眠的。居住在那里的黑暗完全不受人类作息规则的制约。

我用近乎诅咒的语气，生平第一次朝金阁发出了这样粗暴的叫喊：

"总有一天我要制服你。总有一天我一定要把你据为己有，让你不能再来妨碍我。"

我的喊声在深夜镜湖池上空荡地回响着。

---

1 屋顶为唐破风的门。唐破风是日本传统建筑中常见的正门屋顶，是一种两侧凹陷，中央凸出成弓形，类似遮雨棚的建筑。

第七章

总的来说,在我的体验中,似乎有一种偶然的巧合在发挥作用。就像一条挂满镜子的回廊,一个影像会一直投映到无限远的深处。过去见过的事物的影像,甚至会清晰地投映在刚遇到的事物之上。我觉得自己似乎被这种相似的影像所引导,不知不觉地往走廊深处,往尽头那个深不可测的房间走去。但我们并不是突然遭遇了命运这种东西。一个将来会被处死的男人,平时经过路旁的电杆和铁道口的时候,应该都会不停地想象刑架的样子,并对那种幻象感到很亲切。

所以,我的体验中没有什么积累。没有通过积累形成的地层,不具备堆出山脉所需的厚度。与金阁之外的所有事物都疏远的我,就连对自己的体验也并不觉得亲切。我只知道,在这些体验当中,存在一些微小的部分,或是未被阴暗的时间之海吞没,或是未陷入毫无意义、无休无止的重复之中。它们连锁起来,正在形成某种可憎而不吉的画面。

那么,这一个个的微小部分是什么呢?有时我也在想这个问题。但那些支离破碎的闪光片段,比起路旁亮晶晶的啤酒瓶碎片更缺乏意义,更缺乏规律性。

尽管如此，我却并不认为这些片段过去曾构成完美的形态。因为虽然它们在无意义之中，在完全缺乏规律性的情况下，狼狈不堪地被世界抛弃了，却似乎仍然憧憬着各自的未来。它们以碎片的身份，毫无畏惧地、令人毛骨悚然地、沉静地……憧憬着未来！那是绝不会痊愈和康复的、不可触摸的、前所未闻的未来！

这种模糊的内省，却带给我一种连我自己的都觉得与自己不相称的抒情式的兴奋。每当这时，如果碰巧遇到月明之夜，我就会拿上尺八，到金阁旁边吹奏。现在，我也能不看谱子就吹奏柏木吹过的那首《御所车》了。

音乐有如做梦，同时又与做梦相反，类似于更加确实的觉醒状态。我不禁琢磨，音乐究竟属于哪一边呢？不管怎样，音乐都具有偶尔使这两种相反的东西发生逆转的力量。我偶尔也会轻易地融入自己吹奏的《御所车》的旋律之中。我的精神体验到了融入音乐的乐趣。和柏木不同，音乐于我确实是一种慰藉。

吹完尺八，我常常自问：金阁为什么容忍我融入音乐，对我既不责备又不干扰呢？而另一方面，当我将要融入人生的幸福和快乐时，金阁又为什么一次都不肯放过我呢？金阁的一贯作风难道不是突然阻止我融入另一种状态，将我打回原形吗？为什么金阁只允许我迷醉忘我于音乐之中呢？

如此想来，仅凭金阁容许我融入音乐这一点，音乐的魅力就淡了许多。因为，只要这种容许是金阁给予的，那无论音乐多么酷似人生，都只是架空的、虚假的人生。就算我要融入这样的人生，也只能融入短暂的一瞬罢了。

请不要以为，我在女人和人生上遭遇两次挫折之后就自暴自弃、一蹶不振。昭和二十三年年底以前，我又得到了几次这样的机会，还得到了柏木的指导。我毫不畏惧地投身其中，但结果总是如出一辙。

金阁总是赫然出现在女人和我，以及人生和我之间，于是，我的手一碰到要抓住的东西，那东西便忽然化为灰烬，未来的美好景象也化为沙漠。

有一次，我在僧房后面的旱田里劳动。停下休息的时候，我看到蜜蜂落到了一朵小小的黄色夏菊上。满天的阳光下，蜜蜂嗡嗡地拍打着金色的翅膀飞来，从众多夏菊中选择了一朵，徘徊不去。

我努力用蜜蜂的视角来看那朵菊花。它绽放着端正无瑕的黄色花朵，简直就像一座小金阁那样美，像金阁那样完整，却绝对变不成金阁，而仅仅只是一朵夏菊罢了。没错，它确实是夏菊，是一朵花，不含有任何形而上的暗示，只是一种形态。正因为像这样保持着存在的分寸，它才能释放出芬芳四溢的魅力，成为恰好满足蜜蜂欲望的东西。在无形的、飞翔的、流动的、强大的欲望面前，它勉强藏身于作为对象的形态之中，这是何等神秘啊！它不停颤抖着，形态渐渐稀薄，似乎就要破裂一般。这是理所当然的，因为菊花那端正的形态，正是根据蜜蜂的欲望创造出来的，而这种美本身，也是因为预感到蜜蜂的欲望而绽放的。现在正是生命之中形态的意义大放光辉的一瞬！形态才是无形流动的生命的铸模，同时，无形生命的飞翔，才是世界一切形态的铸模……蜜蜂就这样突入花朵深处，浑身沾满花粉，陷入迷醉之中。我看见，迎接蜜蜂入内的夏菊自己也变得如同身着豪华金黄铠甲的蜜蜂，剧烈地摇晃着身子，仿佛马上就要离开花茎，腾空而去一般。

阳光，还有阳光下进行的这一活动，几乎让我头晕目眩。忽然，我脱离了蜜蜂的视角，又恢复了自己的视角。这时我意识到，我以这样的视角去看菊花和蜜蜂,正如金阁用它的视角看我。也就是说,正如我结束了蜜蜂的视角,重拾自己的视角一样,在生命向我逼来的刹那,我结束了自己的视角,而用金阁的视角来看自己。正是在这样的时刻,金阁出现在我和生命之间。

我恢复了自己的视角。在茫茫大千世界,蜜蜂和夏菊只是"被安排着"罢了。蜜蜂的飞翔也好,夏菊的摇曳也好,都与微风的轻拂别无二致。在这静止、冰冻的世界中,一切都是同等的。像夏菊那样散发着魅力的形态已经死绝了。菊花之所以美丽,并非凭借其形态,而只是凭借我们笼统称作"菊"的这一名称,以及这一名称中包含的承诺罢了。我不是蜜蜂,所以不会被菊花诱惑;我不是菊花,所以也不会被蜜蜂爱慕。所有的形态与生命的流动之间的亲和感已经消失。世界被抛弃到相对性的深渊之中,只有时间在流动。

当永恒而绝对的金阁出现,我的视角转为金阁的视角时,世界便发生了这样的变化。而在这个变化的世界中,只有金阁还保持着原来的形态,将美据为己有,并将其余的一切化为沙尘——关于这些,我已不想多说。自从那个妓女踏进金阁的庭院,尤其是鹤川意外去世以来,我便在心中反复地问:"尽管如此,作恶还是可能的吗?"

时间到了昭和二十四年正月。

我利用星期六那天"除策"(据说这个词的本义是"除去警策"的意思),在类似三番馆[1]的廉价电影院看了电影。回寺途中,我独自在新京极[2]转了很久。在摩肩接踵的人群中,我碰上了一张熟悉的

---

[1] 播放上映一年以内作品的电影院。
[2] 京都市的一条繁华商业街。

面孔，但我还没想起此人是谁，那张脸就被人流卷走，消失在我的身后了。

那人头戴礼帽，身穿高级大衣，围着围巾。与他同行的是一个身着红褐色大衣的女人，一看就知道是艺伎。那男人粉红色的圆脸给人一种婴儿般的清洁感，这是普通中年绅士身上绝对看不到的，此外还有那条长鼻子……此人不是别人，正是师父，只是他的面部特征被礼帽遮住了。

虽然我自己并没有干什么亏心事，却害怕被对方发现，因为忽然之间，我很想避免成为师父微服出行的目击者和证人，同师父悄无声息地建立信任或不信任的关系。

这时，一条黑狗混入了正月夜色下的人潮之中。这条黑色的长毛狮子狗，看样子经常在人群中穿梭。华丽女大衣和军外套混杂的行人的脚下，它灵活地挤进挤出，在各家商店门前站站停停。现在，它来到依旧保持着圣护院八桥[1]老口味的一家土产店门前嗅来嗅去。借着店里的灯光，我第一次看清了狗的脸。它的一只眼睛塌陷失明，眼角上堆着玛瑙一样的眼屎和血块；另一只眼睛完好，一直盯着正下方的地面。覆盖着长毛的背上，有些地方已经结痂，一束束粘连在一起的硬毛格外显眼。

不知为什么，这条狗引起了我的注意。或许是因为，它虽然在这里游荡，内心却顽固地怀有与这灿烂的繁华街市截然不同的世界。狗行走在只靠嗅觉感知的黑暗世界，而这世界与人类的街市重叠起来。更准确地说，人类的灯火和唱片中的歌声笑声，都处在那顽固的黑暗气味的威胁之下。这是因为气味的秩序更实在，萦绕在狗的湿

---

[1] 八桥是京都有名的和式点心。圣护院八桥总店是出产八桥最有名的店铺之一。

爪周围的尿味，与人类内脏器官散发的微臭存在确切的联系。

天已经很冷。看起来像是做黑市生意的两三个年轻人从一户人家门前走过，顺手揪下一把新年已过却依然没有撤走的松枝的叶子，然后摊开戴着新皮手套的手掌，比谁手里的松叶多。结果，一个人手里只有几根松针，另一个手里则有一根完整的小松枝。黑市商人笑着走开了。

不知不觉中，我跟着这条狗走了起来。狗一会儿不见踪影，一会儿又重新出现。我跟着狗转过通往河原町通[1]的街道，来到比新京极还要昏暗一点的电车路旁的人行道。狗消失不见了。我停下脚步，左看看，右瞧瞧。我一直走到车道边缘，寻找狗的去向。

这时，一辆车身锃亮的出租车停在我面前。车门打开时，一个女人先钻了进去，我不由自主地朝那个方向看去。那个要跟着女人上车的男人突然注意到我，顿时呆立不动了。

那正是师父。不知为什么，刚才擦身错过的师父，在同女人转了一圈之后，又被我碰上了。总之，那人肯定是我师父。先上车的女人的红褐色大衣，我记得方才也见过。

这回是避无可避了。但我太惊慌失措了，一个字也说不出口。就在我发不出任何意义的音节时，无意义的结巴声却像煮开的水一样咕嘟咕嘟地往外冒。我终于做出了一种连自己都觉得意外的表情——我居然莫名其妙地对师父笑了笑。

这一笑是无法解释清楚的。它仿佛来自外部，突然就贴上了我的嘴角。然而，一看到我的笑，师父登时脸色大变。

"混账！难道你想跟踪我不成？"

---

[1] 京都市的南北主干道之一。

如此责骂一句之后，师父便突然乜斜着瞪了我一眼，继而钻进车中，哐当一声用力关上车门。出租车开走了，这时我才恍然大悟，刚才在新京极相遇时，师父就已经发现我了。

第二天，我等着被师父叫去训斥一通。这应该也是我解释的机会。然而，和踩踏妓女肚子事件之后一样，从第二天起，师父就用不理不睬的方式对我展开了无声的拷问。

偏偏这时候母亲又寄了信来，结尾依然是那句老话，说她之所以还活着，就是因为对我有朝一日能当上鹿苑寺住持心存希望。

"混账！难道你想跟踪我不成？"我越是回想就越觉得，师父的这句呵斥与他的身份极不相称。倘若师父像真正的禅僧那样诙谐幽默、豪放磊落的话，应该是不会让徒弟受如此恶俗的斥责的，而是会说一句更有效的话来，简短尖刻又直击要害。虽然事情已经无可挽回，但如今看来，当时师父肯定是误解了我，认为我是故意跟踪他而来，还带着揪住他尾巴一样的表情嘲笑他，所以他才在狼狈不堪的情况下不顾体面，大发雷霆。

这且不多说，师父的沉默又让我整日惴惴不安。师父的存在本身就让我备感压力，就像讨厌的飞蛾一样在眼前飞来飞去。按照惯例，师父应邀去做法事时要带上一两个侍僧陪同。本来副司铁定是其中一员，但最近因为要搞民主化，变成了副司、殿司[1]、我和另外两个徒弟一共五人轮流参加。舍监被征入军队后战死沙场——他因为过于严厉，至今还被人说三道四——他的职务便由四十五岁的副司兼任。鹤川死后，又补充了一个新徒弟。

---

1 在禅宗寺院，负责打扫殿堂、佛堂装饰、灯、香、供桌等事务的役僧。

恰好这时，同属相国寺派的一座古老寺院的住持过世了，师父应邀参加新住持的就任仪式，而这次轮到我陪同。因为师父没有故意拒绝我前往，所以我暗自期待能在往返途中找到解释的机会。可是，出发前一天晚上，师父又补充了一个新徒弟作陪，我对那天寄予的希望便基本化为泡影。

喜欢五山文学[1]的人，一定都记得康安元年[2]石室善玖[3]进入京都万寿寺任住持时的入院法语[4]。新任住持到达任职的寺院，从山门开始，经过佛殿、土地堂、祖师堂，最后来到住持的居室，一路留下了一句句美妙的法语。

新任住持心中雀跃不已，手指山门，志得意满地说道：

> 天域九重内，帝城万寿门。空手拔关键，赤脚上昆仑。

烧香仪式开始，这是旨在报答嗣法师[5]恩情的嗣法香。昔日禅宗不拘于惯例，在那个极重个人省悟的源流谱系的年代，不是师父决定收谁做弟子，而是弟子选择认谁做师父。弟子不仅可以接受最初向自己授业的师父的印可[6]，还可以接受四方禅师的印可，并将自己心中选好的嗣法师的名字，在烧嗣法香时念诵的法语里公之于众。

看着这隆重的烧香仪式，我不禁胡思乱想起来：倘若我继承了鹿

---

[1] 从镰仓末期到江户初期，镰仓五山（镰仓五座著名临济宗寺院）和京都五山（京都五座著名临济宗寺院）的禅僧创作的汉诗文、日记、语录的总称。

[2] 即1361年。

[3] 石室善玖（1294—1389），室町时代的禅僧，曾任临济宗建长寺、圆觉寺等寺的住持。

[4] 禅师进入寺院担任住持时，以平易的语言对修行僧讲解佛教经典，开示佛法的道理。

[5] 禅宗里，弟子继承师父的法统称为"嗣法"，其师父即"嗣法师"。

[6] 师父证明认可弟子已经悟道。

苑寺，在烧嗣法香的仪式上，我会按照惯例宣告师父的名字吗？说不定我会打破七百年的惯例，说出别人的名字。早春午后住持阴冷的居室，室内弥漫的五种香的芬芳，三具足[1]后面亮闪闪的璎珞，主佛背后熠熠生辉的光环，列坐众僧的袈裟的色彩……如果有朝一日我能在这里烧一炷嗣法香就好了，我梦想着那时的光景，在心里描绘着自己就任新住持时的模样。

恐怕只有那时，我才会在早春凛冽空气的刺激下，以世所罕见的愉快背叛、践踏这陈规陋习。列坐的众僧都会惊愕不已，目瞪口呆，气得脸色煞白吧。我不会说出师父的名字。我要说别人的名字……但说谁呢？真正使我省悟的师父是谁？真正的嗣法师是谁？这名字在我嘴里就是出不来。因为结巴，我是很难说出这名字的。我应该会口吃吧，应该会一边期期艾艾，一边蹦出"美"和"虚无"之类的字眼吧。然后便会哄堂大笑，而我会在笑声中狼狈地呆立不动……

我突然从梦中惊醒。师父有事要做，需要我这个侍僧协助。对于列席的侍僧来说，这本来是值得骄傲的事，但鹿苑寺住持是当天的主宾。主宾在嗣法香仪式结束之后，要用称作"白槌"的木槌敲打木砧，证明新任住持不是"赝浮屠"，也就是并非假和尚。

师父诵道：

> 法筵龙象众，当观第一义。[2]

然后用白槌重重地敲打了一下木砧。这响彻住持居室的槌音，又

---

[1] 供在佛前的香炉、花瓶、烛台。
[2] 禅师开堂说法时的仪式语。新任住持说法前，先由维那（管理僧众事务、位次于寺主的僧人）或有地位的僧人宣说此语，意为光临本法堂的各位高僧们都应当照察佛法第一义。

让我认识到师父掌握的权力是多么灵验。

师父对我不理不睬的态度不知还要持续多久,我对此已经忍无可忍。如果我还有一点人的感情,就无法不期待获得对方相应的感情,不论是爱还是恨。

我一有机会就会观察师父的脸色,这已经成了我可怜的习惯,但师父脸上没有浮现出任何特殊的感情。他面无表情,甚至连冷漠都看不到。即便这面无表情意味着轻蔑,那也不是针对我个人,而是针对更具普遍性的东西,比如说一般的人性,或者各种各样的抽象概念。

从这时起,我决定强迫自己想象师父那动物般的脑袋和丑陋的肉体。我想象他排便的姿势,甚至还想象他和穿红褐色大衣的女人睡觉时的模样,想象他的脸上不再毫无表情,而是因为快感而松弛下来,浮现出似笑非笑、似痛苦又非痛苦的表情。

我想象着师父那光溜溜、软乎乎的肉体和女人那同样光溜溜、软乎乎的肉体融为一体,几乎难以分辨的样子,想象着师父的大肚子和女人的大肚子相互挤压的样子……但不可思议的是,无论我的想象多么丰富,师父那张毫无表情的脸都会立刻同排便和性交时那动物般的表情重合起来,两者融为一体。一个极端直接变为另一个极端,中间没有如彩虹一样逐渐变色的日常细腻情感相连。如果说还有一点连接其间的东西的话,如果说还有一点能给人线索的东西的话,那就只有那一瞬间师父发出的卑劣斥责:"混账!难道你想跟踪我不成?"

我想也想烦了,等也等腻了,最后竟陷入一种难以自拔的欲望——想清清楚楚地看到师父写满憎恶的面庞,哪怕一次也行。结果我想出了下面这条计策,虽然它有点疯狂,又有点孩子气,而且首先显然对我不利,但我已经无法克制自己了。我甚至顾不了这种恶作剧会进一步提供对我不利的证据,加深师父对我的误解。

我去学校,向柏木请教那家店的地址和名称。柏木不问理由就告诉了我。我当天就匆匆赶到店里,看到很多印有祇园[1]名妓的明信片大小的照片。

乍看上去,女人化过妆的面孔千篇一律,但不一会儿便能从中窥见性格的微妙差异。透过同样傅粉施朱的假面,形形色色的特征栩栩如生地浮现出来:或阴暗或明朗,或灵敏聪颖或美丽愚蠢,或闷闷不乐或喜不自禁,或不幸或幸福。终于,我找到了想找的那张。店里的灯光过于强烈,那张照片光泽的表面反光太亮,我差点看漏。但我将照片拿在手中,反射减轻了许多,那个穿着红褐色大衣的女人的脸就从照片上浮现了出来。

"请给我这张照片!"

我对店员说。

我为什么如此大胆?这简直不可思议。刚好与此相呼应的是,开始实施这一计划后,我就像完全变了一个人,不仅更加开朗,而且心头涌起了难以名状的喜悦。我起初想趁师父外出时行动,好让师父弄不清是谁搞的鬼。但没过多久,我就在兴奋心情的驱使下选择了一眼就能看穿是我所为的危险办法。

到现在,将早报送到师父房间也还是我的任务。三月的清晨,空气中仍然带着微微的寒意,我像往常一样去大门取报纸。我从怀里把祇园女郎的照片取出来,夹进一张报纸里,只觉心脏怦怦狂跳。

前庭的环形车道中央,被圆形树篱包围的苏铁沐浴着朝晖,粗皮

---

[1] 京都著名的花街,妓馆林立。

树干在阳光照射下显得分外鲜明。左边有一棵小菩提树,四五只晚归的黄雀在枝头上蹿下跳,发出如同捻念珠一样细微的鸣叫。我对这时节还有黄雀颇感意外,可那沿着晨光中的树枝移动的极纤细的黄色胸毛确实是属于黄雀的。前庭的白色碎石寂静无声。

我小心翼翼地走过草草擦拭完毕,有些地方还残留水渍的走廊,以免弄湿双脚。大书院中,师父房间的拉门紧紧地关闭着。天色尚早,拉门在昏暗的光线中还白亮亮的。

我照常跪在走廊里说道:

"打扰了。"

师父应了一声。我拉开门,进入房间,将折叠起来的报纸轻轻地放在桌角。师父在低头看什么书,没有瞧我的眼睛……我退出来,关好拉门,强作镇静,沿着走廊朝自己的房间慢慢走去。

去学校之前的这段时间,我一直坐在自己的房间,任凭心脏越发激烈地跳动。我还从未如此满怀希望地等待什么事发生。我那样干虽然是为了引起师父的憎恶,但我的内心却在憧憬人与人相互理解时那热情洋溢的戏剧性场面。

说不定师父会突然来我的房间,对我表示原谅。得到原谅的我,或许会生平第一次产生鹤川平日那种纯洁明朗的感情。我和师父想必会相互拥抱,尽释前嫌,只留下对互相理解得太迟的叹息。

我无法解释,自己为何热衷于如此愚蠢的空想,尽管这段痴迷并未持续多久。冷静地思索一番,我意识到,就在我实施自己计划的时候——用无聊的愚蠢行为激怒师父,从而让他将我的名字从住持继承人候选名单中剔除,进而永久丧失成为金阁主人的希望——我甚至将自己对金阁的长久执着都忘了。

我只管竖着耳朵倾听大书院师父房间那边的动静，但什么声音也没听见。

这一次，我等待着师父的雷霆怒火和震天大喝。即使被拳打脚踢，鲜血直流，我想我也不会后悔。

然而，大书院那边鸦雀无声，没有一点声响传来……

那天早上，终于挨到了上学时间。走出鹿苑寺时，我心神疲惫，颓废极了。到了学校也听不进去课，回答老师提问也驴唇不对马嘴，逗得大家发笑。我朝柏木看去，只见他漠不关心地望着窗外。柏木肯定察觉到我内心的波澜起伏了。

放学回寺后也没什么变化。寺院里阴暗发霉的生活永远不变，今天和明天之间没有任何差异和区别。今天正逢每月两次的禅宗经典讲解课。全寺上下都集中到师父的房间听课。我相信师父多半会通过讲解《无门关》里的一则公案来当众指责我。

我之所以相信师父会这样做，原因如下：今晚上课，我要和师父相对而坐，这同我的性格极不相符，但我自己感到了一种应该称作勇气的东西。所以，师父也该表现出与此相应的男性美德，打破伪善，在全寺上下面前坦白自己的行为，继而指责我的卑劣行为。

全寺上下手拿《无门关》讲义，聚集在昏暗的电灯光下。夜里很冷，但只有师父身旁放着一个小手炉。我听见有人在擤鼻涕。老老少少的僧人低垂着头，阴影投在他们脸上，每张面孔都透着难以形容的倦怠。新入寺的徒弟白天在一所小学当老师，他瘦削鼻梁上的近视眼镜总是一个劲儿地往下滑。

只有我感到体内充满力量，至少我是这样认为的。打开讲义时，师父环视众人，我的目光追随着他的目光。我想让他瞧瞧，我是绝不会俯首低眉的。师父眼睛周围堆满了皱巴巴的肥肉，但他的目光径直扫过我，转移到邻座的脸上，没有对我表现出丝毫的兴趣。

讲课开始了。我一心等待着师父讲到什么地方时话锋突转，指出我的问题。我侧耳倾听着。师父依然嗓音洪亮，可我听不见半点师父的心声……

那一晚，我始终没有入睡。我蔑视师父，想要嘲笑他的伪善，但渐渐萌发的悔恨让我无法将这种兴奋的心情一直保持下去。对师父的伪善的轻蔑，同我软弱的意志以奇妙的方式相结合。我最后甚至产生了这样的想法：既然我认识到师父是一个微不足道的对手，那即便向他道歉也并不意味着我的失败。我的心一度爬到陡坡的顶部，现在又开始向下飞奔。

我打算明天早上去道歉。到了早上，我又决定在今天之内的某个时候去。我发现师父的表情依旧没有变化。

这天风很大。放学回来，我漫不经心地打开桌子抽屉，发现了一个白纸包，包里竟是我买的那张照片。白纸上一个字也没写。

师父似乎想用这种办法了结那件事。这似乎并不是要表明他不会理睬那件事，而是要让我认识到我的做法对他不起作用。但这种返还照片的奇特方法突然令我浮想联翩。

师父肯定很痛苦，我想，他肯定是经过一番苦思冥想之后才想出这个办法的。他现在确实恨我，但这很可能不是由于这张照片本身，而是由于这张照片让他不得不干下卑劣的行径——在自己的寺院中避人耳目，趁无人的间隙蹑手蹑脚地穿过走廊，进入从未涉足的徒弟房间，像个十足的罪犯一样打开我的抽屉——师父已经有充分的理由憎恨我。

想到这里,我心中突然迸发出莫名其妙的喜悦,随后便愉快地行动起来。

我用剪刀将那女人的照片剪成碎片,又从笔记本上撕下两张厚纸,将碎片包起来,紧握在手里,朝金阁旁边走去。

风高月明的夜空之下,金阁依然耸立在那里,浑身上下洋溢着阴郁的均衡。林立的细柱沐浴在月光下,宛如琴弦,金阁则仿佛是一件奇异而巨大的乐器。能否看到这番景象,取决于月亮的高低,而今晚正好呈现出这一效果。不过,风只能从这绝不会作响的琴弦的间隙中徒然吹过。

我从脚下捡起一块小石子,包进纸里,结结实实地拧成一团,就这样将女人照片的碎屑坠上重物,投入镜湖池池心。不一会儿,悠然扩散的波纹就来到了岸边我的脚下。

那年十一月间我的突然出走,就是所有这些事日积月累的结果。

事后回想,这看似突然的出走,其实经过了长期的深思熟虑和犹豫不决。但我仍倾向于将其视作一时冲动的行为。因为我内心从根本上缺乏冲动,所以格外喜欢模仿冲动。比如说,有个男人前一天晚上便计划好要去给父亲扫墓,结果当天出了家门,来到车站时却忽然改了主意,跑去酒友家了——这种情况,你能说他的行为纯粹是冲动使然吗?他突然改变主意,难道不是对自己意志的复仇吗?比起长久以来的扫墓准备,去喝酒的愿望其实才更加强烈。

我出走的直接动机是,前一天,师父第一次以毅然决然的语气对我说了这样的话:

"我曾经打算将来让你继承衣钵,但如今我要明确告诉你,我已经没有这个想法了。"

虽然这是师父第一次明言自己的决定，但应该说我早已有所预感，并做好了心理准备。师父的宣告对我来说并非晴天霹雳，我没有临到头才大惊失色、狼狈不堪。尽管如此，我还是宁愿把自己的出走看成是师父的那句话触发的我一时冲动的行为。

　　通过照片突袭这一招确认师父恨我入骨之后，我也开始渐渐荒废学业。预科一年级时，我现代汉语和历史都以八十四分拔得头筹，总学分七百四十八分，在八十四人中名列第二十四位，在四百六十四课时中，我旷课只有十四课时。预科二年级，我总分六百九十三分，名次落到了七十七人中的第三十五位。但我没有钱去消磨时间，直到三年级之后，我才纯粹为了享受不上课的闲暇时光而逃学，而这个新学期又正是照片事件不久后开始的。

　　第一学期结束时，学校发出了警告，师父也斥责了我。成绩不好，缺课又多，这固然是斥责的理由，但让师父尤为恼怒的是，我竟然没有参加一学期只安排了三天的"接心[1]"。学校规定，暑假、寒假和春假之前，各有三日"接心"，一切形式都同专门道场[2]一样。

　　这一次，师父特意把我召入自己的房间斥责，这相当罕见。我只是耷拉着脑袋，沉默不语。我暗自期待师父提起的事，无论是照片事件，还是更早之前妓女勒索钱财的事件，师父全都只字未提。

　　然而，从这时开始，师父对我的态度明显冷淡了。说起来，这正是我希望得到的结果，是我希望看到的证据，也是我的一种胜利。而且，要获得这样的胜利，只需要偷懒就够了。

　　三年级第一学期，我旷课达六十多课时，大约相当于第一学年三

1　禅宗中，在一定时间内不分昼夜专心坐禅称为"接心"。
2　日本禅宗中，僧侣为了取得住持资格而在一定期间内修行的研修机构称为"专门道场"。

个学期总旷课时间的五倍。这么多时间,我既不用来读书,又没钱去娱乐,除了偶尔同柏木谈谈话,我都一个人待着,什么也不做。我寡言少语,独来独往,无所事事,以至于我对大谷大学的记忆和无为的记忆融为一体,难以区分。这样的无为,或许也是我所特有的"接心"吧。因为在此期间,我没有感到过片刻的无聊。

我曾坐在草地上,一连几小时盯着蚂蚁搬运细红土筑巢,但引起我兴趣的并非蚂蚁。我也曾长时间地呆望着学校后面工厂的烟囱冒出的轻烟,但勾起我兴致的也并非轻烟……我觉得自己正全身心沉浸在自我这一存在之中。外界到处时冷时热。是啊,怎么说才好呢?外界一会儿斑斑点点,一会儿条条杠杠。自己的内部同外部不规则地缓缓相互替换,周围无意义的风景映入我的眼帘——就这样,风景闯入我的内部,而那没有闯入的部分在远方朝气蓬勃地闪烁着。那闪烁的东西有时是工厂的旗帜,有时是土墙上微不足道的污点,有时又是扔到草丛里的一只旧木屐。所有的一切,都在我心里乍生乍死。可以说,这些都是不具任何形态的思想吧……重要的东西,总是同琐碎的东西牵手,今天报上登的欧洲政治事件,似乎同眼前的旧木屐有割不断的联系。

我曾经就一片草叶顶端的锐角进行过长时间思考。说"思考"也不恰当,这些莫名其妙的琐碎念头绝难持久,只是在无关生死的我的感觉上,如同副歌一样执拗地反复出现。为什么这片草叶的顶端必须是这样锋利的锐角?如果它是钝角,草这一物种就不复存在,整个自然就必然从这一角崩溃吗?倘若如此,拆下大自然齿轮中的一个极小零件,不就可以颠覆整个大自然了吗?于是,我徒劳无益地思索起种种颠覆自然的方法来。

我受师父斥责的消息很快便不胫而走,全寺上下对我的态度日益严厉。曾嫉妒我升入大学的那个徒弟，总是用得意扬扬的冷笑望着我。

夏秋两季，我在寺内继续着几乎不同外人开口说话的生活。我出走的前一天早上，师父指派副司来传唤我。

那是十一月九日的事。我正要去上学，所以穿着制服来到师父面前。

师父本来是满脸福相，但因为不得不见我，同我说话，他那张脸异常僵硬凝固。见师父以看麻风病人一样的眼光看我，我感觉非常痛快，因为这才是我希望见到的洋溢着常人感情的眼睛。

师父立刻挪开视线，一边在手炉上搓手一边说话。他那柔软的掌肉相互摩擦的声音虽然微弱，却在初冬清晨的空气中无比清澈，甚至有些刺耳。法师的肉和肉接触时，似乎存在着超乎必要的亲密。

"你过世的父亲该多么伤心啊！看看这封信，学校又寄来了严厉警告。再这样下去会是什么结果，你自己好好考虑考虑吧。"接着，师父便说出了那几句话，"我曾经打算将来让你继承衣钵，但如今我要明确告诉你，我已经没有这个想法了。"

我沉默良久，说道：

"看来您已经把我抛弃了？"

师父没法立刻作答，过一会儿才答道：

"都到这般田地了，你还觉得自己不该被抛弃吗？"

我没回应，但不久就禁不住结结巴巴地说起别的事来。

"我的事，师父无所不知；师父的事，我想我也一清二楚。"

"你知道又能怎样？"法师的目光阴沉下来，"毫无意义，什么用都没有。"

我从未见过眼前这种人——他完全抛弃了现世，对生活的细节、金钱、女人，对所有的一切都无所不沾，却又如此侮辱现世……我感到恶心，仿佛碰到了一具血色极好、体温尚存的尸体。

此时，我心头涌起一股迫切的渴望，想要与自己身边的一切远离开来，哪怕片刻也好。从师父房间退出来之后，这个想法始终挥之不去，而且越来越强烈。

我把佛教词典和柏木给的尺八等用包袱布裹好，连同书包一起提着，匆匆赶往学校。路上我脑子里想的就只有出走的事。

走进校门，正好碰见柏木在前面。我拉住他胳膊，闪到路旁，提出借三千日元，并请他收下词典和赠我的尺八，拿去多少派点用场。

柏木的脸上一扫平时鼓吹邪说时那种哲学式的爽快，他眯着眼睛，用迷离的眼光看着我说：

"还记得在《哈姆雷特》那出戏中，雷欧提斯的父亲对儿子提出了什么忠告吧？'不要向人告贷，也不要借钱给人，因为债款放了出去，往往不但丢了本钱，而且还失去了朋友。'[1]"

"我已经没有父亲了。"我说，"如果不行就算了。"

"我还没说不行呀。咱们好好谈谈吧，现在我也不知能不能凑出三千日元来。"

我不由得想一一列举从插花师傅那里听来的柏木的手段——从女人身上巧妙地榨取钱财的手段——但还是忍住了没说。

"先想想怎么处理这本词典和尺八吧。"

柏木说着，忽然转身朝校门走去。我也折返回去，放慢脚步，与他并肩而行。柏木说，之前提过的那个光俱乐部的学生社长由于涉

---

[1] 出自《哈姆雷特》第一幕第三场，朱生豪译。

嫌从事非法贷款而被捕，九月获释之后，信用一落千丈，如今似乎生活困窘。从今年春天开始，光俱乐部社长就引起了柏木的极大兴趣，时常出现在我们的话题当中。柏木和我都确信他是社会的强者，谁料仅仅两周后他竟然会自杀。

"你借钱干什么？"

柏木冷不丁地问，根本不像是柏木这种脾性的人能提的问题。

"想去什么地方随便逛逛。"

"还回来吗？"

"或许吧……"

"你想逃避什么？"

"我想逃避周围的一切。周围的东西都在散发刺鼻的无能气味……师父也无能，非常无能。我看出来了。"

"也逃避金阁吗？"

"是，也逃避金阁。"

"金阁也无能？"

"金阁不是无能，绝不是无能。但它是一切无能的根源。"

"这倒像是你才有的想法。"

柏木在人行道上迈着往日那种夸张的舞步，兴高采烈地咂着嘴说。

在柏木的引导下，我们进了一家阴冷的小古董店，卖掉了尺八。只卖了四百日元。接着又进了一家旧书店，好不容易才把词典以一百日元售出。柏木把我领到他的出租屋，好将剩下的两千五百日元借给我。

在那里，柏木提出了一个奇怪的方案，说尺八算是物归原主，词典算是礼物。既然这两件东西都归他柏木所有，那卖得的五百日元仍然是他的钱，再加上两千五百日元现金，那借款当然是三千日元。到还清为止,他要每月收百分之十的利息。同光俱乐部每月百分之三十四的高利贷相比,这么低的利息几乎算得上恩典了……柏木取出笔墨纸砚,将这些条件郑重其事地写下来,并且要我在借条上摁拇指印。我讨厌去想未来的事,于是当即伸出拇指,蘸上印泥一摁了之。

我很心急,把三千日元揣在怀里,一出柏木的出租屋就上了电车,在船冈公园前下车,跑上通往建勋神社的蜿蜒石阶。我想去那里抽一支神签,以获得神对我此次出行的暗示。

快爬完石阶的时候,我看见了右边义照稻荷神社那座花哨刺眼的朱红色正堂,还有罩在铁丝网里的一对石头狐狸。狐狸口叼卷轴,尖尖竖起的耳朵里也染成了朱红色。

这天阳光暗淡,偶尔会吹来凉风。拾阶而上,石阶看上去好像蒙上了一层细灰,那实际上是从树林缝隙透下的稀薄日光,因为实在太微弱,所以看上去恰如肮脏的灰尘。

一口气跑到建勋神社的宽敞前庭时,我已经有点冒汗了。正前方还有一段通往前殿的石阶,一条平坦的石板路朝石阶延伸而去。左右两侧,松枝低回盘曲,遮蔽了参道上空。右侧是木质墙壁、颜色古旧的神社办公室,大门上挂着写有"命运研究所"字样的牌子。从神社办公室去前殿,还要经过一座白泥灰墙的仓库。从那里再往前,稀稀疏疏地长着几棵杉树。蛋白色的冷云中包含着沉痛的光芒。放眼望去,乱云飞渡的天空下,京都西郊的群山尽收眼底。

建勋神社以信长[1]为主祭神,配祀其长子信忠。神社相当古朴,

---

[1] 织田信长(1534—1582),日本战国时代至安土桃山时代的大名,从1568年至逝世前掌握日本政局,推翻了名义上管治日本逾200余年的足利幕府,使从应仁之乱起持续百年以上的乱世步向终结。在日本历史上,与丰臣秀吉、德川家康两人并称"战国三杰"。

只有前殿四周的朱红色栏杆为这里增添了几分色彩。

我登上石阶，礼拜之后，从横跨功德箱的架子上取下一个古旧的六角木箱。我摇动木箱，一根削得很细的竹签从底孔掉出来，上面只有两个墨字：十四。

我转身往回走，一边念叨"十四……十四……"，一边走下石阶。这数字的声音滞留在我的舌头上，似乎慢慢有了某种意义。

我来到神社办公室门口，求人解签。一个看上去在厨房做洗刷工的中年妇女走了出来，边走边在解下的围裙上不停地擦手。她面无表情地接过我按规定支付的十日元解签费。

"几号？"

"十四号。"

"请在木板窗外的窄廊那边等着。"

我坐在木板窗外的窄廊上等候，心想，自己的命运竟然要由这女人湿漉漉的皲裂双手来决定，真是毫无意义啊。不过，我来这里就是要将命运押在无意义的神签上，所以也就无所谓了。关闭的拉门里，传来难开的古旧小抽屉的拉环撞击声，随后是纸页翻动的声音。不一会儿，拉门开了一条小缝。

"给，请看。"

女人递出一张薄薄的字条，然后又关上了门。字条的一角留下了女人的湿指印。

我一看，上面写着："第十四号：凶。"

详细的签文是：

　　汝有此间者，遂为八十神所灭。

大国主命遭"烧石""茹矢"等艰难困苦[1],应奉祖神教示,退离此国。宜悄然逃遁之兆。

意思是:万事不如人意,前途令人不安。但我并不害怕,看了眼下边诸多项目中的旅行一项,上面写着:

"旅行——凶,尤忌西北。"

于是,我决定去西北旅行。

开往敦贺的列车早上六点五十五分从京都站发车。寺里的起床时间是五点半。十日清晨,我起床后马上换了制服,谁都没有感到纳闷。大家已经习惯了对我视而不见。

黎明时分,人们分散到寺院各处,或打扫庭院,或擦拭地板,要一直忙到六点半。

我一边打扫前庭,一边盘算着连书包也不带就出去旅行,就像突然从这里神秘失踪了一样。拂晓,微微发白的碎石路上,晃动着我和扫帚的影子。突然,扫帚倒了,我的身影消失了,只有白色的碎石路还留在微茫的晨曦中。我梦想着自己必须以这样的方式出发。

我没有和金阁告别,也是出于这个原因。必须将我从包括金阁在内的全部环境中突然夺走。我渐渐朝山门的方向扫去。透过松树梢,我望见了几点晨星。

---

[1] 根据《古事记》的描述,众神欲杀大国主命,骗他去抓山里的红色野猪,然后把一块像野猪的大石头用火烧红了(即"烧石"),从上边滚下来,大国主命去抓石头,被烧死。他的母神设法使其复活。后来,大国主命又被骗去山里,众神把大树切开,中间打下楔子(即"茹矢"),叫大国主命走到里边去,再把楔子打开,把他夹死了。他的母神又把他弄活,对他说:"汝有此间者,遂为八十神所灭。"意思是,"你在这里,恐怕终于要被众神所杀害的吧。"

我的心狂跳不止。"非走不可"这句话简直就在展翅欲飞。无论如何，我都必须走——逃离我的环境，逃离束缚我的美的观念，逃离我坎坷不幸的命运，逃离我的结巴，逃离我的存在条件。

我的扫帚落入拂晓昏暗的草丛中，就像果实离枝一样。我借助树荫的掩护，蹑手蹑脚地向山门走去，一出门就脚底生风般跑了起来。首班市营电车驶入车站，我混在稀稀拉拉的工人模样的乘客中，羞涩地沐浴着明亮的车内灯光。我觉得自己从未到过如此明亮的地方。

那次旅行的细节至今仍然历历在目。那不是一次无目的地的出走。我选中的目的地，是我中学时代修学旅行去过的一个地方。然而，在电车徐徐接近目的地的过程中，由于出发和解放的念头过于强烈，前方等待我的仿佛只有未知。

火车走的是通往故乡的熟悉路线，但那被熏黑的古老列车看上去从未这般新鲜稀罕。车站、汽笛，乃至破晓时分扩音器的沙哑回声，都在重复、强化同一种感情，在我的面前展开了一幅鲜艳醒目的抒情画卷。朝阳把宽广的月台划分为明暗有别的几段。从月台匆匆跑过的皮鞋声、噼噼啪啪如同炸裂的木屐声、响个不停的单调的车站铃声，还有小贩从篮子里掏出的柑橘的颜色……这一切，都好似我委身其中的某种庞然大物的一条条暗示和一个个预兆。

车站上，无论多么细微的片段，都被强行往"别离"和"出发"的统一情感方向拉拽集中。从我眼下退向后方的月台，是那样落落大方、彬彬有礼。我感受到，这毫无表情的混凝土平面，由于我从这里动身、离开、出发，而显得多么光辉灿烂。

我信赖火车，这种说法很可笑。虽然如此，为了保持自己正一点点远离京都车站这一难以置信的念头，我只能这样说。夜晚的鹿苑寺中,我曾多次听到从花园附近驶过的货运列车的汽笛声。而今天,我也乘上了曾昼夜不分、千真万确地奔向远方的东西,只能用不可思议来形容。

火车沿着当年我和患病的父亲一起看过的群青色保津峡行驶。爱宕山脉和岚山西侧,从这里到园部附近的地域,也许是受气流的影响,气候和京都市截然不同。十月、十一月、十二月间,从夜里十一点到次日上午十点,从保津川腾起的雾气会准时笼罩此地的每个角落。雾不停地流动,极少中断。

眼前呈现出一片朦胧的田园风光。收割过的田野发了霉一样,蓝中带绿。田埂上长着稀疏的树木,高低错落,大小不一。靠下的枝叶全被修剪干净,细细的树干都被当地称作"蒸笼"的稻草堆包起来。这些树木从雾气中逐次现身时,活像一个个幽灵。有时候,车窗跟前会掠过一棵十分鲜明的大柳树,在几乎看不见轮廓的灰色田野的背景下,它不堪重负一般低垂着湿透的叶子,在薄雾中来回摇摆。

从京都出发时,我还那样生气勃勃,此时却陷入了对死者的追忆当中。对有为子、父亲和鹤川的回忆,在我心中唤起了难以名状的亲切感。我怀疑自己只能把死者作为人去爱。话虽如此,与生者相比,死者的形象就是更容易招人爱啊!

在不太拥挤的三等车厢里,那些难以被爱的生者,有的慌慌张张地抽着烟,有的剥着橘子皮。邻座一位上了年纪的老人,也许是某一公共团体的职员,正在大声说话。他们都穿着难看的旧西服,其中一人的袖口还露出了裂开的条纹里子。我再次感叹,平庸这玩意儿,是不会随年龄的增长而有丝毫衰减的。可以说,这些农民模样的人被晒得黝黑、满是深深皱纹的脸,同他们因贪酒无度而嘶哑的声音一起,体现了一种堪称"平庸之精华"的东西。

他们议论着应该由什么人去找公共团体捐款。一个沉稳的秃顶老人没有加入谈话,只是用不知洗了几万遍、已经发黄的白麻手帕不断地擦着手。

"瞧我这双黑手,"他自言自语道,"就是被煤烟自然熏成这样的。真讨厌啊。"

"你因为煤烟问题给报纸写过投诉信,对吧?"另一个人搭话道。

"没有。"秃顶老人否定道,"总之就是很讨厌。"

我无意间听到,他们的交谈中不时出现金阁寺或银阁寺的名字。

他们的一致意见是,必须让金阁寺或银阁寺多多捐款。银阁的收入虽然只有金阁的一半左右,但那也是一大笔钱。举个例子,金阁的年收入应该超过五百万日元,而寺里的生活遵守禅僧的一般标准,即便算上水电费,一年的消耗也只有二十多万日元。那积攒的钱都到哪儿去了?法师让小僧们每天吃冷饭,自己每晚则跑去祇园花天酒地。而且寺里不用缴税,和享有治外法权一样。大家就这样七嘴八舌地说个不停。

那位秃顶的老人依然拿着手帕,一边擦手,一边趁别人停顿的间隙插一句:

"真讨厌。"

这也成了前一段谈话的结论。老人那双擦了又擦、蹭了又蹭的手,已经全无煤烟的痕迹,释放着荷包吊坠一样的光泽。实际上,这双刚刚擦洗出来的手,与其说是手,不如说是手套更合适。

说来也怪,这还是我这辈子头一次听到世间对寺院的批评。我们属于僧侣世界,学校也在这个世界里,我们从来没有当着彼此的面批评寺院。但老职员们的这番对话并没有让我感到吃惊,那都是大家心照不宣的事!我们吃冷饭,法师逛祇园……不过,我对老职员以这样的理解方式来理解我,却感到难以言喻的厌恶。用"他们的语言"理解我,这是我难以忍受的。"我的语言"同"他们的语言"截然不同。请不要忘了,即便看见师父和祇园艺伎走在一起,我也没有产生丝毫道德上的厌恶。

所以,老职员们的话很快就飘然逝去,只在我心中留下淡淡的平庸和微微的厌恶。我无意仰求社会支持我的思想,也无意将自己的思想套上条条框框,以方便世人理解。正如我多次说过的那样,不被理解正是我的存在理由。

车门突然打开,进来一个胸前挂着大篮子的公鸭嗓小贩。我忽然想起自己还空着肚子,便买了一份盒饭吃下。里面装的不是米饭,而是似乎用海草制成的绿色面条。雾虽然散了,但天空依旧昏暗无光。丹波山脚下的贫瘠土地上,开始出现一户户种楮树造纸的人家。

舞鹤湾。不知为何,这个名字像往昔一样令我心潮起伏。从在志乐村度过的少年时代开始,它就是看不见的海的总称,最后竟成了"对海的预感"的代名词。

只要站到耸立在志乐村后的青叶山的山顶,便可以清楚地看到平时看不到的大海。我曾两次登上青叶山,第二次正好看到联合舰队驶入舞鹤军港。

停泊在波光粼粼的舞鹤湾的舰队也许是在秘密集结。有关这支舰队的一切都是机密。我们甚至怀疑过这支舰队是否真的存在。因此,远远望见的联合舰队,就像是一群我只知其名、只在照片上见过的威风凛凛的黑色水鸟。它们在凶猛老鸟的警戒保护下偷偷戏水洗澡,浑然不知有人正在观察它们。

列车员来回通报下一站是"西舞鹤",我闻声猛然回过神来。如今已经见不到慌忙扛行李的水兵乘客了。除了我,准备下车的就只有两三个黑市商人模样的男子。

一切都变了。这里仿佛变成了外国港口,英语交通标志带着威胁的意味立在各个街角。许多美国兵往来穿梭。

在初冬阴沉沉的天空下,冰冷的微风挟着海水的咸味,从宽阔的军用公路上吹过。与其说那是海水的气味,不如说是无机质的铁锈味。狭窄的海面深入城市中心,如同一条运河,水面死气沉沉,岸边系着美国的小型舰艇……这里固然和平,但过于周到的卫生管理夺走了昔日军港杂乱无章的肉体活力,将整个城市变成了一座大医院。

我不想在这里同大海亲密相会。说不定会有吉普车从身后开来,半开玩笑似的把我撞进大海。如今想来,我那次旅行的冲动中包含了大海的暗示,而那"海"恐怕不是眼前人工港模样的"海",而是我小时候在故乡成生海角接触到的那种保持着天然姿态的狂暴的"海",是纹理粗犷、始终满怀怒气、躁动不安的里日本[1]的海。

所以我决定去由良。夏天喧闹的海滨浴场,到这个季节肯定也萧条了,只能看到陆地和海在暗中较量。我的脚还模糊地记得,从西舞鹤到由良只有三里路。

道路从舞鹤市开始,沿着舞鹤湾底部向西延伸,与宫津线直角相交,不久就翻过泷尻岭,来到由良川。越过大川桥后,沿由良川西岸北上,然后顺流而下,来到河口。

我离开市区,一路步行……

---

1 日本本州面向日本海的地区称为"里日本",而本州面向太平洋的地区称为"表日本"。

我一直走着,走累了就这样问自己:

"由良有什么呢?我这样一个劲儿地走下去,是为了碰上什么明确的证据吗?那里不是只有里日本的海和无人的海滨吗?"

然而,我的双脚却没有停下来的迹象。不管去往何处,目的地是哪里,我只想"到达"。我所去之处的名字没有任何意义。我产生了一种几乎不道德的勇气——不管最终到达哪里,都要有直接面对的勇气。

偶有微弱的阳光心血来潮般照射下来,透过道旁大山毛榉的枝叶缝隙,洒落淡淡的日影,吸引我去歇脚。但不知为何,我感到自己没有闲暇停步歇息,消磨时光。

接近流域宽广的河段时,地势一般都比较平缓,但由良川不是这样,它是从峡谷中突然冲出来的。虽然河水碧蓝,河面宽阔,但在阴沉昏暗的天空下,河流却像是在不情不愿地朝大海缓缓爬过去一样。

来到由良川的西岸,车辆和行人都绝迹了。不时能见到路旁地里种的夏橘,却没遇到一个人影。经过一个名叫和江的小村子时,我听见窸窸窣窣的拔草声,不一会儿,一只鼻尖长着黑毛的小狗从草丛中探出了头。

我知道,这一带称得上名胜的,有来历可疑的山椒大夫[1]故居。但我无心在那里停留,所以不知不觉间已从它前面走了过去。都怪我一心只想眺望大海。河中有一片被竹林包围的大沙洲。我走的这条路上明明没有风,竹林却在随风摇摆。沙洲上有一块面积一二町步[2]的田,耕种全赖雨水,不见农夫的身影,只有一个人正背对我垂钓。

1　日本小说家森鸥外(1862—1922)的短篇历史小说《山椒大夫》中的人物,是由良的一个贪婪无道的财主。
2　1町步约合1公顷。

对这许久才见到的人影，我不由得生出一种亲近感。

他是在钓鲻鱼吗？我暗自琢磨，如果钓的是鲻鱼，那这里应该离河口不远了。

这时，随风摇摆的竹林忽然沙沙声大作，盖过了潺潺的流水声。那边看上去雾蒙蒙的，应该是飘起了细雨。雨点浸润着干涸的沙洲河滩。我还没反应过来，雨点就落到了我头上。我冒雨望向沙洲，那里已经收了雨脚。钓鱼人始终纹丝不动，保持着原来的姿势。我头上的阵雨也很快过去了。

每到道路拐弯处，满眼都是芒草和秋草。不过，开阔的河口一定已经近在眼前，因为我闻到了冰冷的海风扑面而来。

越接近由良川的终点，越能见到几处凄冷的沙洲。河水确实在逼近大海，并受到潮水的侵袭，但水面却越发沉静，没有任何入海前的征兆，仿佛一个在昏迷中走向死亡的人。

河口意外地狭窄。大海在这里与河水相互融合又相互侵犯，模模糊糊地横在面前，同空中堆积的暗云连成一片。

为了接触大海，我必须迎着穿过田野和耕地的狂风再走上一段路。风在北面的大海上无所不在，纵横驰骋。这样凛冽的风，如此浪费在空旷无人的荒野上，全都是因为大海。说起来，这风就是笼罩此地冬天的气体之海，是发号施令、为所欲为、无影无形的海。

河口对面，层层叠叠的海浪慢慢显示出宽广的灰色海面。河口正面浮现出一个圆顶硬礼帽形状的小岛。那是离河口八里远的冠岛，是自然保护动物大𫛛鸟的栖息地。

我走进一处旱田，环顾四周，全是荒凉的土地。

这时我心中闪过一个念头，但它转瞬即逝，让人不明所以。我伫立良久，在劲吹的冷风中，我大脑一片空白。我再次迎着风迈开了脚步。

贫瘠的旱田连着多石的荒地，野草大半都枯萎了，只有像紧贴地皮的苔藓一样的杂草尚未枯萎，保留着一点绿色。这些杂草的叶子也卷曲干瘪了。这一带已全是沙化的土地。

我不由自主地背向烈风，仰望原本位于身后的由良山岳。就在这时，传来一道颤巍巍的沉闷声响，听上去像是人声。

我寻找着声音的来源。顺着低崖上的一条小径，可以下到海滨。我发现，那里正勉强进行着护岸工程，以防止严重的海水侵蚀。到处都躺着白骨一样的混凝土柱子。沙地上这些新混凝土柱子的颜色，看上去竟有一种莫名其妙的活力。那颤巍巍的沉闷声响，是混凝土倒入模子振捣器振动时发出的。四五个红鼻头的工人诧异地打量着身穿学生服的我。

我也扫了他们一眼。人与人之间的相互致意就此结束。

海从沙滩起急剧下陷，状如研钵。我踩着花岗岩质的细沙走向岸边时，喜悦再次袭来，我感觉自己正在确实地一步步逼近刚才心中闪现的那种意义。寒风凛冽，我没戴手套的手几乎冻硬了，但我毫不在意。

没错，这正是里日本的海！是我所有不幸与灰暗思想的源泉，是我所有丑恶与力量的源泉。大海狂暴汹涌，波涛接踵而至，前浪与后浪之间显露出平滑的灰色深渊。昏暗的海面上空堆叠着层层云团，看上去既沉重又纤细。这是因为，望不到边的沉重积云镶着一圈无比轻盈冰冷的羽毛般的花边，包围着中央若有若无的淡蓝色天空。铅色的大海背靠着黑紫色的海角群山。一切事物都既是动的又是不动的，既蕴含着不断蠢蠢欲动的黑暗力量，又给人以矿物般凝固的感觉。

我忽然想起与柏木初次见面时他对我说过的话：一个阳光明媚的春日午后，我们坐在修剪齐整的草坪上，呆呆地望着从树叶缝隙透下的嬉戏的阳光——我们正是在这样的瞬间突然变得残忍暴虐的。

现在，我面朝波涛，迎着强劲的北风。这里既没有阳光明媚的春日午后，也没有修剪齐整的草坪。然而，这荒凉的自然，要比春日后的草坪更讨我欢心，与我的存在也更亲密。在这里，我感到自我满足。我再也不受任何东西的威胁了。

我那突然产生的念头，是否正如柏木所说，是一种残忍暴虐的念头呢？无论如何，这种念头从我的心底突然产生，启示了我先前一闪而过的那种意义，将我的内心照得通亮。我尚未对此做出深入思考，只是被那个念头攫住了，就像被电光击中了一样。然而，这个从未有过的念头一产生便立刻力量大增，分量大涨。或者毋宁说，我已被它包围了。这个念头就是：

必须烧毁金阁！

第八章

后来,我又步行去了宫津线丹后由良站前。当年参加东舞鹤中学的修学旅行,走的就是同样的线路,从这个车站踏上归途。站前的公路上人影稀疏,可见当地人是靠夏天那短暂的旺季来维持生计的。

我在站前找到了一家小旅馆,招牌上写着:"海水浴旅馆由良馆。"我打算今晚就在这里投宿。拉开毛玻璃门,询问一声,却无人应答。木板台阶上落满了灰尘,木板套窗紧闭,屋内光线昏暗,不像有人的样子。

我绕到屋后。那里有一个朴素的小院,栽着已经凋残的菊花。高处设有水槽,垂着淋浴喷头,是供夏季房客游泳回来冲洗身上沙子用的。

不远处有一间小屋,看样子住着主人一家。从紧闭的玻璃门里传出收音机的声音,响亮得毫无意义,听上去异常空洞,反倒让人觉得屋内没人。我站在散乱地放着两三双木屐的门口,趁收音机声音间歇的当儿,又打了几次招呼,等了一会儿,果然还是没人。

阳光从动辄阴沉的天空中渗出来,门口木屐箱上的纹理看上去分外明亮。就在这时,我背后闪出一个人影。

一个女人正用她那若有似无的小眼睛看着我。她皮肤白皙,身材肥胖，那轮廓就像是脂肪熔化后溢出来形成的。我说要投宿，女人连"跟我来"也没讲，就默默转过身，朝旅馆大门走去。

她给我安排的房间在二楼一角，面积不大，推窗便是海。她拿来一个手炉，微弱的烟火熏着这长久关闭的房间中的空气，让霉臭味变得令人难以忍受。我打开窗户，任北风吹拂我的全身。大海那边同刚才一样，云依然悠闲而笨重地嬉戏着，不愿被任何人看见。云仿佛是大自然毫无目的的冲动的反映，其中一部分必然会露出聪颖而理智的蓝色小结晶，那是蓝天的薄片，大海本身却了无踪影。

我在窗边又开始追寻刚才那个念头。我问自己：为什么在想到烧掉金阁之前，没有想到杀掉师父呢？

之前也不是完全没有冒过这个念头，但我很快就明白，杀了他也无济于事。因为我意识到，即便杀了师父，他那样的和尚脑袋和那种无能的罪恶，仍会从黑暗的地平线上无穷无尽地涌现出来。

一般说来，有生命的东西没有金阁那种严密的一次性。人只是承接了自然诸多属性的一部分，并以有效的替代方法传播、繁殖那些属性罢了。如果杀人是为了消灭对象的一次性，那么杀人就永远达不到目的，这就是我的认识。如此一来，金阁与人的存在便呈现出越发明确的对比：一方面，人的形象虽易毁灭，却从中生出一种永生的幻觉；另一方面，金阁的美丽虽然不灭，却从中透出毁灭的可能。人这种必有一死的凡物是无法根绝的，金阁那样不灭的东西反倒可以被消灭。为什么没有人注意到这一点呢？这无疑是我的独特发现。如果我将在明治三十年代[1]指定为国宝的金阁付之一炬，那就会是纯粹的破

---

[1] 即1897年至1906年。实际上，金阁寺就是在明治三十年，即1897年被指定为"特别保护建筑"的。

坏，是无法挽救的破灭，是对人类创造的美的总量确定无误的削减。

如此思索下去的过程中，我忽然想戏谑一把。"如果把金阁烧掉，"我自言自语道，"将会取得显著的教育效果吧。因为人们将借此学习到，根据类推得出的'不灭'这一概念是毫无意义的；也将学习到，只是持续存在，只是在五百五十年中一直矗立于镜湖池畔，这一点什么也保证不了；还将学习到，我们的生存所赖以存在的那个不言自明的大前提，明天也将令人不安地崩溃。"

没错，我们的生存之所以得以保持，的确是因为我们在一定期间内被包裹于时间的凝固物之中。比如，木工只为家务之便而制造的小抽屉，随着斗转星移，时间会凌驾于这一物体的形态之上。数十年数百年之后，时间反而会凝固，似乎获得了那种物体的形态。一定的小空间，起初由物体所占据，后来却被凝结的时间所占据。它化身成了某种"神灵"。中世纪的《御伽草子》[1]中有一则《付丧神记》，开篇便这样写道：

> 《阴阳杂记》云，器物经百年，得化精灵，能惑人心，谓之"付丧神"。是以世俗每年立春前，家家将旧器弃于路旁，谓之"扫尘"，如此可百年不遇付丧神之灾。

我的行为会像"扫尘"这样，令人们睁眼看见付丧神的灾祸，并将他们从灾祸中拯救出来吧。通过这一行为，我将推动金阁存在的世界转向金阁不存在的世界吧。世界的意义将会真正地改变吧……

---

[1] 日本镰仓时代末期到江户时代初期创作的短篇小说集，内容面向广大民众，文字通俗易懂，还配有插图，在物语文学和近世大众小说之间架起了一座桥梁。

我越想越觉得快活。现在我所见到的我周围的这个世界，不久便会步入没落与终结。落日余晖洒满大地，夕阳下的金阁辉煌灿烂。世界承载着这样的金阁，如同从指缝漏掉的沙子一样，一刻一刻、实实在在地坠落下去……

我在由良馆逗留了三天，后来被迫中断，因为老板娘见我整日闭门不出，举止可疑，便叫来了警察。看见穿着制服的警官进屋时，我还担心自己的计划会被察觉，但很快就意识到根本无须惊慌。我如实回答了警官的讯问，说我想暂时远离寺院生活，所以出走了，并出示了学生证，还故意当着警官的面付清了房费。结果警官态度一变，转而充当起我的保护人。他立即给鹿苑寺打电话，确认我的陈述并非虚言，然后告诉我，他要马上送我回寺。而且他特地换上了便衣，以防破坏我的前途。

在丹后由良站等火车时下起了阵雨，站台没有顶棚，不一会儿就淋湿了。便衣警官陪我进入办公室，得意扬扬地炫耀说，站长和站务员都是他的好朋友。不仅如此，他还向众人介绍说，我是他从京都来访的外甥。

我理解了革命家的心理。这位乡下站长和警官围着火焰熊熊的铁火盆谈笑风生，丝毫没有预感到迫在眉睫的世界变化和自己的秩序即将面临的崩溃。

我心想，要是把金阁烧掉……要是把金阁烧掉……这些家伙的世界就会面目全非，生活的金科玉律就会彻底颠覆，列车时刻表就会混乱不堪，这些家伙的法律也会沦为废纸一张吧。

他们丝毫没有意识到，自己身旁这个若无其事地将手伸向火盆的人会是未来的罪犯，这让我十分高兴。开朗的年轻站务员大声吹嘘着下个假日将去看的电影,说那是一部能叫你潸然泪下的好片子,也不缺花里胡哨的武打场面。下个假日就去看电影吧!这个朝气蓬勃、生龙活虎、远比我壮硕的年轻人下个假日会去看电影,抱女人,然后上床睡觉。

他不断地取笑站长,谈天说地,挨站长训斥,同时还忙不迭地给火盆添炭,往黑板上写数字。生活的魅力,或者说是我对生活的嫉妒,又要将我俘获。我也可以不烧金阁,直接跑出寺院,归家还俗,投身到这样的生活里。

可是,黑暗的力量忽然苏醒,把我从幻想中带了出来。我还是必须烧掉金阁。在那之后,特别定制、专属于我、前所未闻的生活才会开始吧。

站长接电话去了,不一会儿又走到镜前,端端正正地戴上饰有金丝线的制帽,清了清嗓子,挺起胸膛,走上雨后的站台,就像进会场出席什么仪式一样。不一会儿,我便听到了火车的轰鸣,自己应该乘坐的那趟火车正沿着陡峭悬崖下的线路缓缓驶来。经由雨后崖土的反射,那轰鸣分明染上了湿气。

我晚上七点五十分抵达京都。便衣警官将我送到鹿苑寺山门前。那晚微带寒意。我从一排排黑黢黢的松树中走出,冷酷而顽固的山门迎面而来,就在这时,我看见了站在门前的母亲。

母亲碰巧站在先前我见到的那块公告牌边,就是那块写着"如有违犯,依国法处治"的公告牌。她头发蓬乱,在门灯的照射下,白发似乎一根根倒竖起来。实际上,母亲还不至于那样满头银发,只是灯光造成的错觉罢了。在头发的包裹下,她的那张小脸一动不动。

母亲身材矮小,但看上去肿胀得十分巨大,令人毛骨悚然。母亲背后的山门大开着,前庭一片黑暗。母亲身穿松松垮垮的简陋和服,系着磨破的金丝刺绣腰带——她只有这一套出门穿的和服——在黑暗的背景下,她站在那里,看上去宛如一具僵尸。

我犹豫着不肯上前。母亲为什么会来这里?我不由得心中犯疑。后来才知道,师父得知我出走之后,便写信询问母亲,吓得她连忙来到鹿苑寺,就这样住了下来。

便衣警官推了推我的背。我朝母亲一步步走去,她的身影却一点点变小。母亲的脸就在我的眼皮底下,她仰头看着我,龇牙咧嘴,异常丑陋。

感觉基本上没有欺骗过我。她那双狡黠、凹陷的小眼睛,如今又让我认识到,我对她的厌恶是无可厚非的。自己竟是这个人所生,这件事本来就让我感到一种不耐烦的厌恶,一种深深的耻辱……如前所述,这反而让我同母亲断绝了关系,没有给我策划复仇的余地。可是,我同母亲之间的羁绊并未解开。

不过现在,看到母亲恐怕已经深深陷入母性的悲叹之中,我却突然感觉获得了自由。原因不得而知。我觉得母亲绝对无法再威胁我了。

她发出快被勒死的人那种尖厉的呜咽,然后突然伸出手,无力地打了我一耳光。

"不孝的家伙!忘恩负义!"

便衣警官默默地看着我挨揍。母亲打我时指头没有并拢,丧失了力度。反倒是指尖,落在脸颊上就像雹子一样。母亲虽然在打我,表情中却依然带着哀求。见此情形,我别开了视线。不一会儿,母亲换上了另一副语气。

"你……你跑到那么远的地方,钱从哪儿来的?"

"钱?找朋友借的。"

"真的？不是偷的？"

"不是偷的。"

母亲如释重负地松了口气，似乎这就是她唯一担心的事。

"是吗……没干什么坏事呀。"

"没有。"

"是吗，那就好。你必须好好给方丈道歉才行。虽然我已经给他赔过礼了，但你也得真心实意地道歉，求方丈宽恕呀。方丈度量大，我想他不会跟你计较的。你这次如果不洗心革面，妈干脆死了算了，我是说真的。你要是不想我死，就痛改前非，重新做人，将来当一个了不起的和尚……先不说这个了，快给方丈道歉去吧。"

我和便衣警官默默地跟在母亲后边。母亲连该和便衣警官打招呼都忘记了。

望着母亲系着寒碜的腰带，迈着碎步往前走的背影，我不禁纳闷，是什么东西让母亲看起来特别丑陋？让母亲变得丑陋的……其实就是希望。这希望就像是顽固地盘踞在皮肤上的湿湿的淡红色皮癣，抗拒着世上的一切，让你总是瘙痒难耐。这希望已经无可救药。

冬天到了，我的决心越发坚定。计划虽一拖再拖，我对这种拖延却并不感到厌倦。

此后的半年里，令我烦恼的反而是别的事情。柏木每到月底都要来逼债，通知我连本带息欠他的金额，而且还会骂几句脏话。但我已经无心还债。要想不见柏木，不去上学就行。

虽然决心早已下定，后来却反复动摇，来来回回折腾好多次，这样的经过我不想说也没什么好奇怪的。我的心思已经不再易变。这半年里，我目不转睛地注视着一个未来。这期间的我，大概品尝到了幸福的滋味。

首先，寺院里的生活变得快乐了。一想到金阁迟早都可以被烧掉，一切不能忍受的事情都变得容易忍受了。如同预感到死亡的人一样，我对全寺上下的态度变得和蔼亲切了，待人接物变得开朗热情了，无论遇到什么事，都注意避免冲突，达成和解，甚至同大自然也和解了。入冬后，每天早晨都有小鸟来啄食落霜红[1]残存的果实，连它们胸前的羽毛我也觉得亲切。

就连对师父的憎恨我也忘了！我摆脱了母亲、朋友和一切，成了自由之身。然而，我还没有蠢到把新日子的种种舒适惬意错当作我可以坐享其成的世界变化。不管什么事，从结局来看都是可以宽恕的。我不仅可以从结局来看待一切，而且感觉自己掌控了决定结局何时到来的权力，这才是我自由的根据。

虽然烧掉金阁的想法产生得十分突然，现在却像新做的西服一样紧紧贴合在我身上，似乎我一生下来就有志于此一样。至少是从父亲伴我初见金阁的那天起，这个念头就在我体内孕育成长，等待开花。金阁在少年眼中美得无与伦比这一点本身，就包含了我日后成为纵火者的种种理由。

昭和二十五年三月十七日，我学完了大谷大学的预科课程。两天过后的十九日是我生日，这天一过，我就满二十一岁了。预科三年的成绩相当"出众"。七十九人中，我名列第七十九。各科中成绩最差的是国语，四十二分。六百一十六课时中，我旷课二百一十八课时，超过了三分之一。尽管如此，多亏我佛慈悲，这所大学没有"留级"一说，我得以升入本科，师父也予以了默许。

---

[1] 一种冬青科冬青属植物，广泛分布在日本的落叶阔叶林内。

从晚春到初夏的那段美好时光里，我依然无心学习，整日游逛那些不要钱的寺院和神社。只要是脚能走到的地方，我都去过。我想起了其中一天的事。

那天，我正走在妙心寺前的大街上，突然发现前面有一个学生模样的人在迈着同样的步伐闲逛。当他走到一家房檐低矮的古老烟铺买烟时，我看到了他制帽下的侧脸。

那是一张瓜子脸，眉毛紧挨，皮肤白净。从制帽可以认出他是京都大学的学生。他用眼角瞟了我一眼，那视线仿佛浓重的影子一样流了过来。这时我凭直觉认定，他肯定是一个纵火者。

下午三点，这样的时间无论如何都不适合纵火。一只在柏油公交道上迷路的蝴蝶，正绕着烟铺前小花瓶中的山茶花飞来飞去。洁白的山茶花枯萎了一部分，像被火烧过一样呈茶褐色。公交车怎么也不来，路上的时间似乎停滞了。

不知为何，我总觉得那个学生正在一步步地走向纵火。这只是因为他看上去明摆着就是纵火者。他敢于选择最不利于纵火的大白天，朝着自己决意实施的行为一步步地从容前进。他的前方是大火和破坏，他的背后是被抛弃的秩序。看着他那带着几分冷酷的制服背影，我产生了这样的感觉。在我先前的想象中，年轻纵火者的后背就应该如此。在阳光的照射下，那黑哔叽制服的背影充满了不祥和凶险。

我放慢了脚步，打算跟踪这个学生。走着走着，我竟然觉得，他那左肩略低的背影像极了我的背影。虽然他长得比我英俊得多，但一定有着同样的孤独、同样的不幸、同样的对美的妄念，从而促使他采取了同样的行动。我就这样跟着他，不知不觉间，我似乎预见到了自己的行动。

晚春的午后，阳光太明媚，空气太沉郁，很容易发生这样的事。

也就是说，我一分为二了。我的分身提前模仿我的行动，将我断然行动后那个"看不见的自己"清清楚楚地展现出来。

公交一直没来，路上已不见人影。我们终于来到正法山妙心寺高大的南门前。左右两扇门板大开着，仿佛要将世间万千现象都吞入门中。从这里望去，位于一条线上的敕使门和山门梁柱，佛殿的屋顶瓦，一排排松树，再加上一块仿佛被剪下来的鲜明青空，以及几片模糊的薄云，全被吞入那雄伟壮观的门框之中。继续向大门走去，只见宽广的寺内纵横交错的石板，众多小庙的围墙，还有数不胜数的其他东西，也被纳入门中。而一旦走进大门，你会发现，这神秘的大门已将整个苍穹和所有云彩都收了进去。所谓大伽蓝就是这样的地方吧。

那个学生钻入大门，绕过敕使门外侧，伫立在山门前的莲花池畔。然后，他又站到横跨莲花池的唐式石桥上，仰望高耸的山门。我想，他是想烧掉那座山门吧。

那是一座壮丽的山门，非常适合被大火包围。下午的阳光如此明亮，恐怕看不见火吧。大量浓烟裹着透明的火焰舔舐着天空的场景，只有通过青空在蒸腾的热气中扭曲摇摆的样子才能知晓吧。

那个学生走近山门。为了不被他发觉，我绕到山门东侧窥视。正值托钵僧归院的时刻。东边的小径上，三人一队的连钵[1]僧人，正踏着草鞋，沿石板路雁行而来。他们手中都拿着竹笠。根据化缘的规矩，在回到僧房前，托钵僧的目光只能局限在半径三四尺的范围内，而且不能窃窃私语。他们就这样静静地从我面前右转离开了。

那个学生还在山门旁犹豫不前。终于，他靠在一根柱子上，从口

---

[1] 禅宗化缘的方式有两种：一位僧人挨家挨户托钵化缘称为"轩钵"；几位僧人排成一列托钵前行，是所谓"连钵"。

袋里掏出刚买的香烟，提心吊胆地环顾四周。我想，他肯定是要假装抽烟来点火烧门。果然，他取出一根烟叼在嘴里，把脸往前一凑，点燃了火柴。

　　火柴瞬间闪出一道小小的透明火焰，恐怕连学生自己也没看清火的颜色，因为此时午后的阳光正好从三面包围了山门，唯独我藏身的这一面笼罩在阴影之中。在莲花池畔靠着山门柱的学生面前，浮现出一个火的泡沫，但转眼就被他用力甩动的手熄灭了。

　　那个学生似乎对仅仅熄灭火柴还不满意，又将丢在石墩上的火柴用鞋底仔细碾了几下，这才愉快地吸起烟来，根本不理会我是多么失望，起身穿过石桥，从敕使门旁自由自在地走过去，最后出了南门。门外的大路上，一座座房屋投下的影子比先前更长了一点……

　　他不是纵火者，只是个在散步的学生罢了。这青年或许有点无聊，有点贫困，但也仅此而已。

　　他的所作所为，我逐一看在眼里。可以说，他的一切都让我厌恶。首先是他的谨小慎微——他那么提心吊胆地环顾四周，不是为了纵火，只为了吸一支烟；然后是他那学生特有的廉价喜悦——因为逃避了法律而沾沾自喜；还有那种仔细去碾已经熄灭的火柴的态度，也就是所谓的"文化教养"，这一点我尤其讨厌。多亏了这种一文不值的教养，他的小火苗才能得到安全的管理。他是火柴管理者，对社会而言，他是完美无缺、毫不松懈的"管火人"，他或许在为此而自鸣得意吧。

　　明治维新以后，京都内外的古寺几乎从未发生火灾，全赖这种教养所赐。即使偶尔失火，火场也会被立即切断、分割，得到妥善管理。以前绝非如此。永享三年，知恩院被烧毁，后来又多次遭受火灾；明德四年，南禅寺的佛殿、法堂、金刚殿、大云庵等都被烧毁；元龟二年，延历寺化为灰烬；天文二十一年，建仁寺毁于兵燹；建长元年，三十三间堂被烧毁；天正十年，本能寺毁于兵燹……

那时火与火亲密无间，不会像现在这样被分割，被藐视。它们总是能手拉着手，纠集无数的火。人或许也是如此。不论在哪里，火都可以召唤别的火，而且招之即来。那时各寺院被焚毁，要么是本身失火，要么是被别处的火殃及，要么就是遭遇战火，根本没有留下纵火的记载。即便古代的某个时期有我这样的人，他也不用纵火，只需屏住呼吸躲起来等待即可。反正寺院必定有被烧毁的一天。火是丰富的，也是放肆的。只要等待下去，一有机会，火就会风起云涌。火与火将携起手来，完成它们应该完成的使命。实际上，金阁幸免于火灾纯属偶然。火是自然发生的，灭亡和否定乃是常态，新建的寺院必有烧毁的一天，佛教的原理和法则严密地统治着人世。即使有人纵火，也会非常自然地诉诸火的威力，以至于没有历史学家会认为那是纵火。

当时的人世是动荡不安的。昭和二十五年的今天，局势也仍然没有好转。如果过去的众多寺院都在骚乱中被烧毁，如今的金阁又有什么理由不被付之一炬呢？

虽然我懒得去上课，图书馆却还是常去。五月的一天，我碰上了避之唯恐不及的柏木。看见我要躲开，他兴致勃勃地追上前来。我若真的跑起来，他那内翻足肯定追不上。想到这一点，我反倒止住了脚步。

柏木气喘吁吁地抓住我的肩膀，此时应该是放学后的五点半左右。为了躲开柏木，我一出图书馆就绕到校舍后面，沿着西侧的木板教室和高高的石墙之间的道路走。这里香丝草丛生，纸屑和空瓶散落其间,偷偷溜进来的孩子们正在练习投接球。他们的喧嚣把放学后空荡荡的教室衬托得更加寂静。透过破玻璃窗,可以看到教室里一排排积满灰尘的课桌。

我经过那里,来到主楼西侧,在花道部挂着"工作室"牌子的小屋前停住了脚步。沿墙耸立的一排楠树,夕阳穿透枝叶的缝隙,将细碎的叶影洒在小屋屋顶后面的主楼红砖墙上。沐浴着夕阳余晖的红墙一派金碧辉煌。

柏木一边喘气,一边将身体靠在墙上。沙沙作响的楠树在他向来憔悴的脸上投下斑驳的光影,仿佛正在奇妙地跃动。这也许是与他不相称的红砖的反射造成的吧。

"五千一百日元呀,"他说,"到这个五月底就是五千一百日元了哟。这笔钱,靠你自己是越来越还不起了吧。"

他又从胸前的口袋里掏出折好的借据——他平常就将借据放在那里——打开给我看,或许是担心我扑上来一把撕破借据吧,他只给我瞅了一眼,就又匆匆叠好,收回原处,所以我眼中只留下了那个刺眼的朱红色拇指印的残影。我的指纹看上去格外凄惨。

"早点还了吧,这都是为你好呀。挪用点学费什么的不就行了吗?"

我默不作声。世界都快崩溃了,我难道还要履行还钱的义务?我很想把这点跟柏木暗示一下,但话到嘴边又忍住了。

"你不说话,谁知道你是什么意思?是怕结巴?你现在还有什么好难为情的!就连这玩意儿也知道你是个结巴,这玩意儿也知道……"柏木挥拳朝夕阳映照下的红砖墙砸去,拳头沾上了赭红色的粉末。"就连这堵墙都知道,学校里没有谁不知道。"

尽管他这样说我,我还是默默地和他对峙着。这时正好孩子们的球扔偏了，滚到我俩中间。柏木刚要弯腰捡球扔回去，我忽然生出了看笑话的兴致，想瞧瞧他这个内翻足该做出何种动作，才能将一尺外的球抓入手中。我下意识地朝他的腿看去，柏木马上就觉察到我的目光，简直可以说是神速。他直起了还看不出有弯曲的腰，注视着我。他的眼里透着一种缺乏冷静的憎恶，这可一点都不像他。

一个孩子怯生生地走过来，从我俩中间捡起球就跑开了。柏木终于说：

"好吧，既然你是这个态度，那我也有自己的考虑。等着瞧，下个月回老家之前，我无论如何都会尽量把钱收回来。你也应该有所准备吧。"

一进六月，重要课程就逐渐少了，学生开始准备返回各自的家乡。六月十日那天，发生了一件我至今难忘的事。

雨从早晨起就下个不停，入夜后又变成了倾盆大雨。用完药石之后，我在自己的房间读书。夜里八点钟左右，从客殿到大书院的走廊中传来了越来越近的脚步声。似乎有客人来拜访今天难得没外出的师父。不过，那脚步声就像是乱雨敲打在板门上，听起来相当怪异。在前边引路的徒弟的脚步声稳重而有规律，客人的脚步落在走廊的古老地板上则发出奇异的嘎吱声，而且非常缓慢。

雨声笼罩着鹿苑寺的昏暗屋檐。古老而庞大的寺院中大雨如注，雨声充斥着夜晚无数空荡荡的发霉房间。无论是在僧房、执事宿舍、殿司宿舍，还是在客殿，你能听到的就只有雨声。我想象着如今已经统治金阁的雨，将房间的拉门打开一条缝。雨水淹没了铺满碎石的小小中庭。在石头之间流淌的时候，雨水似乎露出了乌黑发亮的脊背。

新来的徒弟从师父的起居室一回来，就把脑袋探进我的房间，说道：

"师父那里来了个叫柏木的学生，是你的朋友吧？"

我顿时不安起来。这个白天担任小学教师、戴着近视眼镜的男人要走开的时候，我一把将他拉住，请进了屋，因为我实在受不了独自待在这里，胡思乱想柏木同师父在大书院里的谈话。

过了五六分钟，我们听见师父摇起了铃。凛凛的铃声刺破雨声传来，忽又戛然而止。我们面面相觑。

"在叫你呢。"

新来的徒弟说。我好不容易才站起身。

师父的桌上摊着我摁了拇指印的借据。师父提起借据的一角，给跪坐在走廊上的我看，但没让我进屋。

"这确实是你的拇指印吧？"

"是的。"我答道。

"你又给我惹麻烦。今后要是再发生这种事，寺里就容不下你了，这点你好生记住。何况你还干了那么多……"师父忽然打住话头，恐怕是对柏木有所顾忌，"钱我替你还，你可以退下去了。"

师父说这句话的时候，我才得空看了看柏木的脸。他老老实实地坐在那里，但根本没有瞧我一眼。他作恶时，脸上会不自觉地浮现出无比纯洁的表情，仿佛他的性格核心都凸显出来了一样。这一点，只有我知道。

我回到自己房间。在狂暴的雨声中，在孤独中，我忽然感到一种解脱。新来的徒弟已经不见了。

"寺里就容不下你了。"我还是第一次从师父口中听到这种话。可以说，我得到了师父的许诺。事态突然明朗了：师父早有驱逐我的念头。我必须下定决心,赶快行动。

如果柏木不采取今晚这种行动,我就没机会听到师父说出这番话,说不定就会迟迟无法行动。给予我痛下决心的力量的人居然是柏木,想到这一点,我心里竟涌出一种奇妙的感激之情。

雨仍不见小。明明已经六月,却依然透着凉意。昏暗的灯光下,被板门围起来的五张草席大小的房间显得格外凄凉。说不定,不久之后我就会被赶出这个住处。房间里没有半点装饰,已经变色的草席的黑边也都残破扭曲了,露出里面的硬线。我摸黑进屋开灯的时候,脚趾常常被破席子刮到,却从未去修补一下。我对生活的热情同草席什么的毫无关系。

随着夏季的到来,五张草席大小的空间里充斥着我身上散发出的酸臭味。可笑的是,我虽然是僧侣,却带着年轻人的体臭。这体臭不仅感染了四角黑得发亮的粗大老柱子,甚至渗入了旧板门。那些古色古香的木纹中,正散发着年轻生物的恶臭。柱子和板门几乎变成了散发着腥臭味的无法移动的活物。

这时,走廊上又传来刚才那种奇异的脚步声。我起身来到走廊。柏木呆立在那里,如同一台突然停止运作的机械,背后的陆舟松沐浴着从远处师父房间透出的灯光,高扬着湿漉漉的墨绿色船头。我只是微微一笑,柏木见状,脸上第一次浮现出一种近乎恐怖的神色。我对此颇感满足,说道:

"不进屋坐坐?"

"什么呀。别吓人嘛。你可真是个怪人。"

我递给柏木一张薄坐垫,他勉强以往常那种蹲伏似的动作慢慢侧身坐下,然后抬头环顾房间。雨声如同厚厚的缎帐一样将门外的一切隔开。落到木板窗外窄廊里的雨滴,不时将水花飞溅到拉门上。

"哎呀，你可别恨我。我之所以不得不出这一手，都是你自作自受的结果。说起来……"他从兜里掏出一个印有"鹿苑寺"字样的信封，点了点里面的钞票。只有三张，都是今年正月发行的崭新的千元大钞。

我说："这里的钞票很干净吧。师父有洁癖，所以副司每隔三天就要去银行一次，把零钱兑换成大面值的新钱。"

"瞧，只有三张。你们这儿的法师真够小气的，说他不承认同学之间的借贷有什么利息，可他自己却放贷赚得盆满钵满。"

柏木这次意想不到的失望，让我打心底里高兴。我爽快地笑起来，柏木也同我一起笑了。但这种和解转瞬即逝，柏木旋即敛起笑容，盯着我的额头，像要推开我似的说道：

"我知道，你最近在筹划什么毁灭性的勾当吧？"

柏木的沉重目光令我难以承受，但一想到他对"毁灭性"的理解同我的志向相去甚远，我便恢复了冷静，回起话来毫不结巴。

"不……没那回事。"

"是吗？你这家伙可真怪。我见过的人当中，数你最古怪。"

我知道，他之所以这样说，是因为我嘴边还挂着亲切的微笑。但我心中涌出的感激之情的含义，他是绝不会察觉的。正因为有此把握，我才微笑得越发自然。我本着通常所谓的友谊，对他提出了这样的问题：

"你要回老家去了吗？"

"嗯，打算明天就回去。在三宫过夏天啊。但那里也挺无聊的……"

"暂时在学校见不到你了吧。"

"说这干啥？反正你根本就不来学校。"——说着，柏木匆忙解开制服胸口的纽扣,在内兜里摸索起来。"……回老家之前想让你高兴高兴,就把这些东西带来了,因为你对这家伙推崇备至嘛。"

他将四五封信扔到我的桌子上。我一看发信人的姓名,不由得大吃一惊,柏木却若无其事地说道:

"看看吧。是鹤川的遗物。"

"你和鹤川很亲近吗?"

"算是吧。我有我的亲近法。但那家伙生前很讨厌被人看作是我的朋友。尽管如此,知心话他还是只找我说。他去世已经三年,这些信应该可以给人看了吧。特别是你,同他关系很好,我早就打算什么时候拿给你单独看看了。"

写信日期都是鹤川死前不久。昭和二十二年五月间,他几乎每天都会从东京寄给柏木一封信,对我却没有只言片语。由此看来,他从返回东京的第二天开始,便每天都给柏木写信了。那有棱有角的稚拙字体无疑是鹤川的。我不免有些嫉妒。鹤川在我面前时,感情是那样透明,看不到半点伪饰,有时还会说柏木的坏话,指责我同柏木的交往,自己却又暗中与柏木如此亲密,而且始终对我讳莫如深。

我按日期顺序,开始阅读他写在薄信笺上的细小文字。文章糟糕得难以形容,思路混乱至极,没有一处是通顺的,得费好大力气才读得下去。不过,联系上下文,还是可以从中看出隐隐浮现在字里行间的痛苦。读到日期靠后的信时,鹤川的痛苦已经鲜明地呈现在眼前。读着读着,我不禁泪如雨下,同时也对他那平庸的苦恼备感震惊。

那只是一桩随处可见的小小恋爱事件,只是一场不为父母所容、涉世不深的不幸爱情。不过,也许是写信的鹤川不知不觉间犯了感情夸张的毛病吧,反正他的下面这句话令我惊愕不已:

"如今想来,这段不幸的恋爱,多半也是由我不幸的心灵造成的吧。我承认自己的心灵天生就是灰暗的。我的心灵似乎从来都不懂什么是轻松快活。"

我读到的最后一封信,是在激流奔腾的语调中结束的。这时我才第一次生出了一个做梦都没想到的怀疑。

"莫非……"

我刚开口,柏木就点头称是了。

"没错,他是自杀的。我认为事实只能如此。他家多半是为了保住面子,才搬出被卡车撞死的托词……"

我气得结巴起来,逼问柏木:

"你写过回信吧?"

"写过,只是听说他死后信才寄到。"

"写了什么?"

"我叫他别死,仅此而已。"

我沉默不语。

我曾坚信感觉不会欺骗自己,现在才发现,那只是我一厢情愿。柏木的话给了我致命一击。

"怎么样?读了这些信,你的人生观是不是都变了?你的计划全部破产了吧?"

柏木三年之后才把这些信给我看,其用意十分明显。虽然受到如此沉重的打击,我仍忘不了那个躺在茂密夏草上的少年,晨光透过树叶间的缝隙,在他的白衬衫上洒下斑驳的碎影。鹤川死去三年后,他的形象竟变成了这样。我本以为,我曾寄托在他身上的东西已随着他的死亡烟消云散,但就在这一瞬,那种东西却以另一种现实性复活了。较之记忆的意义,我更相信记忆的实质了。这份信任已达到这样的程度——倘若我不相信,生命本身就会崩溃……但柏木一脸满足地俯视着我，因为他刚刚竟亲手扼杀了我的心灵。

"怎么样？你的心里是不是有什么东西破碎了？我受不了看到朋友抱着易碎的幻想而活。我的善意就在于一心要打碎那样的幻想。"

"如果幻想没有破碎怎么办？"

"别像小孩子那样死不服输嘛。"柏木嘲笑道，"我只是想让你明白，能改变这个世界面貌的只有认识。你听着，其他任何东西都无法改变世界。只有认识，能在保持世界本质不变的情况下改变其面貌。从认识的角度看，世界既是永恒不变的，又是变动不居的。你也许会问这有什么用，我这样跟你说吧：为了忍受人生，人就得拿起认识这一武器。动物不需要这种东西，因为动物没有忍受人生的意识。人通过认识，就能将对人生的难以忍受本身转化为武器，尽管这种难以忍受的程度并不会因此而有丝毫减轻。如此而已。"

"你不觉得忍受人生还有其他方法吗？"

"没有了。除非发疯，或者死亡。"

"改变世界面貌的绝不是什么认识。"我不由自主地反驳道，险些将自己的打算泄露出去，"改变世界面貌的是行动，只能靠行动。"

不出所料，柏木用冷笑挡住了我的攻击。那笑容就像是贴在他脸上一样。

"瞧，来了，你提到行动了。但你喜欢的美的东西，难道不就是认识守护下的贪睡之物吗？还记得我先前提过的《南泉斩猫》中的那只猫吧，那只美得难以形容的猫。两堂的僧人之所以发生争执，就是因为他们想要在各自的认识中守护它、养育它，让它舒舒服服地睡觉。但南泉和尚是一个行动家，所以他三下五除二就把猫斩杀扔掉了。随后赵州回来，听说此事后，把自己的鞋顶在了头上。赵州想说的是，他知道美这种东西终归应当在认识的守护下安眠。不过，所谓各自的认识、独立的认识是不存在的。认识是人的海洋，是人的原野，是人的一般存在形态。在我看来，这就是赵州想表达的意思。你现在是想扮演南泉了吧……美的东西，你所喜欢的美的东西，只是人的精神中委托给认识的残存部分、剩余部分的幻影，是你所说的'忍受人生的其他方法'的幻影。美这种东西，本来可以说是不存在的吧。虽说不存在，但令幻影变得强大并尽其所能赋予幻影现实性的，说到底还是认识啊。对认识来说，美绝不是慰藉。它可以是女人，是妻子，却不是慰藉。然而，这种绝非慰藉的美在同认识结合之后，就会生出某种东西来。虽然如同泡沫般虚无缥缈，令人无可奈何，但总算是生出了什么东西。这便是世间所谓的艺术。"

"美……"话刚一出口，我就严重口吃起来。虽说是胡思乱想，但就在这一刻，我的脑子里忽然闪过一丝怀疑：我的口吃，难道不是从我的美的观念中产生的吗？"美……美的东西，对我来说已经是仇敌了。"

"美是……仇敌？"柏木夸张地瞪大了眼睛。他通红的脸上又浮现出那种常见的富有哲学意味的爽快劲儿，"你竟然说出这样的话来，变化可真大呀。看来，我也必须重新调整自己认识之镜头的焦距了。"

之后，我们又久违地展开了亲密的讨论。谈了很久，雨始终没停。临走时，柏木谈起了我尚未见过的三宫与神户港，还有夏天出港的大船之类。这让我想起了舞鹤。无论什么认识或行动，都无法替代扬帆出海的喜悦——在这一空想上，我们这些穷学生的意见第一次达成了一致。

第九章

在正应对我加以训诫的时候,师父没有像平时一样垂训,反倒对我施起恩来,这恐怕并非偶然。柏木来讨债后的第五天,师父把我叫去,亲手交给我第一学期的学费三千四百日元,上下学电车费三百五十日元,文具购置费五百五十日元。暑假前交学费是校规,但那件事之后,我压根儿没料到师父还会给我这笔钱。我本以为,既然师父觉得我不可信任,那么即便他想给,也会直接把钱邮寄到学校。

但是,我比师父更清楚,就算他给我这笔钱,也只是做做样子,假装信赖我罢了。他默默给我的恩惠,同他那柔软的桃色肉体何其相似——那肉体充满了虚伪;那肉体信赖了本该背叛的东西,又背叛了本该信任的东西;那暖暖的、浅桃色的肉体不仅不受任何腐败的侵蚀,还在悄悄繁殖……

就像上次警察来由良旅馆时,我突然害怕被发现一样,这次我又产生了一种近乎妄想的恐惧:师父是不是识破了我的计划,所以才给我钱,让我错过实施计划的时机呢?我觉得,只要拿着这笔宝贵的钱,就不会涌出断然行动的勇气。我必须早日找到用掉这笔钱的途径。只有穷人才想不出如何让钱派上好用场。我必须找到一种花钱办法,让师父知道后必然暴跳如雷,必然立刻将我从寺院驱逐出去。

这天轮到我做饭。用完"药石"之后,我在厨房一边洗刷杯盘碟碗,一边漫不经心地打量着已经悄无声息的食堂。在厨房与食堂之间,立着一根被煤烟熏得乌黑发亮的柱子,上面贴着一张几乎完全变色的免灾符:

阿多古[1] 祀符
小心失火

我在心里仿佛看到了被免灾符封锁囚禁起来的苍白火焰。曾经辉煌夺目的熊熊烈焰,如今却在古老的免灾符背后奄奄一息,只剩一团模糊的白光。如果说我近来在火的幻影中感受到了肉欲,有人会相信吗?如果说我的生存意志全都取决于火,那肉欲也因火而起不是很自然吗?我的这种欲望塑造了火的柔软姿态,而火焰似乎也意识到,我正透过黑得发亮的柱子看着它,于是让自己显得分外妖娆。那手、那脚、那胸,全都是如此纤弱。

六月十八日晚,我把钱揣在怀中,偷偷溜出了寺院,向通常叫作"五番町"的北新地走去。听说那里价格便宜,对寺里的小和尚也很热情。五番町离鹿苑寺步行也只需三四十分钟。

那晚湿气浓重,天空微阴,月色朦胧。我下身穿着土黄色裤子,上身披着夹克,脚上蹬着木屐。几个小时后,我大概还会同一身打扮回来吧,但衣服之下应该已经换成了另一个人。我该怎样说服自己接受这样的预想呢?

---

[1] 即京都爱宕神社,主祭防火之神。

我的确是为了生存而打算烧毁金阁,但我的所作所为却像是在为死亡做准备。如同决定自杀的童男在死前要去花街柳巷一样,我现在也要去眠花宿柳了。放心好了,这种男人的行为就像按照某种规定格式签名一样,即便破了童子身,他也绝不会成为"另一个人"。

这一次,我再也不用惧怕此前连连遭遇的挫折,再也不用惧怕金阁将女人和我阻隔开的那种挫折,因为我已经不抱任何梦想,也不想通过女人来参与人生了。我的生命已经被牢牢地固定在遥远的彼方,而在到达彼方之前的行为,都只是履行悲惨的手续罢了。

我如此自言自语,然后柏木的话又在耳畔回荡起来。

"妓女不是为了爱才接客的。无论是老头子还是乞丐,是独眼龙还是美男子,只要事先不知道,就算是麻风病人,她们也得接。普通人正是因为对这种平等性感到安心,才去找妓女做自己的第一个女人。但我憎恶这种平等。身体健全的男子和我这样的残疾人,都能以同等资格受到接待,这是我难以忍受的。对我来说,这简直就是最可怕的自我亵渎。"

现在想到这些话,我心里很不高兴。我虽然口吃,但身体健全,与柏木不同。我只需要坚信,自己只是极其普通的那种丑陋罢了。

"……话虽如此,女人会不会凭借直觉,在我丑陋的脑门上辨认出什么天才罪犯的标志呢?"

我又产生了一种愚不可及的不安。

我的脚步沉重起来。绞尽脑汁左思右想,最终我还是不明白,自己到底是为了烧毁金阁而抛弃童贞呢,还是为了抛弃童贞而烧毁金阁?这时,我心中莫名其妙地浮现出一个高贵的词:天步艰难[1]。我边

---

[1] 出自《诗经·小雅·白华》:英英白云,露彼菅茅。天步艰难,之子不犹。意思是:浓浓的云雾在空中飘满,沾湿菅草和丝茅。我的命运多么艰难,它还不如云露好。

走边反复嘀咕着"天步艰难天步艰难"。

走着走着,在明亮热闹的弹珠店和酒馆的尽头,黑暗的角落中,浮现出整齐排列的荧光灯和透着朦胧白光的方形纸罩座灯。

从寺院一路走来,直到这个角落,我一直沉浸在幻想之中,总以为有为子还活着,隐居在什么地方。这幻想给了我力量。

自从下决心要烧毁金阁以来,我又重新回到了少年时代初期的纯洁状态,所以我觉得,即便再次邂逅人生开始时遇到的人和事,也没什么好奇怪的。

我今后明明应该能活下去,但不可思议的是,不祥之感却日益强烈,似乎明天死亡就会降临。我祈祷在我烧毁金阁寺之前,死神千万要高抬贵手。我肯定没有生病,我毫无生病的征兆。然而,让我存活的各种条件的调整及其责任,全部落到了我一个人肩上,其重量让我越发觉得难以承受。

昨天扫除时,食指被扫帚扎破,就连这点小伤,也让我惴惴不安。我想起了有位诗人因玫瑰刺伤指尖而死[1]。一般的凡庸之辈不会因为这种事就一命呜呼。但我已经成了举足轻重的人,无法知道自己会招致怎样的死亡命运。所幸手指上的伤并未化脓,今天按那儿的时候只是微微作痛。

不用说,去五番町之前,卫生方面我做足了准备。前一天,我就去远处不认识我的一家药店买了避孕套。这种沾着粉的橡胶薄膜呈现出一副有气无力的病态颜色。昨晚我试用了其中一个。用红黄色蜡笔胡乱涂抹过的佛画、京都观光协会的日历、刚好翻到《佛顶尊胜

---

[1] 指奥地利诗人勒内·里尔克(1875—1926),据传他因指尖被玫瑰刺扎伤,患急性白血病而死。

陀罗尼经》的禅林日课经书、脏兮兮的袜子、立着倒刺的草席……在这些东西当中，我那滑溜溜、灰扑扑的玩意儿，如同一尊无眼无鼻的不祥佛像一样挺立着。那不愉快的样子，让我想起了如今只是传说的名为"罗切[1]"的残暴行为。

我走进了方形纸罩座灯连成一排的小巷里。

一百几十幢房舍全是统一的造型。据说在这里，只要依靠大头目，即便是逃犯也很容易隐藏起来。只要那头目一摇铃，整个花街的每一幢房舍都听得见，通知逃犯快去避险。

每幢房舍的入口旁都有昏暗的格窗，每幢房舍都是两层小楼。沉重的古老瓦屋顶以同样的高度排列在潮湿的月光下。每幢房舍的入口都挂着蓝色门帘，上面印染着"西阵"两个白字。穿着罩衣的老鸨斜着身子，从门帘的一头向外窥视。

我一点快乐的观念都没有，只觉自己好像被某种秩序所抛弃，独自离队，拖着疲惫的双腿，行走在荒凉之地。欲望在我心中不高兴地背过身去，抱着双膝蹲了下来。

总之，在这里花钱就是我的义务。我继续寻思，总之，在这里把学费花光就好，因为这样就能给师父最好的借口，将我从寺里驱逐出去。

我没有发现这种想法中有什么奇异的矛盾，但如果这出自我本心的话，那就意味着我必定是爱师父的。

也许还不到嫖客盈门的时候，这条街上的行人少得出奇，只有我的木屐声在响亮地回荡。梅雨时节低垂潮湿的空气中，老鸨们单调的拉客声听上去就像在到处乱爬一样。我的脚趾使劲夹住松了的木屐带，心想，战争结束后我在不动山山顶望见的万家灯火中，肯定也

---

1 为断绝淫欲、专心修行而切掉男性生殖器。

包括这条街的灯光吧。

我的双脚不由自主地往前走，有为子应该就在我要被带去的地方。在某个十字路口的拐角，有一家名为"大泷"的青楼。我不管不顾地钻进门帘，进门就是一个铺着瓷砖的六张草席大小的房间。里面的凳子上坐着三个女人，就像是等火车等累的旅客一样。其中一人身穿和服，脖子上缠着绷带。另一人洋装打扮，低头将袜子脱到脚面，不断地挠着腿肚子。有为子不在。她不在，我反倒安心了。

挠腿的女人仰起脸来，宛如一条听到召唤的狗。她那张微微浮肿的圆脸扑着白粉，涂着口红，如同儿童画一般鲜艳。说来也怪，她仰头看我的眼里，其实充满了善意。这女人浑似街角遇到的陌生人一样望着我，那双眼睛完全没有觉察我内心的欲望。

如果有为子不在，那随便挑谁都行，因为我心中还残存着一丝迷信：选择和期待会导致失败。正如女人没有选客的余地一样，我最好也不要挑女人。我绝不允许那种可怕的令人颓废的美的观念干扰我，即便只是一点点也不行。

老鸨问我："您要哪个姑娘？"

我指了指挠腿的女人。她腿上的那阵微痒——或许是贴着瓷砖表面打转的豹脚蚊在她腿上留下了咬痕——成了连接我和她的缘分……多亏了这阵刺痒，她将来便有权成为我的证人了吧。

女人站起来，来到我身旁，笑得嘴唇似乎都卷了起来，轻轻地碰了碰我夹克的袖子。

从昏暗的旧楼梯往二楼爬的时候，我又想起了有为子。我在想，有为子为何会在这个时间离开？为何会离开这个时间的世界？既然有为子现在不在这里，那无论到哪里去找，肯定都是找不到的。她也许是去我们世界之外的澡堂之类的地方洗澡去了。

我觉得，有为子生前就能自由地出入这种二重世界。即使在那次悲剧事件中也一样——她正要拒绝这个世界，却又转而接受了这个世界。对有为子来说，死亡或许也是暂时事件。她在金刚院走廊里留下的血迹，或许只不过是早晨开窗时惊飞的蝴蝶留在窗框上的鳞粉之类的东西罢了。

二楼中央有天井，围着透雕的古老栏杆。天井里，房檐之间架着晾衣竿，上面挂着红色贴身裙、三角裤衩和睡衣等。昏暗的光线中，模糊的睡衣恍如人影。

不知哪间屋里的女人在唱歌，歌声流畅婉转，不时有跑调的男人唱歌应和。歌声中断，一阵短暂的沉默后，传来了有如断线的女人笑声。

"是×子呀，"陪我的女人对老鸨说，"她总是那副德行。"

老鸨顽固地用四四方方的后背对着歌声飘来的方向。我被领进的小客厅只有三张草席大小，颇煞风景。一个洗茶器的地方代替了壁龛，上面散乱地放着布袋和尚和招财猫的瓷像。墙上贴着详细的客人须知，还挂着日历。从房顶吊下的电灯光线昏暗，只有三四十烛[1]。从敞开的窗户中，传来外面嫖客稀稀拉拉的脚步声。

老鸨问我是短歇还是过夜，短歇的价格是四百日元。我说短歇，然后要了酒和下酒小菜。

老鸨下楼取酒菜去了，女人却依旧没有靠上前来。老鸨拿酒上楼，几番催促之后，她才肯靠过来。凑近一看，女人的鼻子下方擦得

---

1 日本旧时的光度单位，1烛约等于1坎德拉。

微微发红。这女人似乎有无聊时在身上到处乱挠乱抓的毛病，不仅仅只是挠腿。不过，鼻下的微红说不定只是蹭到的胭脂口红吧。

我观察得如此仔细也没什么好诧异的，毕竟这是我有生以来第一次上青楼。我想从自己能见到的东西当中找出快乐的证据。一切看上去都像铜版画一样精密，每一个细节，都清清楚楚地平贴在一定距离之外。

"先生，我以前见过你。"

这女人告诉我她叫鞠子之后说道。

"我是第一次来。"

"你真是第一次来这种地方？"

"是第一次啊。"

"也许是吧，你的手都发抖呢。"

经她这么一说，我才发觉自己捏着小酒杯的手的确在微微颤抖。

"真是这样，鞠子今晚就走运了。"老鸨说。

"是真是假，过会儿就知道。"

鞠子的话虽然粗俗，听上去却毫无肉感。我看得出来，鞠子的心像是脱离了伙伴的孩子，在与我的肉体和她的肉体都毫无关联的地方独自游玩。鞠子穿着淡绿色罩衫和黄色裙子，手上只有拇指的指甲涂得红红的。她多半是从朋友那里借来指甲油涂着玩儿的。

不一会儿，我们走进八张草席大小的卧室。鞠子一脚踩在被褥上，拉了一下从灯罩垂下的长灯绳。灯光下，被褥上浮现出鲜艳的友禅染图案。房间里的漂亮壁龛上摆着法国人偶。

我笨手笨脚地脱下衣服，鞠子则把淡粉色的毛巾布睡衣披在肩上，在下面灵巧地脱去洋装。我把枕边的水咕噜咕噜地喝了几大口。

听到喝水声,鞠子头也不回地笑着说:

"你可真能喝水呀。"

钻进被子同我面对面之后,她还用指尖轻轻地戳了戳我的鼻子。

"你真是第一次来玩呀。"

说着就笑了起来。

枕旁的方形纸罩座灯光线昏暗,但我没有忘记去看,因为"看"就是我活着的证据。尽管如此,我还第一次看到别人的两眼离我如此之近。我看到的世界的远近感崩溃了。他人毫无畏惧地侵犯着我的存在,那体温和廉价香水的气味仿佛不断上涨的洪水,将我一点点淹没。我有生以来第一次看见,他人的世界同我这样融为一体。

我完全就是被当作一个普普通通的男人接待的。我从未想过有谁能如此对我。口吃从我身上脱去,丑陋与贫穷从我身上脱去。脱掉肉身上的衣服之后,精神上的无数束缚也层层褪去。我确实体验到了快感,但我无法相信,体验到这份快感的竟然是我。我只觉得,在很远的地方,一种始终拒斥我的汹涌感觉忽然爆发,旋即又瘫软下去……我立刻从她身上挪开,额头紧贴枕头,用拳头轻轻敲打自己冰凉麻木的脑袋。然后,一切都离我而去的失落感攫住了我,但这还不至于令我落泪。

事后枕边密语时,鞠子讲起了自己从名古屋流落至此的事。我迷迷糊糊地听着,脑子里想的却只是金阁。那其实是抽象的思考,不像通常那样带着沉甸甸的肉感。

"以后要再来呀。"

鞠子这句话,让我觉得她要比我大一两岁,事实必然如此。她的乳房就在我眼前,上面覆盖着一层细汗。那只是两个肉球,绝不会变成金阁。我用指尖诚惶诚恐地碰了一下。

"这玩意儿,你很少见吧。"

说着,鞠子抬起身,注视着自己的乳房,轻轻地摆动起来,就像在逗弄小动物一般。这肉体的摇晃让我想起了舞鹤湾的夕阳。夕阳会转眼落山,而肉体也难以常驻,这两者似乎在我心中融为一体。于是,眼前的肉体也同夕阳一样,转眼就被晚云重重包裹起来,躺进了夜的墓穴的深处。这番想象让我放下心来。

第二天,我又去同一家青楼找了同一个女人。这不仅是因为我还有很多钱,还因为第一次性行为远不及想象中快乐,有必要再尝试一次,哪怕稍稍接近想象中的快乐也好。我在现实生活中的行为与他人不同,总是倾向于最终忠实地模仿自己的想象。说想象并不恰当,应当说,是我的源头记忆。我总是摆脱不了这样一种感觉,似乎人生中早晚要品尝到的所有体验,我都预先以最辉煌的形式体验过了。即便是这种肉体行为,我也觉得自己在记不起来的某个时间和地点(多半是同有为子)做过,并且品尝到了更激烈的、足以令全身麻痹的性快感。它成了一切快感的源头,而现实的快感只是从中分得的一捧水罢了。

在遥远的过去,我似乎确实在某个地方饱览了无比壮丽的晚霞,后来看到的晚霞或多或少都不如那次绚烂,这难道是我的罪过吗?

那女人昨天太将我当作普通人来对待,所以今天我把几天前从二手书店买的一本旧文库本装进衣袋才出发。这是贝卡里亚[1]的《论犯罪与刑罚》。十八世纪意大利刑法学家的这本著作,是宣扬启蒙主义

---

[1] 切萨雷·贝卡里亚(1738—1794),意大利法学家、哲学家、政治家,古典刑法学派鼻祖,从启蒙主义的观点出发批判当时刑罚制度的残酷。

与理性主义的经典必读书。虽然我读了几页就扔到了一边，但说不定那女人会对书名感兴趣。

鞠子像昨天一样对我笑脸相迎。虽然是同样的微笑，却没有留下丝毫"昨日"的痕迹。她对我，就像是对在街角偶遇的路人一般亲切。之所以这么说，或许是因为她的肉体就像是街角吧。

我们在小客厅里的推杯换盏已经没有那么生涩了。

"这么快就又回来找她了啊，年纪轻轻的，倒挺风流的呀！"老鸨说。

"但你天天来，不会被法师训斥吗？"鞠子问。见我被识破后一脸惊恐，鞠子又说，"一看就知道嘛，现在男人都梳大背头，留平头的肯定就是和尚嘛。听说如今那些了不起的和尚，年轻的时候大多都来过咱们这儿呢……好啦，我给你唱支歌吧。"

鞠子突然没头没脑地唱起关于港口女人的流行歌来。

在已经熟悉的环境中，第二次鱼水之欢进行得顺畅又轻松。这次我似乎也瞥见了快乐——不是想象中的那种快乐，只是感觉自己已经适应了男女之事后的那种自我堕落式的满足。

事后，这女人以长辈的口气伤感地劝诫了一番，把我瞬间点燃的兴致全部抹杀了。

"这种地方，你最好还是少来！"鞠子说，"我觉得你是个老实人，别在这儿陷得太深，老老实实地努力工作才对。虽然我也希望你来，但你应该明白我的这份心意吧。我可是把你当成弟弟看的呀。"

鞠子的话恐怕是从哪本三流小说上学来的。这并不是肺腑之言，她只是将我编进了她的小故事，期待我可以与她同喜同悲罢了。如果我能配合她，感动得热泪盈眶，那就更好了。

但我并没有这样做。我突然从枕边拿起《犯罪与刑罚》，伸到她的眼前。

鞠子顺从地翻了翻文库本，然后一言不发地把书扔回了原处。这本书已经从她记忆中消失了。

我希望这女人能从与我命中注定的相遇中预感到什么，希望她能尽量领悟到，自己正在为世界的没落添砖加瓦。我认为对这女人来说，这并非无关紧要。焦躁之下，我终于说出了不该说的话。

"一个月……是的，一个月之内，报纸上就会大张旗鼓地报道我了。到那时你一定要想起我。"

说完，我激动得心脏狂跳，鞠子却笑出了声，连乳房都摇晃起来。她不时瞟我一眼，咬着和服袖子，想忍住笑。但终究还是没忍住，笑得花枝乱颤。到底有什么好笑的，鞠子自己肯定说不清楚。意识到自己的失态后，这女人才止住了笑。

"有什么好笑的？"我傻头傻脑地问。

"因为你在吹牛啊。哎哟，太好笑了。你真能吹牛。"

"我才没有吹牛呢。"

"快别说了。哎哟，太好笑了。笑死人了。看你一副老实相，没想到竟然这么能吹……"

鞠子又笑了起来。这次笑的理由其实很简单，也许只是因为我鼓起劲儿说话时特别结巴罢了。总之，鞠子压根儿不信我的话。

她不信。即使眼前发生地震，她也不会信。说不定，即便世界崩溃，这个女人也会独自存活下来，因为鞠子只相信按照自己的思维逻辑发生的事。但世界不可能如鞠子想象的那样崩溃，而鞠子也没有思考这种问题的机会。在这点上，鞠子很像柏木，不思考问题的女柏木。

话题进行不下去了，于是鞠子裸露着乳房，哼起歌来。歌声中混入了苍蝇的嗡嗡声。苍蝇在她周围飞舞，偶尔落到乳房上歇脚。

"真痒啊!"

鞠子只是这样说说,并不挥赶。苍蝇停在乳房上的时候,好像同乳房紧贴在一起。令人惊讶的是,鞠子似乎很喜欢这种爱抚。

屋檐下,雨声淅淅沥沥,仿佛只有那里在下雨。雨似乎收住了扩大的势头,误入这城市的一角,呆立不动了。这雨声被局限在一个小世界里,正如我所在的地方,只有光线微弱的枕旁座灯下的一小块,仿佛是从浩渺夜色中切割出来的一样。

如果苍蝇嗜腐,那鞠子已经开始腐烂了吗?难道什么都不相信就会腐烂?难道因为鞠子生活在只有自己的绝对世界中,所以苍蝇才会光顾?我不得而知。

但这女人突然陷入了死一般的假寐。苍蝇再次落在她被枕旁灯光照亮的浑圆乳房上,纹丝不动,仿佛突然睡着了一样。

我没有再去过"大泷"。该做的事我都做了,剩下只等师父发觉学费已被我挥霍,并将我逐出寺院了。

不过,我决不会向师父暗示钱用到了哪里。我不用坦白。即便我不坦白,师父应该也会探听出来的。

我很难解释,为什么直到此时,我在某种意义上仍然信赖并企图借用师父的力量。我也不知道自己是不是又想把最后的决断押在被师父驱逐上。我早就看穿师父没什么本事,这一点我前面已经提过。

第二次去青楼后又过了几天,我看到了师父如下的这种形象。

那天一大早,还不到开园时间,师父就去金阁旁散步了。这对师父来说是极其罕见的。他身穿凉快的白衣,对打扫庭园的我们说了句慰劳的话,就登上了通往夕佳亭的石阶。我想他大概是要去亭子里独自沏茶静心吧。

这天清晨的天空中,绚烂的朝霞尚未消退。碧空中处处飘浮着映得通红的云彩,仿佛依然一脸娇羞。

扫除完毕,其他人都开始各自返回正殿,只有我经过夕佳亭旁,从通往大书院后面的近道回去,因为书院后面还没有清扫。

我带着扫帚,登上被金阁寺的树篱围起来的石阶,来到了夕佳亭附近。树木被一直下到昨晚的雨淋得湿漉漉的。灌木叶梢的点点露珠映着残余的朝霞,如同不合时令的淡红色果实。挂着露珠、轻轻颤抖的蛛网也微微泛红。

我怀着一种感动,眺望着如此敏感地映出天色的大地物象。笼罩着寺内绿色植被的雨水湿气,全是上天的恩赐。一切都湿透了,仿佛受到了上天的恩宠,散发着混杂了腐败与娇嫩气息的芬芳,但这是因为它们不知道如何拒绝。

众所周知,与夕佳亭毗邻的是拱北楼,得名于"北辰居其所而众星拱之[1]"。不过,现在的拱北楼,已经同义满威风凛凛地发号施令的时代大相径庭。一百多年前,这里就经过重建,变成了当时流行的圆形茶室。因为夕佳亭不见师父的身影,所以他多半是在拱北楼吧。

说实话,我不想独自与师父见面。只要沿着树篱弓身前进,他从对面就看不到我。我就这样蹑手蹑脚地走起来。

拱北楼的门是敞开的。同往常一样,壁龛里挂着圆山应举[2]的画,里面装饰着一件从印度传来的檀香木佛龛,雕工纤巧,只是年深日久,已经变黑。左边摆有利休[3]喜爱的桑木架子,拉门上也有画。室内唯独不见师父的身影,我不由得把头伸到树篱之上,四下环顾。

---

1 语出《论语·为政》:"为政以德,譬如北辰,居其所而众星拱之。"
2 圆山应举(1733—1795),日本江户时代中后期画师。
3 千利休(1522—1591),日本著名茶道宗师,人称"茶圣"。

壁龛立柱旁微微昏暗的地方，好像放了一个大白包袱。仔细一看，那正是师父。他蹲在那里，穿着白衣的身体尽量弯曲，头夹在两膝之间，双袖盖住脸。

师父保持着这个姿势，一动不动。反倒是注视着他的我，心中五味杂陈。

我首先想到的是，师父是不是得了什么急症，正在忍受发作的痛苦，我应该立刻上前照顾他才对。

但是，另一种力量阻止了我。无论从哪方面讲，我都不爱师父，而且我已经下定决心明天纵火，现在去照顾师父就是伪善。何况，倘若我照顾了师父，结果招来了他的感谢和爱意，我担心自己会因此而心软。

细细观察，师父不像是生病。不论怎么看那姿势，尊严和威信都荡然无存，几乎算得上下流，让人联想到野兽的睡姿。两只衣袖微微颤抖着，如同有什么看不见的重物压在背上。

那看不见的重物是什么呢？我暗自寻思。是苦恼吗？还是师父自身难以忍耐的无力感？

随着耳朵逐渐适应这里的寂静，我听见师父似乎在以极低的声音念诵经文，但到底是什么经却听不真切。师父有我们所不知道的阴暗的精神生活，与其相比，我一直拼命尝试的小恶小罪和怠慢无礼简直微不足道——我心中突然冒出这样的念头，像是要故意刺伤我的自尊心一样。

是的，我此时觉得，师父蹲在那里的姿势，与被拒绝"禅堂入众"的行脚僧终日在大门外将头靠在自己行囊上的"庭诘"姿势颇为相似。如果师父这样的高僧也模仿新来旅僧的这种修行形式，其谦虚程度着实令人惊叹。师父是面对什么才变得如此谦虚的，我不得而知。正如庭院里的树下杂草、树木的叶梢和蛛网上的露珠在面对天上朝霞时会表现得谦虚一样,面对不属于自己的本源之恶与罪孽时,师父以野兽的姿势将其原原本本地体现在自己身上,也是一种谦虚的表现吧?

"这是做给我看的!"我恍然大悟。没错。他知道我会经过这里,所以故意做出这副模样给我看。他深知自己的无力,所以最后想出了这个极具讽刺性的训诫办法,希望能不发一言就撕裂我的心,唤起我的怜悯之情,最终迫使我屈服。

事实上,我心乱如麻地望着师父的时候,险些被感动了。虽然我极力否认,但毫无疑问的是,我差点就萌生了对师父的敬爱之情。多亏我想起"他如此这般是为了做给我看",才将所有的动摇全盘推翻,变得比以前更加心硬如铁。

就是在这时候,我才拿定主意,不能指望师父将我驱逐之后才去纵火。师父和我已经生活在两个互不影响的世界里,我自由无阻了。我不必再期待外力相助,可以随心所欲,在想动手的时候就动手。

朝霞渐渐退去,云彩一点点布满天空,鲜亮的阳光离开了拱北楼木窗外的窄廊。师父依然蹲着。我快步离开了那里。

六月二十五日,朝鲜发生动乱。我的预感成为现实,世界果真在没落,在破灭。我必须加快行动。

第十章

　　事实上,去五番町后的第二天,我已经做过一次试验。我从金阁北侧的板门上拔下了两根长约两寸的钉子。

　　金阁第一层法水院有两个入口,东西各一,都是对开门。导游老人夜里来到金阁,先把西门从内侧关闭,然后从外侧关上东门并落锁。但我知道,即便没有钥匙也能进入金阁。从东门绕到后面,北侧的板门正好护住了阁内金阁模型的背后。这扇板门已经腐朽,只要拔掉上下六七根钉子,门就可以轻而易举地卸下来。钉子都已松动,只用手指就能轻松拔出。我已经试着拔下了两根,用纸包好,放到桌子抽屉的深处。几天过去了,似乎谁也没有察觉。一周过去了,好像依然没人发现。二十八日晚,我又把两根钉子悄悄安回了原处。

　　看到师父蹲伏的模样,我终于决定不再依靠其他任何人的力量。当天我就在千本今出川[1]西阵警察署附近的药店购买了安眠药。店员起初只拿来一个小瓶,约莫装了三十片药。我叫店员拿更大的给我,花了一百日元买了一瓶百片装的。随后,我又到西阵警察署南边的

---

[1] 京都北部一地名。

五金店,花九十日元买了一把刃长约四寸的带鞘小刀。

那一夜,我在西阵警察署门前来回徘徊。好几扇窗户里都灯火通明,穿翻领衬衫的刑警夹着提包急匆匆地往里走。没有一个人注意到我。过去二十年都没有人注意过我,现在这种状态仍在继续。当下我还不是重要角色。在日本这个国家,有几百万、几千万人身处毫不起眼的角落之中,我就是其中一员。这种人无论死活,对世界都无关痛痒。但这种人其实是可以让人放心的,所以警察也对我很是放心,连头也没回一下。朦胧的红色门灯映出了石牌上横写的"西阵警察署"几个字,其中"察"字已经脱落。

返回寺院的路上,我一直在思考今晚购买的物品,内心激动不已。

小刀和药品,是为万一需要自尽时准备的,可它们却令我心情愉悦。一个拥有新家庭的男人在制订生活规划后,也会购买这种物品吧。自从返回寺内,我就对这两样东西百看不厌。我拔刀出鞘,试着舔了舔刀刃,刀面立刻模糊了。一道明确的寒意传遍舌头,但我最后竟然感到一丝淡淡的甜味。这甜味从薄薄的钢片深处,从无法到达的钢的实质,如同隐隐透出的微光一样传到舌头上。这棱角分明的形状,这有如深海般幽蓝的铁的光泽……它们和唾液一起久久地缠绕着舌尖,清洌而又甘甜。不一会儿,这种甘甜也消散了。我快乐地想象着,有朝一日,我的肉体将陶醉于这甘甜的迸射之中。我觉得,死后的天空也是明亮的,就像生前的天空一样。于是,我忘却了所有的阴暗念头。这个世界已经不存在痛苦了。

战后,金阁安装了最新式的火灾自动报警器。只要金阁内部达到一定的温度,警报就会响彻鹿苑寺办公室所在的走廊。六月二十九日晚上,这个报警器出了故障。发现故障的是导游老人。老人在执事宿舍报告时，我恰巧在僧房。在我听来，这消息仿佛是上天在鼓励我一般。

可第二天，也就是三十日早晨，副司就打电话给安装机器的工厂，请他们派人来修了。好心的导游老人特意把这件事告诉我。我咬住了嘴唇。昨晚正是断然行动的机会，结果我错失了这千载难逢的良机。

傍晚时分，修理工终于来了。我们都一脸好奇地围上前去，观看他修理。修理持续了很久，修理工只是歪着脑袋思考，旁观者一个个走掉了。我也适时地离开了。现在，我只得等待工人修好机器，试着鸣响警报，尖厉的铃声响彻寺内。对我来说，那无异于绝望的信号……我就这样等着。夜色如同潮水一般涌上金阁，修理用的小灯还在闪烁。警报一直没响。束手无策的修理工撂下一句"明天再来"就回去了。

七月一日，修理工爽约没来。不过，寺里也没有什么理由催促他们尽快修好。

六月三十日，我又去了一趟千本今出川，购买夹心面包和豆馅糯米饼。因为寺里没有零食可吃，我便常常用不多的零钱到那里买点心，每次只买一点点。

不过，我三十日买点心却并不是为了充饥，也不是为了辅助服用安眠药。硬要说的话，是不安驱使我买的。

我与手中提的鼓鼓囊囊的纸袋之间的关系，我即将着手的完全孤独的行动和少得可怜的夹心面包之间的关系……从阴沉天空渗出的阳光，像闷热的雾霭一样笼罩着这条古老的街巷。汗水悄悄从我背上流下来，如同一条条凉飕飕的线条。我疲乏极了。

夹心面包和我的关系是什么呢？我估计，行动当前，不管我如何振作精神，力图紧绷神经，集中心智，我那被孤零零留下的胃，恐怕还是会谋求孤独的保证吧。我的内脏仿佛就是我养的一条丑陋却绝不驯服的狗。我知道，不管我的心灵多么想要清醒，肠胃这些迟钝的内脏器官都在任性地憧憬着不温不火、平庸乏味的日常。

我知道自己的胃在做梦，梦想着得到夹心面包和豆馅糯米饼。即便我的精神在憧憬宝石，我的胃也会顽固地梦想着得到夹心面包和豆馅糯米饼……总有一天，当人们试图勉强理解我的犯罪动机时，夹心面包应该会提供恰当的线索吧。人们或许会说："那家伙肚子饿了。这多么合乎人性啊！"

昭和二十五年七月一日，那一天终于到了。如前所述，火灾报警器估计一整天也修不好。下午六点，这事已成定局。导游老人打电话催了一次，修理工回话说："对不起，今天太忙，去不了，明天一定去。"

这天参观金阁的游客有百人上下，但因为六点半就要关门，人潮已经开始退去。老人打完电话，导游的工作就结束了。他呆呆地站在僧房东侧没铺地板的屋子里，呆呆地眺望着一小块田地。

天空下起毛毛细雨。从早晨到现在，雨时下时停。微风阵阵，并不闷热。田里的南瓜花在雨中星星点点地开放，而黑油油的田垄上，上月初播种的大豆刚刚出苗。

老人思考问题的时候，下巴总是动来动去。下巴一动，错位的假牙便撞在一起，咔嗒作响。他每天都重复同样的解说词，但因为假牙的缘故，已经叫人越来越难以听清。尽管人们都劝他去修理，他却始终不想矫正。现在他望着田地，嘴里嘟囔着什么。他一嘟囔，牙齿就打架。牙齿不打架,他又嘟囔开了。多半是在发牢骚,因为报警器迟迟得不到修复。

听着导游老人含混不清的牢骚,我觉得他似乎在说:假牙也罢,报警器也罢,再怎么修都不可能修好了。

那天夜里,一位稀客来鹿苑寺拜访师父。此人是福井县龙法寺住持桑井禅海法师,过去同师父是禅堂好友,想必同我的父亲也有这种关系。

寺里已经给师父的去处打过电话,师父回话说大概过一小时回来。禅海法师这次来京都,就是为了在鹿苑寺住上一两晚。

我记得,父亲生前常常愉快地谈起禅海法师,可见父亲对法师充满了敬爱之情。不论是外表还是性格,禅海法师都富有男子汉魅力,是典型的粗犷禅僧。他身长近六尺,皮肤黝黑,眉毛浓密,声如雷鸣。

法师想利用等师父回寺的时间同我说说话。师兄弟前来叫我,向我传达法师的这一意图,我却踌躇起来。今晚就要实施计划了,我不由得担心,法师那双单纯、澄明的眼睛会看穿我的企图。

十二张草席大小的正殿客殿中,法师盘腿而坐,就着斋菜,喝着副司灵机一动拿来的酒。先前是师兄弟为法师斟酒,这次则由我取代,端坐在法师面前的草席上为其斟酒。我背对着寂静无声的雨夜。所以,法师只能看见两种阴暗的东西:我的脸,还有这梅雨时节的庭院夜色。

不过,禅海法师是不会拘泥于外物的。他刚一见我,就滔滔不绝、声音嘹亮地说我长得像父亲,又说我总算长大成人了,还说我父亲死得实在可惜,等等。

法师的身上,有师父所不具备的质朴,也有父亲所不具备的力量。他的脸被太阳晒得黝黑，鼻孔大张，浓眉下的肌肉高高隆起，咄咄逼人，仿佛是模仿大癋见[1]面具造出来的一样。这副相貌并不端正。他体内的力量过于充沛，这种力量随意流露出来，便破坏了面部的匀称。就连突出的颧骨都像南画中的岩山那样奇特峻峭。

尽管如此，声如洪钟的大和尚身上仍有一种震撼我心灵的温和。这与世间寻常的温和不同，它就像村头大树那粗大的树根，为旅人提供了树荫下的休憩之所，这是一种手感粗糙的温和。说话间，我不由得生出了几分戒心：成败就在今夜，自己的决心绝不能在他的温和面前松懈下来。接着，我心中又涌出怀疑：他会不会是师父特地为我请来的呢？不过转念一想，师父不可能专门为我将法师从福井县请到京都来。法师不过是一位奇特的不速之客，是这场悲惨结局最好的见证人罢了。

装着近两合[2]酒的大白瓷酒瓶已空空如也。我行了个礼，去厨房取另一壶。当我手捧温热的酒瓶回来时，心中突然萌生出一种未曾有过的情感。我从未产生过希望被他人理解的冲动，但事到如今，我却希望至少能得到禅海法师的理解。法师应该已经觉察到，我再来劝酒时，眼睛中闪烁着极其率真的光芒，同刚才大不相同。

"您是怎么看我的呢？"我问。

"嗯，表面上看，你是个认真的好学生。至于你背地里干了什么不务正业的事，我就不知道啦。可怜呀，今时不同往日，你没钱去找乐子喽。想当年，你父亲和我，还有这里的住持，年轻的时候可干过不少坏事哩！"

---

[1] "癋见"是"能乐"中使用的一种面具，意思是指上下唇紧闭咧嘴的形状。"大癋见"主要用于天狗。
[2] 1合约合 0.18 公升。

"我看上去是一个平凡的学生吗？"

"看上去平凡比什么都好。平凡就足够了。这样才不会招人猜忌。"

禅海法师没有虚荣心。高僧往往容易都有这样的毛病：因为常有人请其鉴定真伪，从人物到书画古董，无所不包，为了避免因为鉴定错误而为人耻笑，高僧通常不肯下断言。当然，有的高僧也会当即做出颇具禅僧风格的判断，但总会留下模棱两可的余地。禅海法师却不是这种人。我深知，他会将自己的所见所感原原本本地讲出来。对于映入自己单纯而强烈的目光之中的事物，他不会特意寻求其意义。有意义也好，无意义也行。而且，我认为法师最伟大之处在于，看待事物，比如看待我这个人，不愿凭借自己独到的观察标新立异，而是要像别人所见的那样去看。对法师来说，单纯的主观世界毫无意义。我明白法师要说的是什么了，便渐渐平静下来。只要他人把我看成是平凡之辈，我就是平凡之辈。不论我多么胆大妄为，我的平凡本质都会保留下来，就像是被簸箕簸出的米粒一样。

不知什么时候，我把自己想象成了静静伫立在法师面前的一棵枝繁叶茂的小树。

"别人怎么看我，我就怎么活，这就行了吗？"

"那也不行。不过，你要是改弦更张，人们对你的看法也会随之变化。世人总是健忘的啊。"

"别人眼中的我和自己心中的我，哪一个才能持久呢？"

"哪一个都会立刻终结。即使勉强维持，迟早也会终结。火车行驶时，乘客是不动的。火车停下来，乘客就必须走出车厢。运动终结了，休息也终结了。死似乎是最后的休息，但就连这种休息，也没人知道能持续多久。"

"请您把我看透吧。"我终于开口道，"我不是您想象中的那种人。请您看透我的本心吧。"

法师将酒杯停在嘴边,直勾勾地盯着我。沉默就像鹿苑寺被雨淋湿的巨大漆黑的瓦屋顶一样,重重地向我压来。我不由得战栗起来。法师突然发出一阵无比爽朗的笑声。

"没必要看透。一切都写在你脸上哩。"

法师说。我感到自己被彻彻底底、毫无保留地理解了。我第一次变成了空白。新的行动勇气涌上心头,就像渗入空白的水一般。

师父回寺了。时间已是夜里九点半。四名警卫像往常一样四处巡查了一番,结果没有发现任何异常。

回来的师父陪法师对饮到午夜零点半左右,才让徒弟带法师去卧室。然后师父说要"开浴",便去洗澡了。二日凌晨一点,梆声也已停息,寺院陷入一片沉寂。雨仍在无声无息地下着。

我独坐在铺好的床榻上,揣摩着沉淀在鹿苑寺的夜色。夜色越来越浓,越来越重。我所在的这个五张草席大小的储藏室里,粗大立柱与门板支撑着这片古老的夜色,看起来无比庄严肃穆。

我试着打起结巴来。和往常一样,我说一句话,就像把手伸入袋中取物时被别的东西挂住,怎么也拿不出来一样,害得我焦急万分,狼狈不堪,好不容易才将话挤出嘴唇。我内心世界的重量与密度,恰似今晚的夜色,而心中的话语,则像这深夜从井中嘎吱嘎吱地摇起来的沉重吊桶。

马上就要动手了,再忍耐一会儿!我想,我的内心世界和外部世界之间这把生锈的锁马上就要彻底打开了。内心世界和外部世界将畅通无阻,风可以自由自在地流动其间。心中的吊桶如同生出了翅膀,轻盈地飞升起来。一切如同广袤原野一般展现在眼前,密室即将毁灭……成功近在眼前,几乎触手可及……

我充满了幸福,在黑暗中坐了足足一个小时。我觉得,自己有生以来从未像现在这般幸福……我突然摸黑站了起来。

我蹑手蹑脚地向大书院后面走去,脚上穿着早已准备好的稻草鞋,冒着蒙蒙细雨,沿着鹿苑寺后面的沟渠朝建筑工地走去。建筑工地里没有木材,只是弥漫着散落的锯屑被雨水淋湿后散发的气味。这里还囤积着寺里买来的稻草。一次性购买了四十多捆,可大部分都已经用掉,今晚只剩三捆堆在这里。

我抱起这三捆稻草,顺着田边往回走。厨房那边静悄悄的。绕过厨房一角,来到执事宿舍后面时,厕所的窗户突然射出一道亮光。我当即蹲下。

厕所里传来了吐痰声,好像是副司。不一会儿,我听到了撒尿声,时间长得仿佛没有尽头。

我担心稻草淋雨,便蹲下身子,用胸膛将稻草遮住。在微风吹拂的羊齿草丛中,沉淀着因为下雨而越发强烈的厕所恶臭……撒尿声停了,随后传来身体东倒西歪地撞在板壁上的声音。副司似乎还没有完全清醒。窗里的灯光灭了。我又抱起三捆稻草,朝大书院后面走去。

说到我的财产,只有一个装身边杂物的柳条包和一只小小的旧皮箱。我想把它们全部付之一炬。今晚,我已经将书籍、衣服、袈裟等零星杂物,统统塞进了这两个箱包里。我希望自己的细致周密能得到认可。凡是搬运途中容易发出响动的东西,比如蚊帐吊环之类,以及烧不掉、易留下证据的东西,比如烟灰缸、玻璃杯、墨水瓶之类,都被我卷入坐垫,用包袱皮裹起来,另行处理。还有一床褥子和两条被子是非烧不可的。我把这些大件物品一点点运到大书院后面的出口处堆起来,然后才去拆除金阁北侧的板门。

  钉子就像是插在软土里一样,很容易就一根一根拔了出来。我用整个身体支撑住倾斜的板门。我的脸贴在被淋湿的朽木表面,感觉那木头润润的、鼓鼓的。板门没有想象中那么沉。我把摘下的板门横放在旁边地上。我现在已经能窥见金阁的内部,那里一片漆黑。

  板门拆掉后,缺口刚好能容人侧身通过。我将自己没入金阁的黑暗之中。一张古怪的面孔突然闪现,把我吓得浑身发抖。原来是我刚进来的时候火柴的亮光将我自己的脸映在了金阁模型的玻璃箱上。

  我出神地注视着玻璃箱里的金阁,尽管眼下并不是这样做的场合。这座小小的金阁蹲伏在恍如月光的火柴光芒下,身影摇曳不定,纤细的木架中充斥着不安。金阁忽然就被黑暗吞没,因为火柴燃尽了。

  说来也怪,发觉火柴上还有一点红色余烬后,我竟像曾在妙心寺见到的那个学生一样,专心将其踩灭。再划燃一根,从六角形藏经堂和三尊像[1]前经过,来到功德箱前。为方便施主投钱,功德箱上排列着许多木条。随着火苗的摇曳,这些木条的影子也如同波浪一般起伏不定。绕过功德箱再往里,便是国宝——鹿苑院殿道义[2]足利义满的木像。这是一尊坐像,义满身着法衣,左右两条衣袖长长地拖在地上,右手执笏,放倒在左手上。双眼圆睁,小脑袋剃得精光,脖子埋在法衣领子里。在火柴光的映照下,那双眼睛忽闪忽闪的,但我并不觉得可怕。这尊小像煞是凄惨,只能端坐在自己建造的楼阁的一角,仿佛在遥远的往昔就放弃了所有的权势一样。

  我打开通往漱清的西门。如前所述,这是一扇从内侧打开的对开

---

1 中央一尊主像加左右两尊陪侍像的佛像安置形式。弥陀三尊是阿弥陀、观音、势至,释迦三尊是释迦、文殊、普贤。
2 足利义满的法名。——编者注

门。夜空中飘着雨,但依然比金阁内部明亮。潮湿的门板发出低沉的嘎吱声,将带着微风的藏青色夜气导入屋内。

义满的眼睛,义满的那双眼睛——我纵身跃出门外,跑回大书院后面的时候,心中不停地想——一切都要在那双眼睛前面进行,就在那个什么也看不到的已死证人的眼睛前面……

跑动时,裤兜里有什么东西在咔嗒作响。是火柴和火柴盒碰撞的声音。我收住脚,在火柴盒的缝隙中塞进手纸,消除了声响。另一个裤兜里,安眠药药瓶和小刀用手帕包着,没有响动。夹克口袋里的夹心面包、豆馅糯米饼和香烟也根本没响过。

此后我便开始机械式作业,把堆在大书院后门的东西分四次运往金阁的义满像前。首先运的是拆去吊环的蚊帐和一条褥子,然后是两条被子,接着是皮箱和柳条包,最后是三捆稻草。我把这些东西胡乱摞在一起,三捆稻草夹在蚊帐与被褥中间,因为我觉得蚊帐最易点燃,便把它抖开,一部分盖在其他东西上面。

我最后一次返回大书院后面,抱起裹着不易燃物的包袱,朝金阁东端的池畔走去。从那里朝池中望去,眼前就是夜泊石[1]。我站在几棵松树下,勉强可以避雨。

池面映着夜空,微微泛白。然而,无数水藻仿佛连成了一片陆地,仅从零星的间隙才能知道下面有水。雨落在这片池面上,甚至激不起半点波纹。烟雨迷蒙,水汽氤氲,放眼望去,池面似乎浩渺无边。

我拾起脚下的一颗小石子,投入水中。石子激起的声响分外响

---

[1] 镜湖池中连成一排的四块大小相当的石头,象征来往于蓬莱岛的宝船停泊在港口的样子。

亮，我周围的空气好像都被震出了裂纹。我缩着身子，一动不动，想用沉默来消除这无意间弄出的声响。

我把手伸进水里，微温的水藻把手缠绕起来。我先把蚊帐吊环从浸在水中的手里丢下，然后像要洗涤烟灰缸似的，将其顺水投下。接着，玻璃杯、墨水瓶也以同样的方式没入水中。该沉水的东西全都沉了，身旁只剩下用来包裹这些东西的坐垫和包袱皮。最后我只需把这两样东西拿到义满像前点火即可。

这时候，我突然感到饥肠辘辘，同我的预想正好相符，但这反倒让我觉得自己遭到了背叛。昨天吃剩的夹心面包和豆馅糯米饼就在衣兜里，我用夹克下摆擦了擦湿手，狼吞虎咽地吃起来，完全尝不出是什么味道。胃咕咕直叫，我也顾不得什么味觉了，一门心思把点心匆匆往嘴里塞。我心急如焚，胸口剧烈地起伏着。好不容易将食物都吞下肚，我又捧起池水喝了几口。

马上就要展开行动了。为行动创造条件而进行的长期准备都已完成，现在我已站在这些准备之上，只待纵身一跃了。只消举手之劳，就能大功告成。

我做梦也没想到，在我和我即将展开的行动之间，正在张开一道足以吞噬我生命的巨大深渊。

因为就在这时，为了做最后的告别，我朝金阁望了过去。

黑暗的雨夜中，金阁若隐若现，轮廓模糊不清。它黑漆漆地矗立在那里，浑似黑夜的结晶。凝眸细观，只能勉强辨认出整个建筑从三层究竟顶开始忽然变细的结构，以及法水院和潮音洞林立的细柱。然而，这些曾令我大为倾倒的局部细节，已经融入清一色的黑暗之中了。

不过，随着我对金阁之美的回忆越来越清晰，眼前的黑暗就变成了可以在上面随意勾勒幻影的背景。在这蹲伏的黑影中，藏着被我认为是美的东西的全貌。借助记忆的力量，美的细节从黑暗中一一闪现，四散开来。最后，沐浴着这非昼非夜的奇妙的时间之光，金阁慢慢变得清晰可见。我从未见过金阁呈现出如此精致至极的姿态，通体上下无一处不熠熠生辉。我仿佛盲人那样眼盲心不盲了。金阁因为自身发出的光亮而变得通体透明，即使从外部也可以清清楚楚地看见潮音洞天棚上的天人奏乐图，以及究竟顶四壁古老金箔的残片。金阁纤巧的外部和内部交织在一起。结构与主题明确的轮廓；将主题具体化的细节，及这种细节上的精心重复与装饰；对比与对称的效果——如此种种，尽可一览无余。法水院和潮音洞这两层大小相同，虽然表现出微妙的差异，却都在同一道长檐的庇护之下，就像一双非常相似的梦、一对非常相似的快乐重叠在一起。若是只有其中之一，便会被人遗忘。但若有上下两部分，温柔地相互贴合，便能让梦境化为现实，让快乐变成建筑。然而，第三层究竟顶以突然收窄的形状戴在这两层之上，导致一度明确的现实崩溃了，被那黑暗而辉煌的时代的高深哲学所统合，甚至屈服于后者。薄木板屋顶的最高处，那只镀金铜凤凰正与无明长夜[1]相接。

建筑家仍不满足于此，他在法水院西侧增添了一座突出来的漱清亭，小巧玲珑，类似钓殿。他似乎将美的力量全部压在了用这座亭子打破均衡之上。在这座建筑中，漱清亭可以说是对形而上学的反叛。它当然没有远远地伸向池面，但看上去却像是要拼命逃离金阁的中心一样。漱清宛如一只飞离了这座建筑的鸟，正展开双翼，

---

[1] 佛教用语，字面意思是黑暗的长夜，比喻未觉悟的无知状态。

朝着池面,朝着所有现世的东西逃去。它意味着一座桥,一头是控制世界的秩序,另一头则是某种脱离控制的东西,大概就是肉欲吧。是的!金阁的精灵就是从这座好似断桥的漱清亭着手,建成了三层楼阁,然后又从这座桥逃之夭夭了。因为漂浮在池面上的巨大的肉欲魅力,正是建造金阁的无形力量的源泉。但这种力量在完全确立了秩序,建成了美丽的三层楼阁之后,便再也受不了居于其中,只得沿着漱清再次逃回池上,逃回飘荡着无限肉欲的故乡。每当看到镜湖池上弥漫的朝雾暮霭,我总会产生这样的想法,那里才是建起了金阁的巨大肉欲魅力的栖身之所。

美则把各部分之间的争斗和矛盾,把所有的不协调都统合起来,然后君临其上!金阁是在无明长夜上用金漆建成的建筑,如同用金漆一字一字、精准无误地写在藏青色纸本上的纳经[1]。然而,美就是金阁本身吗?抑或是与笼罩着金阁的虚无之夜等质的东西?我不得而知。或许二者皆是。美既是细节,也是整体;既是金阁,也是笼罩金阁的黑夜。想到这里,曾令我苦恼不已的金阁之美的谜团,似乎大半都解开了。因为只要检查一下金阁的细节之美,检查一下柱子、栏杆、方格板窗、板唐门、华头窗、"宝形造"屋顶……法水院、潮音洞、究竟顶、漱清……池中投影、众多小岛、松树、泊舟处等细节之美,就会发现美并没有在细节上结束、完结,任何一个细节当中都蕴含着下一个细节之美的预兆。细节之美本身就充满了不安。它憧憬完美,却不知完结,总是被引诱去追求下一种美,追求未知之美。于是,预兆接二连三、首尾相连。可以说,是一个个并不存在的美的预兆构成了金阁的主题。这种预兆乃是虚无之兆。虚无才是这种美的

---

[1] 向寺院献纳的经文。

结构。于是，美的这些未竟的细节之中，自然蕴含了虚无的预兆。这座精致纤细的建筑在虚无的预感中瑟瑟发抖，犹如风中微微摇摆的璎珞。

尽管如此，金阁之美仍然永无终了之时！它的美总是在某处回响。我就像患有耳鸣痼疾的人，总是随处听到金阁的美丽回响，并习以为常。拿声音打比方的话，这座建筑就像五个半世纪以来一直鸣响不歇的小金铃或小筝。如果这声音中断的话……

剧烈的疲劳袭上身来。

在黑暗中的金阁之上，金阁的幻象仍然清晰可见，没有收敛其闪耀的光芒。池畔的法水院栏杆无比谦逊地往后退去，其屋檐之上，由天竺式肘状承衡木支撑的潮音洞栏杆如痴如梦般挺起了胸膛。池水的反光照亮了屋檐，水波荡漾，屋檐上的波光也随之摇曳不定。沐浴在夕阳余晖或皎皎月华中的金阁，看起来似乎在不可思议地流动，又似乎在拍打翅膀，这都是水光作用的结果。荡漾的水波将金阁从牢固的形态束缚中解脱出来。此时的金阁，就像是由永远变动不居的风、水和火焰之类的材料铸成的一般。

这种美无与伦比。我知道极度的疲惫从何而来了。美抓住最后的机会再次大显神威，试图用曾无数次袭击过我的无力感将我困住。我手脚瘫软无力。直到刚才，我都离行动只有一步之遥，可是现在，我又大踏步地后退了老远。

"万事俱备，只差行动。"我喃喃自语，"行动本身已经在我的想象中完完整整地进行过。既然我完完整整地做过这番想象，那还有必要行动吗？这难道不是徒劳无益吗？

"柏木说的话可能是真的。他说，改变世界的不是行动而是认识。有的认识对行动的模拟已达极限,我的认识就属此类。而真正让行动归于无效的正是这种认识。如此说来,我长期而周到的准备,岂不都是为了达成'无需行动也行'这一最后的认识?

"看看吧,如今行动对我来说,只是一种多余之物。它从人生中脱离出来,从我的意志中脱离出来,如同另一架冰冷的铁质机器,在我面前等待着启动。这种行动和我似乎毫无关联。至此,我还是我;自此以后,我便不是我了……我为什么硬要变成非我呢?"

我靠在松树根上,那潮湿冰凉的树皮令我迷醉。这种感觉,这种冰凉,让我感觉我还是我。世界以这样的形态停滞下来,欲望也消失了,我心满意足。

这极度的疲劳是怎么回事呢?我暗忖。总觉得浑身发热,无精打采,手也不听使唤。我一定是病了。

金阁仍然光芒万丈,正如《弱法师》[1]中俊德丸"看见"的日想观[2]景色。

双目失明的黑暗中,俊德丸"看见"了夕阳的倒影在难波海面上舞动的画面。天空中没有一丝阴云,他甚至"看见"了夕阳映照下的淡路绘岛、须磨明石、纪之海……

我的身体好像麻木了,泪水不住地往下流。就算在这里待到天亮,最后被人发现也无所谓了。我大概一个字也不会为自己辩解吧。

我先前好像一直在没完没了地讲述自己儿时以来的记忆是多么无力,但我必须说,突然苏醒的记忆可以带来起死回生的力量。过往

---

1 能乐剧目,室町时代能乐剧作家观世元雅著,主角俊德丸被继母弄瞎了眼,沦为乞丐。
2 据《观无量寿经》,凡夫可以通过十六种不同的观想方法见到极乐世界,即"十六观",其中第一观即为"日想观",指通过观察西逝的太阳,想象西方极乐净土。

并不是只会把我们拉回过往。过往记忆中的某些地方，有为数不多却很强韧的钢制弹簧，而且现在我们一碰，弹簧就会立刻伸长，把我们弹回未来。

虽然身体麻痹，心灵却仍在记忆中摸索。一些话刚浮现就消失了，心灵的触手刚要够着它们，它们就又藏了起来……它们或许是为了鼓舞我才接近我的吧。

　　向里向外，逢着便杀。

第一句话是这样说的，出自《临济录》的《示众》章中广为人知的一节。后面的话随之汩汩而出。

　　逢佛杀佛，逢祖杀祖，逢罗汉杀罗汉，逢父母杀父
　　母，逢亲眷杀亲眷，始得解脱。不与物拘，透脱自在。

这话把我从深陷的无力状态中弹了出去，我顿感浑身活力四射。尽管如此，我心灵的一部分还是执拗地告诉我，此后我该做的事徒劳无益。但我的力量已经不再惧怕徒劳无益之事。正因为徒劳无益，我才应该去做。

我把身旁的坐垫和包袱皮卷起来，夹在腋下，站起身来，向金阁望去。虚幻璀璨的金阁开始黯然失色。栏杆渐渐被黑暗吞噬，林立的细柱也不再清晰。水光消失了，反射在屋檐底部的波光也随之逝去。不一会儿，金阁的细节全部没入黑夜之中，金阁只剩下一个模模糊糊的纯黑色轮廓……

我奔跑起来，绕过金阁北侧。我的双脚熟悉这条路，一次也没有绊倒。黑暗像一扇扇门扉一样接连打开，引我前进。

我从漱清旁跳进金阁西侧一直敞开着的那扇对开板门，把夹在腋下的坐垫和包袱皮扔到垒好的那堆东西上面。

我的心欢快地跳动着，湿乎乎的手微微颤抖。火柴也湿了，第一根没有划着；第二根差点划着，结果却断了；划第三根时，我用手挡风，光从指缝透出，火柴点燃了。

刚才我明明把三捆稻草夹在了什么地方，现在却忘了到底是哪儿，只好四下寻找。待我找到时，火柴已经熄灭。我只好蹲下来再划，这次是把两根火柴并拢在一起划。

火描绘出稻草堆的复杂影子，使其浮现出明亮的荒野之色，向四方一点点蔓延开去。随后，浓烟腾起，火苗的身影隐没其中。不料远处也蹿出了火焰，绿色的蚊帐都鼓胀起来。四周似乎立刻热闹非凡。

此时我的头脑清醒极了。火柴数量有限。这次我跑到引火物的另一角，小心翼翼地划着一根火柴，点燃了另一捆稻草。腾起的火焰令我备感欣慰。过去和师兄弟点篝火时我就点得又快又好。

法水院内部，巨大的阴影晃动起来，把中央的阿弥陀、观音、势至三尊佛像映得通红。义满像的眼睛闪闪发亮，这尊木像的影子也在背后摇来晃去。

我几乎感觉不到热量。看到火稳稳当当地蔓延到功德箱时，我才觉得这下没问题了。

我忘记安眠药和小刀放在哪里了。一个念头突然从脑子里冒出来：自己索性也被大火吞噬，死在究竟顶算了。于是，我逃离火场，跑上狭窄的楼梯。我没有怀疑为什么通往潮音洞的门是敞开的。肯定是导游老人忘了给二楼上锁。

浓烟从背后逼上来。我一边咳嗽，一边去看那尊据说是惠心[1]之作的观音像和天棚上的天人奏乐图。潮音洞里弥漫的烟雾越来越浓。我再登一层，想打开究竟顶的门。

门打不开。三楼锁得非常严实。

我敲打门板。敲门声想必十分响亮，但我听不见。我拼命地敲门，好像有谁能从究竟顶内部给我开门似的。

当时我确实梦想着究竟顶能成为我的葬身之所，但浓烟迫近之后，我又像寻求庇护一般急不可耐地敲起门来。门的另一边，应该只是三间四尺七寸见方的小屋罢了。这时候，我热切地梦想着小屋里应该处处贴满金箔，尽管事实上它们已经几乎全都剥落了。我无法解释自己敲门时是多么憧憬那金光夺目的小屋。只要能进去就好了，我想，只要能进到这金色的小屋里就好了……

我拼尽全力敲门。手不够用，就直接用身体撞。门还是没开。

潮音洞里已经充满浓烟，脚下传来噼噼啪啪的爆裂声，烟呛得我差点昏厥。我一边连声干咳，一边继续敲门。门还是没开。

一瞬间，我明确意识到自己被拒之门外了。于是我毫不犹豫地转身往楼下跑去，在浓烟的旋涡中一直跑到法水院——恐怕是从火海中钻过来的。好不容易摸到西门，我纵身跳到户外，然后像韦陀[2]一样奔跑起来，尽管连我自己也不知道要去哪里。

我一路飞奔。难以想象我毫不停歇地跑了多远。就连经过了哪里，是如何经过的，我都记不得了。或许是从拱北楼旁出了北面的后

---

1 本名源信，平安时代中期的天台宗高僧，善绘画雕刻，是佛画惠心派的鼻祖。
2 佛法守护神。据传曾追赶夺走佛舍利的鬼，抢回了舍利，故以速度快闻名。

门,又经过明王殿附近,跑上了细竹和杜鹃夹道的山路,来到了左大文字山的山顶。

我倒在红松林下的细竹丛中大口喘气,以平复剧烈的心跳。这里确实就是左大文字山的山顶。那是在正北面守护金阁的一座山。

惊鸟的啼叫唤醒了我。一只鸟夸张地拍打着翅膀,从我面前轻盈地飞过。

我仰面朝天倒在地上,望着夜空。不计其数的鸟儿叽叽喳喳地掠过红松树梢。头顶的空中飘浮着已经稀稀落落的火星。

我站起身,向下遥望着山谷中的金阁。那里传来了异样的声音,既像燃烧的爆竹,又像无数人的关节在一齐作响。

从这里看不见金阁的身影,只看得到缭绕的浓烟和冲天的火焰。无数的火星在树丛中飞舞,金阁上空仿佛撒下了满天的金粉。

我盘腿而坐,久久地凝望着这一景象。

回过神来之后,我发现自己身上遍布的燎泡和擦伤还在流血。手指也渗出了血,看样子是刚才敲门时弄伤的。我像落荒而逃的野兽一样舔舐起伤口来。

我摸了摸衣兜,掏出小刀和包在手帕中的安眠药瓶,朝谷底扔了下去。

我又从另一个衣兜里摸出香烟,抽了起来。就像干完一项工作后总要抽上一支烟的人常想的那样,我想,我要活下去。

1956 年 8 月 14 日

经典就读三个圈　导读解读样样全

《金阁寺》
独家文学手册

目　录

导读：语言是一只受束缚的小鸟　　　　　223

金阁寺导览手册　　　　　　　　　　　　240

三岛由纪夫大事记　　　　　　　　　　　260

导读：语言是一只受束缚的小鸟

复旦大学日语系教授、博士生导师　李　征

三岛由纪夫的《金阁寺》最初发表于《新潮》杂志（1956年1月号至10月号）。连载结束当月，就出版了单行本。评论家中村光夫认为，这部作品虽然取材于现实，却能超越现象层面，以作家独特的思想与文体的力量打开一个全新的文学空间。中村这番评语的潜台词是：文学的价值绝不单止于记录现实，甚至也不在于道德说教，优秀作家是以其文体来展现其思考及世界观的。日本近现代文学史上能满足这一条件的作品为数不多，《金阁寺》是其一。可见日本评论界给这部作品的评价相当高。

从《金阁寺》问世时起，有关这部作品的研究就从未间断过。六十多年过去,读者对这部作品的热情仍旧不减。如今,除了日文版之外,《金阁寺》还拥有了英、法、德、俄、中等诸种外语版本。小说中描绘的充满激情的世界为一代又一代读者所津津乐道。作为读客版《金阁寺》的导读,本文无意也不可能给出面面俱到的分析与介绍,这里只想把读解的视角限定在主人公形象,特别是"口吃"这一身体特征上,结合小说的故事情节推进作出相应的分析,以供读者阅读时有所借鉴、参考。

不妨说,假如不理解小说主人公"口吃"的真正内涵,就不可能真正理解主人公对金阁之美的陶醉以及最后竟至走向火焚金阁的意义。

三岛由纪夫与《金阁寺》

《金阁寺》取材自日本历史上极为著名的真实事件——"金阁寺炎上"事件。1950年7月2日凌晨,僧人林养贤在寺内放火,烧毁了金阁(舍利殿)全殿。纵火的犯人林养贤时年21岁,是金阁寺的学僧,就读于大谷大学。因为口吃且相貌丑陋,一直深陷自卑,性格孤独内向,对寺庙和社会都多有不满。他事后供认自己作案的动机是"出于对美的东西的嫉妒"。林养贤还在自述中提到,在烧毁金阁寺后,他打算自杀,与金阁寺一同毁灭。当日下午两点,他将被褥、衣物、蚊帐等物品带进金阁,并于那天凌晨点燃了火焰。

国宝金阁寺被付之一炬的事件一经报道,当即震惊了日本全国上下,也理所当然地引起了日本文学界和评论界的关注。除了三岛由纪夫的《金阁寺》外,水上勉的《五番町夕雾楼》《金阁炎上》等都是以这一事件为蓝本创作的。

该事件后,三岛由纪夫特意跑到京都进行采访,仔细地翻阅了相关的笔记、警察局的审讯记录和法院的审判记录等,深入细致地了解了事件的全部细节。因此,《金阁寺》这本书对事件发生的经过、细节,主人公的身世、经历等,都进行了高度的还原。

看到这里,读者们也许会觉得这是一本探讨犯罪动机、人心阴暗等元素的小说。然而对三岛由纪夫来说,整个金阁寺放火事件,对他来说不过是一个创作的框架。他越是细致真实地刻画这事件中的种种细节,他所想要传达的意图越是与原本的事件无关。

那么,《金阁寺》中浓墨重彩地刻画的"口吃",以及与口吃相关的心理,对三岛由纪夫来说究竟有何意义?"口吃"与烧毁金阁寺的结局之间,有无必然的内在联系?

在深入分析文本之前，我们应该明确一点——主人公的"口吃"这一设定，显然并不仅是因为真实事件的犯人就有口吃的毛病。

在《我的遍历时代》中，三岛由纪夫曾谈到自己年少时的一个心愿——成为一个作家。他把这个心愿称为"古怪的欲望"。为何古怪？因为"这一欲望，既不来自渴望美，也不来自渴望浪漫，而是来自少年心里朦胧预感到且为之恐惧的那种东西。要言之，那是一种对自身存在的社会性不适应"。

1925年，三岛由纪夫出生于日本的一个官僚家庭中，祖父平冈定太郎给他取名为平冈公威。三岛的祖父曾在日本政府担任高官，但到了他父亲这一代家道中落，日益贫困。他的祖母原名永井夏子，出生自一个历史悠久的武士贵族家庭，祖上甚至曾和德川将军家联姻过。夏子深受武士贵族文化的熏陶，在汉学上有很深的造诣，同时也养成了一种极强的名门意识和自负。

但夏子自幼患有精神疾病，因此婚姻上一直不顺，家族为了解决这个麻烦才把她嫁去了当时只是富裕农家的平冈家。在平冈家，夏子手握家族大权，对家人掌控欲极强。但独子平冈梓没有按照她的意愿成长为一个出色的官僚，因此当长孙平冈公威诞生后，她把全部的希望都寄托在这个孩子身上。她甚至在孩子没有断奶时就把他从母亲身边抱走，亲自抚养。

祖母对年幼的三岛保护过度，管教极严。因为他生来体弱多病，祖母又怕他受到同龄人不好的影响，所以常常把他一个人锁在家里，不许他出门。因此他只能在书房里阅读书籍，沉迷于自己的幻想。

扭曲的家庭成长环境，造成了他贫弱的体质与纤细、敏感的人格特质。不难看出，主人公沟口那极端自卑又自负的性格特征，跟三岛由纪夫可以说是如出一辙。

《金阁寺》是一篇以主人公沟口的口吻描写的自白体小说。而沟口的自白在某种意义上，也许就是三岛由纪夫本人的自白。这篇小说不仅是对犯罪、对美、对艺术的剖析，在一定程度上也许正如中村光夫所说，也是"三岛对自己青春的清算"，更是"战后这一时代的纪念碑"。

"我"因何而口吃

"从我幼时起，父亲便常对我说起金阁。"

小说《金阁寺》开篇第一句，已然暗示了"语言"在作品中占据的位置举足轻重。对少年主人公而言，父亲的讲述是一种权威性的话语。每一次的讲述都像是一次仪式。语言在他身体上打下的最为明显的印记，就是令人苦恼不已的口吃症。

口吃如同沟口身体如影随形的一部分。口吃是他身上最为显著的特征，因此其他人往往会使用"小结巴"等指向口吃的词汇来称呼他。口吃成了他唯一获得外界呼应的特质，可以说，"口吃"甚至成了他本身。同时，在他尝试与人交流的社会化过程中，口吃会反复阻碍他，使他无法顺畅地沟通外界。

口吃就这样日复一日地在身体内部与外部之间往返，表现着个体的人在社会化过程中遭遇的种种障碍。

口吃者为发不出头一个音而万分焦急时，就像是被内心世界中黏稠的胶粘住而又拼命挣扎、急欲脱身的小鸟，好不容易挣脱，却为时已晚。诚然，在我拼命挣扎的时候，外界的现实有时似乎也会停下来等我。然而，等我的那个现实已不是新鲜的现实。当我费尽精力，终于抵达外界的时候，外界却在一瞬间变色、错位了……于是，横陈在我面前的，只是不再新鲜、近乎腐臭的现实。似乎唯独这才是与我相称的。

这里使用了小鸟作为"语言"的隐喻。语言的小鸟在不起飞时并不显形。唯有当它挣扎着想要从"我"身体艰难飞出时才是可见的。当不需要使用语言时，"我"并不感受到拘束，一旦想要使用语言时，则会感到痛苦万分。

对无法顺畅使用语言的"我"来说，语言本就集痛苦和暴力于一身。他人的存在，无疑更加深了这种痛苦与暴力性。这一点，在小说第一章的另一事件中表现得更为突出。

有为子是一个邻家女孩。她那俊俏的容貌令"我"心醉。一天清晨，"我"在思念中身不由己地跑到路边，拦住了骑车外出工作的有为子。

但有为子起初想必吓了一跳，认出我以后，就只盯着我的嘴看。黎明前的黑暗中，她可能只盯着那个无意义嚅动着的无聊小黑洞，那个如同野外小动物脏乱难看的巢穴一般的小黑洞。换言之，她只盯着我的嘴。确认这个小黑洞里没有涌出任何同外界相关联的力量之后，她立刻放下心来。

此处所谓野生小动物的"巢穴"，显然与前面提到的小鸟属于同一象征系统。无论是小鸟还是小动物，这类意象揭示的都是不同于现实肉身的另外一种受语言所阻碍的身体。

按照日常生活世界的理解，这次事件无非一场顽童的恶作剧。事后有为子告了"我"一状，"我"因此而受到严厉的责罚。因监视而生成的耻辱感，经此事得以强化。"我"于是心生恨意，开始期盼有为子死掉。

在广泛使用语言的人类社会中，流畅的言谈有着极为重要的价值。不流畅的语言势必造成交往的阻塞，因此几乎所有的言语共同体都会要求个人流畅地使用语言。而无法做到这一点的人，则会被视为残缺的甚至劣等的存在。

同时，语言的规则还划定了哪些话可以说，哪些话不可以说。凡是对这一规则的触犯，都将遭到严厉惩罚。某种意义上，主人公的口吃正源于他无法确定，自己想说的话能否得到规则的放行。伴随着这种内心的迟疑而显现出来的，是话语的断续与时间的延宕。小鸟一次次探头欲出却又不得不缩回，从而与眼中所见现实失之交臂。

言语因受阻而延宕，不待抵达现实，那现实就已经腐烂发臭。"巢穴"的肮脏、丑陋，也正是在喻示在"我"所要抵达的腐臭现实。对"我"来说，这一处境无疑是由外界的监视促成的。如果说受阻碍的小鸟隐喻着监视的暴力性，那么旁人听"我"言说时的表情，则为"我"提供了另外一种更为明晰的认知镜像。听者的脸上显现出的那种焦躁，正是"我"的口吃向外的一种辐射，一种"我"与他人之间无形的互动。这也是为何"我"即使在好友鹤川面前讲话也会汗流不止。

他人都是见证，没有他人存在，也就不会产生耻辱。只要见证了"我"耻辱的证人不离开这个世界，"我"的耻辱就不会彻底根绝。"为了我能真正得见天日，世界必须毁灭。"

沉默的"暴君"这一幻想正印证了"我"的这种扭曲的权

力意识。

我爱读历史上关于暴君的记述。我想，如果我是个期期艾艾、寡言少语的暴君，家臣肯定会终日看着我的脸色战战兢兢地过活吧。我没有必要用明确流畅的语言替我的残暴辩护。我的沉默本身就足以让一切残暴无可指责。就这样，我一面沉浸在逐个处死平日藐视我的老师和同学的幻想中，一面又陶醉于成为内心世界的王者、冷静观察人世的大艺术家的梦幻中。我的外表乏善可陈，但我的内心却比谁都丰富。无法抹除自卑感的少年暗暗认为自己是上天选出的人物，这难道不是理所当然的吗？我总觉得，在这个世界的什么地方，有个我尚不知晓的使命正等着我。

遭到打压的身体并非总是一味地逆来顺受。"我"通过把"失却新鲜度的现实""半是腐臭的现实"当成最适宜"我"的现实，从而实现了对语言这一说压抑体制的想象性超越。这一认定带来的直接成果就是：与其勉强言说，毋宁放弃言说。正是这一放弃之举直接铺就了"我"日常生活中通往沉默之路。在沉默中，"我"充分施展自己的"权力意志"，不独做自己的主宰，而是世界的主宰。主人公内心为自己描绘的"暴君"图像，建立在对语言社会中规则的拒绝之上。他用沉默占据了语言的制高点,因此不再是个挣扎不出的可怜的小鸟,倒更像是一个八面威风的秃鹫。"我"的残暴无须用明确而流畅的话语来维持其正当性,因为只要"我"沉默就可以使一切残暴正当化。绝世独立的秃鹫以不言之言,为"我"言说的身体筹划了一个理想的位置,且彰显了"我"对共同体的放逐。

《金阁寺》中主人公身上这种贯穿全文的幻想性,并不单是纯粹的幻想或逃避,而是对现实的一种挣扎和反抗。

"口吃"这一身体特征在"我"的日常生活中无处不在,但并非一成不变。"口吃"根据不同的环境,延伸出两种其他的状态,其一是"沉默",其二是"流利",即"不口吃"。

如前文所说,"沉默"是一种对语言体系的反抗。而在文中偶尔出现的几次"不口吃"的场景,也可以被理解为一种不服从和抗争。

"喂,沟口。"

我默不作声,直勾勾地盯着他。他对我微微一笑,带着掌权者的几分故作姿态。

"干吗不回话,你是哑巴吗?"

"他是结结结……结巴!"

他的一个崇拜者代我回答。众人笑得前仰后合。嘲笑这种东西是多么刺眼啊!在我看来,同学少年们那青春期所特有的残酷嗤笑，仿佛茂密树叶上反射的阳光一般炫目。

操场上孩童们众星捧月般地围坐在那个海军机关学校的学生——"英雄"周围，"我"则独自坐在远离众人的地方瞻仰。"我"心目中的那个"英雄"无疑是操场上这一小型集体的中心所在。如此看来，他特意朝着远离圈子之外的"我"询问，内中自然带有一种不同寻常的挑战意味。他大概是把"我"远离众人这一举动理解成对他的不屈从了。作为掌握权力的人，他绝对不能容忍"我"的身体游离在共同体之外。当得知"我"是个口吃时，这位"英雄"汇集了在场所有人的哄闹能量开口说："口吃这种小毛病，一天就能给你治好喽！"这番言辞从里向外透着一股权力固有的霸气。主人公听到此处，忽而流利应答说："不去。我要当和尚。"

原本口吃的主人公此处的应答非但不口吃，且十分流畅，仿佛与意志无关一般脱口而出。这看起来实在让人觉得匪夷所思。那么，该从何种角度来理解此处的流畅呢，是顺从抑或抵抗？

"我"以出人意料的流畅，回应了对"我"的询唤。这看上去似乎是一种服从。不过，这种服从或许更有可能是一种表面现象。这种流畅的发言，顺应了共同体中的流利法则，消解了"我"口吃者的身份。这一点与"我"的空间位置的选择可以说异曲同工。"我"之所以会选择一个远离权力中心的位置坐下，与其说是感受到了共同体对"我"的排斥，不如说是"我"的主动出击——"我"不待排斥，已将身体撤离。

战后的日本

想要更好地理解语言、权力和口吃之间的联系，我们不得不了解故事中的一个重要的时代背景——日本的战败。

1945年，日本天皇宣布投降，第二次世界大战宣告结束。战后，数十万美国军队进驻日本，对日本进行了长达数年的全面管制。

小说第三章后半部分有这样一段内容。"我"遵从父亲的遗愿到金阁寺做了和尚。一个雪天，占领军的美国大兵开着吉普车来寺里游览，随行的还有一个日本妓女。"我"应老导游之召给美国大兵做翻译。美国大兵搀扶着那个妓女下车后，两人不知为什么事发生了龃龉。大兵愤而将那女人打倒在雪地上，并命令"我"上前用脚踩踏女人的肚子。

这就是小说中重点描写的"雪地踩踏事件"。就写实性而言，这一段描写当属小说中最为浓墨重彩的一笔，勾画出了那一时代的典型特征——战争、战败、美军对日本的占领。相对于口吃这一微观化的个人叙事，美军占领日本无疑是一种更为宏大的历史叙事。

第二天是星期日，老导游一大早就来叫我。

原来门还没开就有外国士兵要来参观。老导游打手势要他们稍等，便来叫我这个"懂英语的"。说来也怪，我的英语比鹤川说得还利落，而且说起英语来从不结巴。

大门外停着一辆吉普车。一个喝得酩酊大醉的美国大兵手扶大门柱子，俯视着我，轻蔑地笑了笑。

在此应有一问，比起说日语时必定口吃的"我"，为何在雪地踩踏事件中说英语时却不口吃了？

美国大兵说的是英语，英语对当时的日本来说，本身就象征着一种管制。美国大兵无疑就是权力在当下的具体化身。

在美国大兵面前，"我"说的是英语，而非"我"所归属的那个共同体的语言——日语。"我"虽然说的是英语，但就身份而言却不意味着"我"位于英语共同体之中。不仅是因为"我"是黄种人这一显而易见的外在原因，还因为"我"本来也是英语"占领"下的日语共同体中的一员。对美国大兵而言，"我"的口吃并不是"我"的属性。

使用英语的"我"，既不属于英语的共同体，也不再属于日语的共同体。

此时所有曾令"我"感到万分压抑的证人以及见证全都消失不见了。表面上看，美国大兵和那个日本红衣女郎都可充当通常意义下的证人或见证者。然而这种监视或见证不过徒有其表！且不说雪地踩踏事件本就是美国大兵一手策划导演的，就算他作为证人见证了事件全过程，这见证对"我"来说也不构成任何威胁。因为只会讲英语的美国大兵，他绝无可能在使用日语的环境中指证"我"。

而那个被"我"踩踏过的红衣妓女虽然与"我"同样使用日语，且又是被害者，最有资格做证人。然而她作为娼妓的身份，已将她置于不利地位。说到底，她和"我"在本质上都是被共同体边缘化或者说被他人所排斥的存在。

借助英语共同体对日语共同体的占领与管制，"口吃"这只小鸟才终于得以展翅翱翔，主人公找到了主体解放自身的道路。

最后，我们回到金阁寺本身，口吃的主人公为何会痴迷于金阁寺之美，又为何要烧毁它，也许就有了答案。

金阁寺作为日本的国宝，毫无疑问是日本传统美的象征。受出身武家名门的祖母影响，三岛由纪夫自幼就对自己的武士身份有一种贵族式的骄傲和自豪，向往着效忠天皇。因此，战争开始后他便应征入伍，却因为身体孱弱，体检不合格失去了入伍的资格。自己由于体弱没能去打仗,但同年的许多友人都奔赴战场甚至战死了。这无异于是被贴上了"于国家无益的男人"这一标签,对自负的三岛是极大的打击。

在日本,天皇绝不仅是政权的首脑。日本的神话中,天皇是天神的后裔。在日本历史上,虽然天皇有很长的时间并不掌握实权,却是主持祭祀、被民众信仰的精神领袖。这一点在明治维新,日本进入近代化社会后依然被保留了下来。在战争期间,所有的人都祈祷着死后会一致地回归天皇身侧,进入这个死者的共同体。天皇被虚拟化、神化,士兵和民众通过这种虚假的信仰被凝聚在一起,形成了一种集体性的幻想。这种信仰固然虚假,但身处这种集体性幻想中的民众和军人确实获得了一种集体中的安全感甚至荣誉感。

三岛无疑也是向往这种集体性的精神依托的,这一点从他生涯后期对神化的天皇的疯狂崇拜和对武士精神的推崇上便可见一斑。但正如《金阁寺》中的"我"因为口吃一直被排斥在集体外一样,三岛孱弱的身体、脆弱的精神,无疑将他排斥在这种幻想性的荣誉感之外。文中的"我"的痛苦,与三岛由纪夫青春时一直经历的痛苦,可以说在本质上并无差别。

但战争宣告结束,天皇宣布投降,现实中的天皇形象开始背离虚拟的、神化的天皇形象。甚至在美国的管制下,日本政府不断地对天皇进行去神化。天皇由神退化为了人,日本人长期以来支柱般的信仰崩塌了。美国军队在日本国内肆意妄为，宣示着美国人的优越感。日本民族长期以来虚假的自豪感与荣誉感消失殆尽。在外来文化的冲击下，传统文化日渐式微。人们对金阁寺所代表的传统美越来越不感兴趣，现实中的金阁寺成了普普通通的旅游景点，不再像往日那么受人敬畏。

可以看出，文中"我"对金阁寺的感情变化，与三岛由纪夫对天皇的情感变化几乎是重合的。这也是为什么许多研究都会认为金阁寺正象征着天皇。

日本战后初期是信仰缺失，既有的社会秩序崩坏，充满混乱和迷茫的时代。这种混乱和迷茫，在几乎日本所有战后派作家的作品中都有体现。但与此同时，在战后的废墟上，正因为无序，所以也存在着自由的气息，即使这种自由往往伴随着空虚和虚无，但也的确在孕育着新生的可能性。

由于外来势力的强制干扰，日本千年来至高无上的皇权和支配性的信仰崩溃了。对三岛由纪夫来说，战前那个迷惘而痛苦、孱弱而无助的青春，也随着对天皇信仰的崩溃一同结束。如同口吃的少年点起了一把火焰，将心中的执念焚烧殆尽，《金阁寺》这本书本身也如同三岛点起的一把火焰，烧尽了他过去的一切迷茫和执念，让他能够坚定地在自己认定的艺术道路上走下去。在他后期的作品中，早年如《假面的告白》等作品中那样常见的迷茫和空虚不复存在。他甚至开始疯狂地锻炼自己的肉体，孱弱的身躯变得像健美运动员一样强壮。

无论三岛最后走向的人生结局如何，其思想及艺术呈现的复杂形态，其多样化的人性挖掘与探索，都通过这把火焰获得了源源不断的内在推力。他终于如愿以偿地掌握了自己的人生。也许正像作品末尾他借主人公之口发出的那句感叹：

我想，我要活下去。

金阁寺导览手册

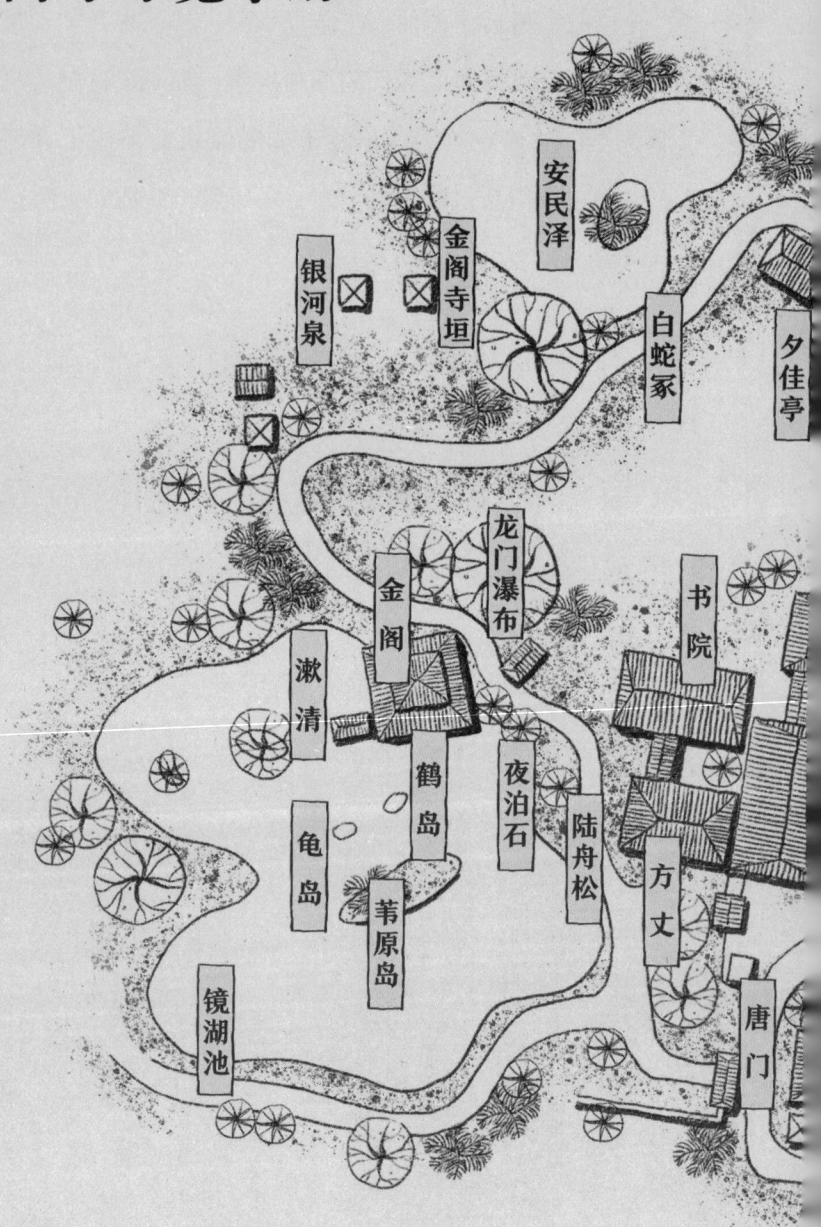

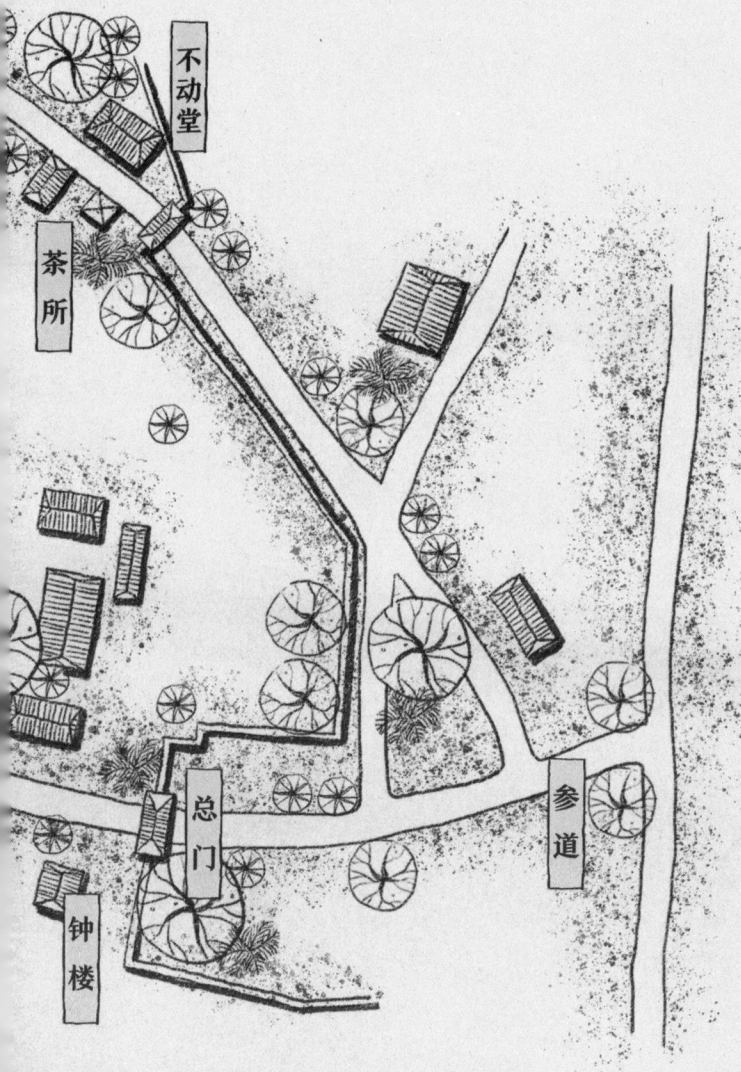

金阁寺导览手册

1　金阁寺游览信息

2　金阁寺的历史

3　金阁寺各大景点介绍

4　金阁寺赏花日历

附：京都佛寺导览手册

金阁寺游览信息

金阁寺位于京都北部,本名鹿苑寺。"金阁"原是寺中舍利殿的名称,因外层贴满金箔而得名。

地址: 京都市北区金阁寺町1

交通: 乘京都市营巴士12、59、205、M1、急101、急102、急111至金阁寺道站下车

时间: 9:00am—5:00pm

门票: 成人400日元/中小学生300日元

金阁寺的历史

1224年 — **西园寺家·修建北山第**

西园寺家是日本著名贵族藤原氏的一个分支。平安时代末期（1200年左右）西园寺公经成为日本的摄政大臣。1224年，西园寺公经掌权期间为了彰显自己的权势，在京都北部的北山附近修建了奢华的北山第。据说其中有高达15米的瀑布和琉璃翠玉般的水池，被当时的人称为"地上仙境，此岸净土"。

1420年 — **足利义满·鹿苑寺开山**

随着西园寺家权势的衰退，北山第也逐渐荒废。1394年，日本室町幕府第三代将军足利义满成为北山第的新主人，并进行了大规模的改建。改建后，其规模和豪华程度远胜皇宫，因此被当时的人称为"北山殿"。足利义满39岁时，把将军之位禅让给自己年仅9岁的儿子，出家为僧。义满死后，北山第在1420年被改为禅寺，并根据足利义满的法号"鹿苑院殿"命名为"鹿苑寺"。

1467—1477年 — **应仁之乱·第一次被烧毁**

日本室町幕府第八代将军足利义政执政期间，日本爆发了一次大规模的内乱，史称应仁之乱。这次事件也标志着日本战国时代的开启。在这次动乱中，京都的许多禅寺都被烧毁了，其中也包括金阁寺。只有舍利殿、不动堂和护摩堂三栋建筑幸免于难。

江户时代　重建

日本著名高僧西笑承兑受德川家康之命,出任鹿苑寺的住持。西笑承兑曾先后担任丰臣秀吉和德川家康两人的顾问,深受信赖,极有权势,被当时的人称为"黑衣宰相"。此后,金阁寺也一改往日颓败的样子。如今金阁寺中的许多建筑,如库里、方丈等,都是在西笑承兑的主持下修建的。在这之后,舍利殿也在1649年重新大修。

明治时代　解体维修

明治维新之后,大部分寺院的领地被收回,失去了经济基础。明治二十七年(1894年),当时的住持提出将庭院及金阁面向一般大众开放,以参拜费作为寺院收入,才使其得以保留。明治三十七年到三十九年间(1904—1906年)金阁寺进行解体维修。

1950年　放火事件

昭和二十五年(1950年),寺院一名21岁的见习僧人林养贤纵火,导致舍利殿被完全烧毁,国宝足利义满木像、观音菩萨像和很多经书都被烧毁。本书就是以此事件为背景写成。

1952年　重建

从昭和二十七年(1952年)开始,在村田治郎的指导下,历时3年,舍利殿才重新落成。之后由于金箔脱落需要修复,又于昭和六十一年(1986年)进行了大修复,全殿外壁都重贴金箔,才成为目前的样子。

金阁寺各大景点介绍

金阁寺大门,进门后有接待处,可以购买参观门票。

据传修建于镰仓时代,在金阁寺还属于西园寺家时就已存在。

库里

也称库院,是日本佛寺中供僧人起居生活的地方,有时也兼作厨房。金阁寺的库里于1602年由当时金阁寺的住持西笑承兑修建,是日本现存最大的库里建筑。

每天上午9点至下午4点,游客可以在库里中体验抄写经文。

苇原岛

　　金阁寺庭院的主体部分是镜湖池，占地约6600平方米，湖中分布着大大小小数座人工造景小岛，其中最大的一座是苇原岛。
　　"苇原岛"的名字就来源于日本神话中的"苇原中国"，这是与天神所在的"高天原"相对的人间世界，同时也是日本本岛的代称。金阁寺的建造者足利义满试图通过这样的方式，表现自己凌驾于整个日本之上的无边权势。

金阁

　　金阁舍利殿处在镜湖池的北面,是金阁寺的主体建筑。游客可以顺着观光小道围绕镜湖池从各个角度观赏金阁。这种被称为"回游式"的游览方式,在日本的庭院设计中极为少见。

　　金阁是三层的木结构建筑。三种截然不同风格的完美融合,是金阁寺舍利殿独一无二的特征。

　　第一层为法水院,是平安时期贵族建筑风格的寝殿,供奉着释迦牟尼像和足利义满的塑像。

　　第二层是镰仓时期武士建筑风格的潮音洞,供奉着观音像。

　　第三层叫究竟顶,是典型的日本禅宗佛堂风格,供奉着三尊弥勒佛像。

　　金阁顶端装饰有一只金色的凤凰。日本人认为,凤凰这种中国传说中的神鸟是天子之德的象征。在天皇尚在的情况下,仅仅身为大将军的足利义满却使用了天子的象征来装饰自己的屋子,这无疑是一种僭越的行为,也反映出足利义满当时权势之大,竟凌驾于天皇之上。

方丈

　　方丈是禅寺中供住持居住的地方，曾经也作为客殿供来访的客人居住。金阁寺的方丈一般不对外开放，但通常每年都会不定期召开"方丈特别参观"活动，持续两个月左右。其间，游客可以进入参观游览，还可以欣赏到方丈内存放的一批珍贵画作。

安民泽

　　在镜湖池的后方，还有另一处稍小的水池，被称为"安民泽"，是镜湖池的水源。据说这处水池几百年来无论干旱多么严重、日照如何剧烈都不曾干涸过。它曾用来举行求雨仪式，所以它也有"雨赐池"或"望云池"的别名。

　　池中有一处小岛，上面建有一座名为白蛇冢的小型石塔。据说，这里供奉的白蛇是日本民俗信仰中七福神之一的弁财天的化身，同时也是这片土地过去的主人——西园寺家的守护神。

　　白蛇冢对面不远处有一个石碗，被几座小佛像围绕在中间。许多游客会将硬币投到里面，据说能实现愿望。

　　沿安民泽后的坡道爬上小山坡，就能看见一处小茶室。在夕阳西下时，坐在这间茶室中可以观赏到金光闪闪的最为美丽的金阁，所以得名"夕佳亭"。夕佳亭附近也有金阁寺经营的茶席，可以供游客歇息、喝茶，并品尝金阁寺特有的小点心。

　　夕佳亭对面，靠近出口的地方有一间不动堂，里面供奉的是不动明王。不动明王是佛教五大明王中镇守中央方位的明王。这里也是金阁寺中唯一可以参拜神像进行祈祷的地方。不动堂外还可以买到御守、绘马和祈福蜡烛。

金阁寺赏花日历

3月中旬~4月上旬　　茶花

3月下旬~4月上旬　　樱花

5月初~5月中旬　　杜若

5月初~6月底　　杜鹃

7月初~9月底　　百日红

11月中旬~12月上旬　　红叶

附：京都佛寺导览手册

京都有丰富的历史遗迹，因而被称为"千年古都"。拥有佛寺1500多座，神社2000多座，历来有"三步一寺庙、七步一神社"的说法。

2754tamio 绘

顶法寺

位置：京都市中京区六角通东洞院西入堂之前町248

交通：乘乌丸线至四条站下车，步行约7分钟即可到达

始建于公元587年。本堂外观为六角形，因此俗称"六角堂"，院内有一块六角形石头，石中有孔，是京都正中心的代表，也被称作"京都的肚脐"。院内还有一棵求姻缘很灵验的柳树。

2754tamio 绘

东寺

位置： 京都市南区九条町1

交通： 乘近铁京都线至东寺站下车，徒步约10分钟即可到达

始建于公元796年。与其相对应的还有"西寺"，分别镇护京城的左右，但西寺未能保存下来。寺内的五重塔共5层楼，55米高，是日本第一高的木制建筑物，也是京都的地标。各种关于平安时期的影视作品，都会拍到这座塔。

每个月的21日是东寺的开祖——高僧弘法大师空海的缘日，东寺会举行规模庞大的跳蚤市场，有一千多个摊位售卖五花八门的商品，包括小吃、古董、手工艺品等，细心挑选的话往往可以买到珍贵的古物。每个月的第一个星期日，也会有规模比较小的古董市集。

清水寺

> **地址：** 京都市东山区清水129-4
>
> **交通：** 乘京阪巴士83/85/87/88/206/100路至五条坂下车，步行约10分钟即可到达

始建于公元798年，清水寺可以说是京都最壮观、最古老的寺庙之一，坐落于京都东面的一座小山上，从这里可以俯瞰京都全景。春日赏樱花，秋日赏枫叶，都极为合适。大殿前悬空的清水舞台，由139根高达数十米的大圆木支撑，没有用一根钉子，结构巧妙，气势恢宏。寺中的音羽瀑布始于音羽山，是全日本最清澈的十大泉源之一。清泉一分为三，分别代表健康、学业和姻缘，被认为具有神奇的力量，游客来此常要喝上一口，取个吉兆，但不能贪心地在三处都许愿哦。

2754tamio 绘

东本愿寺

位置： 京都市下京区乌丸通七条上常叶町754番地

交通： 乘阪急乌丸线至五条站或京都站下车，步行5分钟即可到达

东本愿寺和西本愿寺原为同一座寺庙，1602年，征夷大将军德川家康担心整座寺庙的政治势力不断扩大而形成威胁，将寺庙一分为二，才成为东西两座寺庙。寺庙占地面积广大，其建筑保存着中国盛唐及宋元时代的风格，宏伟壮丽，富丽堂皇。位于寺庙中心的御影堂是世界最大的木结构建筑物之一，共有227根木柱，采用重檐歇山顶，通体暗咖啡色，威严肃穆，气势非凡。内部装饰金碧辉煌，静坐其中，佛乐绕耳，有庄严神圣之感。寺内的御影门是京都最大的三个门楼之一，高28米，也很值得一看。

2754tamio 绘

醍醐寺

> **位置**：京都市伏见区醍醐东大路町22
>
> **交通**：乘东西线至醍醐站下车，步行5分钟即可到达

　　始建于公元874年。醍醐寺拥有枝垂樱、染井吉野樱、八重樱及山樱等约一千株樱花树。自丰臣秀吉举行"醍醐花宴"后，醍醐寺就成为京都最有名的赏樱胜地。每年4月的第二个星期天醍醐寺都会举办"太阁花见行列"。醍醐寺是京都最大的寺庙之一，占据京都东南方的整座醍醐山，主要分成三大区域：山下的三宝院和下醍醐，以及山上的上醍醐。上下醍醐之间徒步需要约1小时。佛寺中大大小小总共有80余座建筑，极为壮观。三宝院内的庭院由丰臣秀吉亲自设计，大厅壁画也由著名画家所绘。此外，寺中的金堂、五重塔等许多建筑都是日本国宝级文物。

三岛由纪夫大事记

1925年	1月14日，在东京出生。本名平冈公威，是家中长子。12岁之前，一直由祖母抚养。
1937年	十二岁，搬至父母身边居住。进入中等科。同年7月，在校内文学杂志上发表散文《初等科时代的回忆》。
1938年	十三岁，发表个人第一部短篇小说《酸模》。
1941年	十六岁，在恩师清水文雄的推荐下，开始连载中篇小说《鲜花盛开的森林》，使用"三岛由纪夫"作为笔名。
1944年	十九岁，高等科毕业，成绩优异，天皇奖赏银表。进入东京帝国大学法学部法律学科。
1945年	二十岁，应征入伍，但被军医误诊为结核病，遣送返乡，未能参战。日本战败，好友自杀，妹妹因病去世，陷入人生低潮。
1946年	二十一岁，中篇小说《烟草》和《中世》在川端康成推荐下在《人间》杂志上发表，初登文坛。

1948年	二十三岁,从大藏省银行局辞职成为专职作家。第一部长篇小说《盗贼》出版,川端康成为其作序。
1949年	二十四岁,《假面的告白》出版。
1950年	二十五岁,《爱的饥渴》《青色时代》出版。
1951年	二十六岁,《禁色》(第一部)出版。同年12月,以朝日新闻特别通讯员身份,开始环游世界,次年5月回国,后发表游记《阿波罗之杯》。
1953年	二十八岁,《禁色》(第二部)出版。为写作《潮骚》,前往位于三重县的神岛,在当地生活积累素材。
1954年	二十九岁,《潮骚》出版。后来三岛凭借《潮骚》获首届新潮社文学奖。
1955年	三十岁,为写作《金阁寺》,前往东舞鹤、鹿苑寺、妙心寺、南禅寺等地积累素材。
1956年	三十一岁,戏曲《鹿鸣馆》在文学座创立20周年纪念会上公演。《金阁寺》出版,后来三岛凭借《金阁寺》获第八届读卖文学奖。与日本大学拳斗社的小岛智雄结识,开始拳击练习。
1958年	三十三岁,在川端康成夫妇撮合下,与画家衫山宁女儿衫山瑶子结婚。
1960年	三十五岁,在电影《风野郎》中出演男主角。

1961年	三十六岁,剧本《十日菊》发表,后该作品获第十三届读卖文学奖(戏剧类)。
1965年	四十岁,被提名为诺贝尔文学奖候选人。
1966年	四十一岁,电影《忧国》在国际短片电影节上映,引起轰动。
1969年	四十四岁,《春雪》《奔马》出版。
1970年	四十五岁,《晓寺》出版。11月25日《天人五衰》(《丰饶之海》最后一部)完稿后,下午在自卫队东部发表演说,呼吁"真的武士"随他发动兵变,后切腹自尽。

欢迎你从《金阁寺》进入读客经典文库

你想成为什么样的人？对你来说什么是重要的？这个世界应该是什么样子？

我们在生命中遇到的问题，每个时空的人们都经历过，一些伟大的人留下一些伟大作品，流传下来，就成了经典。正是这些经典，共同塑造并丰富着人类的精神世界。

跟随读客经典文库，遍读人类历史上那些伟大的书，认识世界、塑造自我，成长为更强大的人。

—— 经典就读三个圈　导读解读样样全 ——

扫码购买

三个圈已出版文学书单（持续更新中）

美国文学

- 了不起的盖茨比
- 爱伦·坡短篇小说集
- 小妇人
- 野性的呼唤
- 漫长的告别
- 再见，吾爱
- 长眠不醒
- 欧·亨利短篇小说精选
- 哈克贝利·费恩历险记
- 汤姆·索亚历险记
- 百万英镑
- 老人与海
- 永别了，武器
- 人鼠之间
- 夜色温柔
- 马耳他之鹰
- 在路上

法国文学

- 小王子三部曲（全3册）
- 卡门
- 茶花女
- 人间喜剧（全10册）
- 伏尔泰小说精选
- 包法利夫人
- 羊脂球
- 基督山伯爵
- 三个火枪手
- 红与黑
- 列那狐的故事
- 凡尔纳科幻经典（全8册）
- 海底两万里
- 神秘岛
- 八十天环游地球
- 地心游记
- 巴黎圣母院
- 悲惨世界
- 约翰·克利斯朵夫
- 局外人
- 鼠疫
- 追寻逝去的时光
- 昆虫记

英国文学

- 道林·格雷的画像
- 夜莺与玫瑰
- 丛林之书
- 呼啸山庄
- 弗兰肯斯坦
- 月亮与六便士
- 人性的枷锁
- 刀锋
- 面纱
- 雾都孤儿
- 金银岛
- 格列佛游记
- 莎士比亚戏剧集（全8册）
- 虹
- 爱丽丝漫游奇境记
- 简·爱
- 鲁滨孙漂流记
- 科幻大师威尔斯精选集（全6册）
- 时间机器
- 隐形人
- 世界大战

爱尔兰文学

- 一个青年艺术家的画像
- 尤利西斯

日本文学

- 人间失格
- 银河铁道之夜
- 枕草子
- 春琴抄
- 刺青
- 罗生门
- 舞姬
- 我是猫

奥地利文学

- 一个陌生女人的来信
- 心灵的焦灼
- 人类群星闪耀时
- 变形记
- 城堡
- 失踪者

德国文学

- 少年维特的烦恼
- 悉达多
- 魔山

苏联文学

- 高尔基自传三部曲
- 童年
- 在人间
- 我的大学
- 日瓦戈医生

俄国文学

- 战争与和平
- 复活
- 安娜·卡列尼娜
- 罪与罚
- 卡拉马佐夫兄弟

其他国家文学

- 伊索寓言
- 走出非洲
- 理想国

中国古代文学

- 聊斋志异（全3册）
- 世说新语
- 菜根谭
- 小窗幽记
- 围炉夜话
- 浮生六记
- 闲情偶寄
- 随园食单

中国现当代文学

- 鲁迅全集（全20卷）
- 呼兰河传
- 四世同堂
- 沈从文作品精选（共4册）
- 受戒
- 人间滋味

激发个人成长

多年以来,千千万万有经验的读者,都会定期查看熊猫君家的最新书目,挑选满足自己成长需求的新书。

读客图书以"激发个人成长"为使命,在以下三个方面为您精选优质图书:

1. 精神成长
熊猫君家精彩绝伦的小说文库和人文类图书,帮助你成为永远充满梦想、勇气和爱的人!

2. 知识结构成长
熊猫君家的历史类、社科类图书,帮助你了解从宇宙诞生、文明演变直至今日世界之形成的方方面面。

3. 工作技能成长
熊猫君家的经管类、家教类图书,指引你更好地工作、更有效率地生活,减少人生中的烦恼。

每一本读客图书都轻松好读,精彩绝伦,充满无穷阅读乐趣!

认准读客熊猫

读客所有图书，在书脊、腰封、封底和前后勒口都有"读客熊猫"标志。

两步帮你快速找到读客图书

1. 找读客熊猫

2. 找黑白格子

马上扫二维码，关注"**熊猫君**"
和千万读者一起成长吧！